Radosza Berze Attila Gijo

Hunok vándorlása a végleges hazába

novum pocket

© 2023 novum publishing

ISBN 978-3-99010-953-3
Borítókép: www.pixabay.com
Borító, tördelés & nyomda:
novum publishing

A könyv a szerző kérésére nem
került lektorálásra, korrektúrázásra.

www.novumpublishing.hu

BEVEZETŐ

Ez a könyv hunok vándorlásáról szól, a végleges új hazába, Ruha nagy fejedelem elvezette hun népét az új hazába. A történetek az ókorban, időszámításunk, Krisztus előtt 355-ban kezdődött Ataix szigetén, amely csendes óceán középső, mai Hawaii szigetektől délnyugatra feküdt. Ez a földrész maga volt a paradicsom, meleg éghajlat kedvezett bő termésnek. Itt sosem volt hideg égöv, örök nyár melege. Sok gyümölcsöt termet, a föld itt élők embereknek, mivel nem ismerték az évszakok változását, az idő holdévekbe holdtöltéig számított az Ataix szigeten, a hun népcsoport népei élnek. Ez itt élő népek magas kultúrák teremtettek, ezen a helyen még élnek, Gőg, Magóg. Akabák. és hun népcsoport más népcsoport népei. A hun népcsoport törzse békésen élt a szigeten, mid addig míg, be nem következet a szigeten földrengés, a sziget lakói pánikba estek. A Hunok vezetője Tukán öszszehívta a népét, elmondta, hogy minél hamarabb elkell hagyni a szigetet, holnap pakoljanak mindenki a hajóra. Minél előbb elkell hagyni a szigetet, mert elfog süllyedni, indulásnak készen kell ál ni ú k. Hun népe eltávozott a vezető jurta a sátrából, másnap nagy mennyiségbe élelmiszert és vizet hoztak, végül, az összes állatokat felterelték a hajóra. Indulásnak készen álltak a hun népe. A többi népcsoport is elhagyták az Ataix szigetet nagy föld rengések tűzhányók törtek ki szik lábol, a tűzlávák elárasztották a szigetet. A hun nép nézték hogyan süljed el a hazájuk, ahol biztonságba éltek a hun népe hosszú távon a szigeten. A hajók több hónapokon szél vitte a csendes óceánon keresztül a hajójúkat

A hajó legfelső árbocán az őr földet látott, kiáltozót hogy, föld! A hunok vezetője Tukán hun népnek örömmel mondja hogy földet látott a láthatáron, az árbocon ülő őr szem. A hun népe örömmel kiáltozót és énekeltek örömébe.

Hun hajók beérkeztek a dél Ázsiába Tokharisztán kikötőjébe, hun népe kiszállt a hajóból, élelmiszereket és vizeket és állatokat vitték magukkal, városba mentek, dél ázsiai népek nézték hogy elárasztották a idegenek népek a városukat. A város katonái meg akarták álli tani az idegen hun népcsoportot, de nem tudtak velük beszélni, ez alatt nagy kavarodás alakult ki a városba, a hun népcsoport és a városi katonák között. A város katonai parancsnok egy katona futárt küldőt a király hoz, a királyi örök megállították a katona futárt, kérdezték hogy mi járatba van. A katona futár azt mondta hogy sürgősen kell beszélnem a királlyal. A királyi őr bement az andalúz király hoz, meghajolva mondja hogy egy városi katona futár akar beszélni, andalúz király mondja hogy nem mondta el hogy mit akar mondani nekem, azt felelte hogy csak a királynak akarom elmondani!, nagyon fontos hírt hoztam királyom. Jól van! enged be.! Az ajtónálló őr szolitota a katona futárt, hogy fogadja a király. bejött és meghajolt a király előtt, andalúz király, mondja a katona futárnak hogy mi az a fontos amiért jött énhozzám. mondja a katona futár hogy idegen népcsoport vannak a város kikötőjébe, nem tudott velük beszélni a város parancsnoka, mert másnyelven beszéltek a parancsnokhoz, így elküldött engemet hogy vigyem el a király hóz a hírt. Andalúz király a katona futárral kiment a fogadó szobából. Utána mentek a katonák kiment a vár térre riadót fujtatott a többi katonáknak. A király egyenest a város kikötőjébe lovagolt a többi lovas katonákkal. A király meg ált a hajó kikötőjébe és leszállt a lováról, odament a idegen hun népcsoport hoz, már zúgolódtak a hun népcsoport, hogy nem tudtak tovább menni. A hun népcsoport vezetője Tukán alig tudta a hun népcsoportot lecsendesíteni, de mivel nem tudtak egymással közös nevezőre jutni andalúz király és Tukán, a két nép zúgolódott egymással. mire meg unták egy mást, lökdösődés lett a vége. kihúzták a kardot, és egymásnak estek, a két népcsoport. Andalúz király és a Tukán nem tudták meg akadályozni a két népcsoport küzdelmüket, így harc lett a vége, a két nép csoport között. Hunok harcból győzelemmel jöttek ki, és legyőzték Andalúz király népeit, Tokharisztán elfoglalták és a többi városokat. Andalúz király és vele népe meg adta magát a Tukán és vele hun népének, letérdepelt és behódoltak. Tukán a hunok vezetője Tokharisztán hun fennhatóság és hun uralom a lá tették, ez volt az első hun birodalom a hun népnek. De mivel ott keletet maradni kisebb hun nép csoportnak és hun lovasságnak, ez első hun birodalom. Másnap tovább vándoroltak, Hosszú idő telt el a hunok vándorlásuk során, míg Mongólia határán déli irányba érkeztek, Mongol terület fölé letáboroztak a hun Tukán és hun népe, a hun népe hálás lettek Tukán vezetőek, Hun nép jurta sátorokat állítottak fel, estére a hun nép össze gyűltek, az egyik hun lovas, a hun népnek mondta hogy Tukán legyen a hunok fejedelme, elfogadjátok! a hun nép igent mondtak, sámán papok jöttek a hun táborba, ők csillag istenhez

7

fohászkodtak, Így felvolt avatva Tukán csillag istenekhez, így elfogadták a csillag istenek, a hun népnek az első fejedelmét, a hun trón szék már régen volt, csak még nem volt meg a hun népnek az első fejedelme a hun fejedelmi szertartása, hogy kit fogad el a hun nép, kilegyen a hunok fejedelme. Most az első új hazába megvolt a hunoknak az első hun fejedelmi szertartás Táncosok jöttek a első hunfejedelmi szertartására, eltáncolták az csillag istenek táncát, majd a hun nép énekelve énekelték az első fejedelemi éneket. Eltelt néhány év a Tukán hunok fejedelme harcra kész l tette a hun lovasságot, kijelölte a lovassági vezéreket, Hun vezéreket a jurta sátorba terelte, hogy megbeszéljék a Mongol népcsoport támadását és a területét elfoglalását. A hun vezérek bejöttek a Tukán fejedelem jurta sátrába. A hun vezérek jelen voltak a fejedelemnél, Tukán hunok fejedelme, mondja a hogy a hun birodalom, a mit szereztünk, az kevés, a hun népnek, még kell egy terület, a mi össze köti a hun birodalmat. Azért úgy gondoltam hogy megtámadjuk és harcban és elfoglaljuk a szomszéd népcsoportot területét. A mongol vezetőket vagy fejedelmüket megadásra kell szólítani őket. Este támadunk és meglepjük őket, eljött az este, a hun lovasság támadásra készen álltak a hun vezérek megadták a támadásra a jelet a Mongol népcsoport lerohanása, és területei elfoglalása, sikerült elfoglalni Mongoli át és annak területét. A hunoknak másodig birodalma lett, így a hunok nagyobb lett a déli hun királysága. Látták hogy nem csak mi vagyunk, hanem egy nagyobb területen élnek emberek. Tukán hunok fejedelme és hun vezéreivel betörtek a Kína népcsoport nagyobbik területeire, városait feldúlták és felégették, a szentéjeiket is felgyújtották. Ez minden napos volt a betörés a Kínaiak falfaiakra gyújtogatás és fosztogatás és szentéjük megsemmisítése volt, a Kína emberek elmentek a császár hóz bejelenteni hogy idegen törzsek betörtek és fosztogattak és szentéjüket megsemmisítet ék. Kína első császár Csin si huang követeket küldött a hun táborba, Tukán hunok fejedelméhez, elmondták hogy a császáruk, azt üzente hogy menjenek el, ha nem mennek el akkor csata lesz. Tukán hunok fejedelme azt üzente a császárnak hogy inkább csatát válasza, mint hogy megfutamodjanak a hun népe vagy a lovassága, ez volt az utolsó üzenet a császárnak, Elvitte a Tukán üzenetét a császár hírnöke, másnap a hun sereg egy kietlen helyen várták a császári sereget, a harcra, meg is jelentek, de amint látta Tukán hunok fejedelme, hogy császári sereg lovas szekérrel jöttek a harc térrel, támadást indítottak a hunok ellen. A hun lovasság hun fejedelmi parancsára támadtak a hun vezérek a harc téren, a hun vezérek irányítás a lovasság támadása a császári szekeres lovas hadseregre, össze vissza támadták a császári szekeres lovas seregét próbálták a harc téren eltávolítani, a császári lovasságot, a hun lovasság sikerrel jártak, a császári szekeres lovasságát elvitték a harctérről. Hirtelen nyílzáporral nyilazták le a császári szekeres lovasságot. A harc téren a többi lovasság kardal dárdával szúrták le, az ellenséget. Már alig marat a harctéren császári szekeres lovasság, alig tudtak a harctérről elmenekülni a hunok nyilaiktól. Tukán hunok fejedelme nagy győzelmet aratott a harc téren, éljenezték Tukán fejedelmét a hun lovassági serege, hun lovasság elhagyta a harcteret. Hunok vissza tértek a elfoglalt Mongoloa területére. Az idő múlásával Kína első császárának Csin si huan elrendelte a kínai nagy felet építését, Hogy ha hunok ne törjenek be Kínába, azért rendelte el a nagy fal építését

9

Kína első császára 220 b an. Első Kínai CSIN SI HUAN császára, hirtelen halála, Kína egész népét megrázta, Kína tartomány városa gyászba borult. Császári tábornok elrendelte a temetést. Kína papjai ősi temetési szertartás rendeztek csi si huan Kína császári emlékére eltemették. Egy év telt el Kína város tartományába. Új császár került hatalomra, az uralkodói császári szék be, zsarnoki természetű fia követe kinek császársága kéréséletűnek bizonyul. Kína szerte felkelések törtek ki, melyek megbuktatták CSIN dinasztiát, melyet a Han dinasztiából követe Kína második császára Han vu ti került ki. Több év elteltével, Tukán hunok királya megismerkedet Kínai császár leányával egymásba szeretek, feleségül vette Kína és a hunok között béke szerződés születet. Nem sokkal ez után hun vezérek lázadás indítottak, a hun király ellen, így háború lett béke kérés vége, a hun királynak segítségére siettek Han vu ti Kína császára, nagy nehezen legyőzték lázadó hun vezérek hun lovasság seregét. A császári ki akarta végezni lázadó hun vezéreket, de többi vezérek meg akadályozta ezt, így az ítélet száműzetésbe változta ták. 360 be elhagyták a déli hun királyságot. 360ben átlépték Kelet europa határait. Hun nép követte a vezérüket, tovább vándoroltak addig míg egy kietlen sivatag területre értek. A hun vezérek és népe ideg lenesen letelepedtek, majd másnap tovább vándoroltak, vándorlásuk során, más hun népcsoportokkal találkoztak, Hun fejedelmek összegyűltek, hun törzs fejedelmei öszszefogás céljából vérszerződést kötöttek. Esküjükkel hun törzsi fejedelmek meg alakították nagy hun nemzetet. Hun törzs, 32 fejedelmekéből nagy fejedelmet, szkíta hun népcsoportból három testvér bő l, az egyik legidősebb Ruha lett a hunok nagy fejedelme, hun birodalom nagy ura. Nagyfejedelem választás után, tovább vándoroltak, egy kietlen helyre értek, ez a hely kár pát medence volt, nagy fejedelem kiadta a parancsot 32 fejedelmeknek. Hogy katonáikkal nézzék meg, ezt a senki földet, hun lovasság kiment a kietlen senki földre, végig nézték, hogy laknak más népcsoportok, de nem tartózkodtak, nem találtak más lakó népcsoportot, akik ott lakna, a hun lovasság vezérei beszámoltak, a nagyfejedelmének, azt mondták nem láttuk idegen népcsoportokat, akik ott laknak e kietlen senki földön. A hunok nagyfejedelem belovagolt a senki földre, vele a 32 fejedelmek, és a hun népcsoport hun nemzete, kár pát medencébe, hunok fejedelme azt mondta hun népének. Egyenlőre ez lesz az új hazánk, Itt fogunk letáborozni és itt fogunk élni, középen a hunok nagyfejedelem jurta sátra ált fent, a 32 hun szövetségeseinek a jurta sátra, mind két oldalán volt fel állítva, a hun népnek pedig kicsivel távolabb ált fent a jurta sátruk. A nagyfejedelem két testvére, Mundzuk vagy Bendegúz és Oter feleségeik, egy kisé távolabb volt a nagyfejedelemtől a jurta sátrúk i. A hun ácsok elkészítették a hun trón széket fából kifaragót oroszlán fej mind két oldalán. A hun fő tér közepén, fából készült emelvény készítetek.

1

HUN NEMZET ELSŐ NAGYFEJEDELME KORONÁZÁSA ÉS ÜNNEPLÉSE

400 b koronázás előtt a hun asszonyok gyerekei virágszirmokkal szórták teli a hun főterét. A Hun birodalom koronázási szkíta ősi keresztény szertartását, a hun sámán papok este rendezték a fő téren, a hun nagy fejedelmét. azon a nap estén ragyogtak a csillagok az égbolton, 32 hunszövetség fejedelmei ott voltak a Ruha koronázási szkíta szertartásánál, Ruha nagyfejedelem kilépet a jurta sátorból, és az emelvényre ment hun katonákkal együt. Gordont álltak a hun katonák az emelvény előtt, hun népek kiáltoztak és éljenezték Ruha hunok nagy urát, Felment az emelvényre, már ott voltak a szkíta sámán papok, elkezdték hun imát imádkozni az csilla isteneihez, Szelte sámán fő pap kitárt karokkal csillag isteneihez fordult, hogy fogadják el a hunok nagyfejedelmét. Egy szer csak megjelent a csillag istene a hunok szent csoda szarvas csillag jelképébe. A hun nép ijedten áhítottan csendbe nézték a csillag istenek szent csoda szarvas meg jelen nézését, Skándá sámán fő pap, szkíta hun arany koronát rátette Ruha nagyfejedelem fejére, a hun korona, Spirál szín arany, a végén rubint kék madár volt, rajta. Koronázás előtt készítették a hun ékszerész mesterek. A szkíta sámán keresztény koronázás után Ruha le ült a hun birodalmi székbe, a hun népe elcsendesedet és letérdepeltek a nagy úr előtt, addig ameddig a hunok nagyfejedelme, fel ált a hun birodalmi trón

székből. a hun népeihez fordult, kitárt karral, a hun nép fel ált, éljenezték, az első hun nagy_ fejedelmét a hun népe, feljöttek a hun táncosok az emelvényre, és eltáncolták csillagok istenei táncát. A tánc után, hunok nagy ura, bejelentette a hun népnek, hogy mulatás legyen a fő téren, hun nép hozták a asztalokat és széleket sülteket és bort tettek az asztalra, szolt a zene és ének. tánc mulatozás lett a fő téren. Addig lett a mulatozásnak, a meddig el nem fáradtak, a hun népe, kezdtek elmenni a fő térről, az hun emberek. A Ruha nagyfejedelem, már rég elment a fő térről, elcsendesedet a fő tér, mindenki elment a fő térről,

2

ETELE SZÜLETÉSE

406 b megszületett Dária, Etele Mundzuk vagy Berzebub gyermeke Etele, nagy öröm volt a táborába, Ruha hunok nagy ura, öröm hírt kapót, megszületet unoka öcs e, apja elvitte a nagy fejedelemhez bemutat ni fiát Etelét Nagyfejedelem várta öcsét. Az örök bejelentették hogy látogató megérkezet, Ruha mondja az őrnek hogy engedje be, őr átadta az üzenetet, Ruha testvére és felesége bejött a nagyfejedelemhez. Hunok nagy ura, meglátta unoka öcsét, testvére át adta fiát Etelét, kezébe adta Etele fiát. Ruha mondja testvérének egyszer majd ö lesz a hunok nagy fejedelme, Ruha hunok nagy ura, kérdezi hogy mikor akarod a névi szertartást testvérem, Etele apja mondja hogy akár holnap este lehet, a névi szertartás. Ruha nagy úr, szolt a sátor női szolgálónak hogy hozón be bort és két poharat. A szolga nő behozta a bort, és teli töltött a agyag poharakat bora, Ruha hunok ura és testvére együt ittak a Etele születéséről. Ruha nagy úr, szolt a sátor őrnek, hogy Szelte szkíta sámán fő papot hívassa a hunok nagy ura. Szelte szkíta sámán fő pap belépet a hunok nagy urához, meghajolt és mit parancsol! nagy uram, Ruha nagy úr azt mondja hogy holnap este névi szertartást kell tartani a fő téren az emelvényen holnap készen álljón, Szkándá mondja a nagy úrnak igen készen álok a névi szertartáson. nagy úr mondja hogy elmehet, Skándá meghajolva ki ment a nagy úr jurta sátorból, Ruha öcs e és feleségével, Etele fiával eltávozót nagyfejedelem sátrából.

3

ETELE POGÁNY KERESZTÉNY NÉVI SZERTARTÁSA

Másnap egész nap estéig, a hun népe a fő téren gyülekeztek Etele névi szkíta ősi keresztény szertartásánál. jelen voltak a 32 hun fejedelmi szövetség. Hun gyerekek virágszirmokkal szórták szét a fő térem és az emelvényen is, ót ahol fogják tartani Etele névi szkíta ö sí keresztény szertartását. Ruha hunok nagy fejedelme szkíta sámán keresztény celebrált névadási szertartáson. Közeledet a szkíta sámán ősi keresztény Etele névadása, szkíta sámán papok felléptek az emelvényre MUNDZUK és felesége Dáriais fel léptek az emelvényre, kivették Dária kezéből csecsemő Etele fiát, szkíta sámán szelte fő pap fel emelte csecsemő Etelét, és a csillag isteneihez szent csodaszarvas hoz fordult, a többi szkíta sámán papok, ők is keresztény szkíta sámán imát mondtak a csillag isteneihez, közbe a Skánsár hun keresztény szkíta sámán fő pap, fojtatta Etele név adási keresztény sámáni szertartását. Sámán papok egyike elővette egy fa edényt és telitöltötte vizel, szelte szkíta hun sámán fő pap Etele csecsemőt belerakta a fa edénybe, a mi televolt vizel, Utána kivette a vízből csecsemőt Etelét, egy posztóanyagba becsavarták Etelét, és a szüleihez átadták, Ennyi volt az Etele névadása szkíta sámán keresztényi névadása, Vége lett Etele névi ősi szkíta sámán keresztény szertartása. Etele szülei is elindultak haza, hunok nagyfejedelme már rég elment az Etele öcs e névi hun szertartáson.

4

HUN GYEREKEK MEGJELÖLÉSE

Minden születésű hun gyermekeket tetoválással megjelölik, a törvény szerint, mert így tudjuk meg hogy ki a hun gyermek.

5

MUNDZUK CSALÁD
VISSZATÉRÉSE A TÁBORÁBA

Etele szülei vissza tértek táborába, lefekvés előtt valaki bekéredzkedet Mundzuk jurta sátrába, öcs e volt, óh öcsém, te vagy kérdezte a bátya, igen én vagyok bátyám, nem zavarlak, nem! kérdezte, holnap megyünk vadászni vagy halászni bátyám. Igen, mehetünk, Most elmegyek, holnap reggel jövök, aztán elhagyta bátya jurta sátrát.

6

MUNDZUK ÉS OTER FEJEDELMEK
ÉS FELESÉGEIK HALÁLA

Hajnalba nyugovóra tért a hun tábor, de valami mégis zaj volt a hun táborba. lefekvés előtt, egy hun vezér bejelentkezet fejedelem jurta sátrába, elmondta fejedelmének hogy katonái idegen embereket láttak a tábor körül. Mundzuk fejedelem kiadta a parancsot, hogy a tábor körül kettős őrség legyen, táborba nézetek körül. Ha láttok idegen embereket a tábor körül, fogjátok el, és vigyétek elém. A hun vezér meghajolt és eltávozót a fejedelmi jurta sátrába, a tábor zajra a hun emberek fel ébretek, mert fel rúgták az egyik világitó edényt, nagy zörej lett, felgyulladt, a mi bevilágították hun tábort. A hun emberek éjszaka Rémülten. kijöttek a jurta sátraikból Mundzuk és felesége, fel ébretek a nagy zajtól, idegen emberek bementek az egyik jurta sátorba, pont a fejedelmi jurta sátrába mentek. Egy idő után a hun tábor lecsendesedet, Fejedelem kérdezte az idegeneket hogy miért jöttek, az idegenek azt felelték hogy a fejedelem fiát akarjuk, elvinni fejedelem, azt mondta azt nem! inkább meghalok, hogy a fiamat át adjam nektek. Kihúzta a kardot és nekiment az idegen hun embereknek. Nemsokára jött az öcs e kinyitotta a jurta sátor ajtaját, öcs e és felesége bejött, a felesége kiakarta venni Etelét a ágyából, a másik idegen ember leszúrta a fejedelem öcs e feleségét, bátya fejedelem és öccse viaskodott az idegenekkel szemben. De meg próbálta Mundzuk

17

fejedelem feleségét kivinni Etelét a jurta sátorból, de nem sikerült, mert észre vették, öt is leszúrták, mind a két fejedelmet l is leszúrták. így elvitték az Etelét a idegenek, a fejedelmi jurta sátorból.

HUN ÖRÖK JELENTÉSE NAGYFEJEDELEMNEK

Hun vezér bejelentkeztek a nagyfejedelemhez, a hun vezér jelentette, Ruha nagyfejedelemnek tegnap idegenek betörtek a Mundzuk táborába, Demire vissza mentem jelenteni akkor már az idegen emberek már nem voltak a táborba. De láttam hogy mindkét fejedelem halót, és annak feleségei is halottak, az Etelét elvitték az idegenek, a hun nép felkelt rémülten sikoltozva látták hogy leégették a tábort. De akkor tragédiáról még nem tudtak, hogy megölték mindkét fejedelmet és annak fejességűket, ezért elvitték Etelét, ezért égették fel a tábort. Másnap reggel jelentették Ruha nagyfejedelemnek, Hunok nagy ura őrjöngőt dühébe meghallotta. amit hun katona elmondása szerint volt, hunok nagy ura, kiadta a parancsot a hun vezéreknek, hogy keressétek az unoka öcsémet Etelét! az egész hun birodalomba, Elrendelte kettős őrséget, mindenűt katonák voltak az egész hun birodalomba, de nem találták Mundzuk Etele fiát.

8

MUNDZUK ÉS OTER, ÉS FELESÉGEIK
FELRAVATALOZÁSA

Ruha hunok nagyfejedelme, halott testvéreit, egy üres jurta sátorba vitette, beszórták a négy halott testét só vall, majd eltávolítsa az erős liliom halotti szagát., a jurta sátor ravatalozóból. Ruha hunok ura, szkíta papokat magához hívatta, szkíta papok bejöttek és meghajoltak a hunok nagy urának, Kérdezi SKÁNDÁ szkíta sámán keresztény fő pap, hívattál nagy uram! Ruha nagyfejedelem mondta a papoknak hogy megölték a két fejedelmi testvéreimet és annak feleségeit. A hun népek, a négy halott tiszteletükre megnézték a felravatalozót Ruha hunok nagyfejedelmének halott testvéreiket. hunok nagy ura, a jurta sátor ravatalozóból kivitette a katonákkal halott két testvérét, és feleségeiket, a hun katonák két szekérrel rá tették a halott két fejedelmeket és feleségeiket, elindult a hun menet szkíta szokás szerint, Ruha hunok nagy ura lovon és a többi lovon a 32 hun fejedelmek el. Szkíta keresztény sámán papot is a hun menettel együt mentek, a hun szkíta szokás szerint.

A HUNOK NAGY URA MINDKÉT TESTVÉREI ÉS FELESÉGEI TEMETÉSE

Vége lett a szkíta hun hagyománynak a hun ácsok már elkészítették négy hun embernek a fa koporsóját, a szkíta hun temetést nem messze temették el Ruha hunok nagyfejedelme két fejedelmi testvérét és a feleségeiket. Ruha nagy úr, hun katonai öröke t állit ott fel, nehogy kirabolják a négy ember nyugovóra tért álma sir ját. Vége lett a szkíta hagyomány ősi temetése. Ruha fejedelem és a többi szkíta fejedelmek is eltávoztak, a temetés végénél.

IDEGEN HAT
NÉPCSOPORT ELFOGÁSA

Hun birodalom határai kívül elfogták egy idegen nép-
csoport hat emberét, hun táborba Ruha nagy_ fejede-
lem elé vitték őket, az örök letérdepeltették nagyfeje-
delem elé. Hunok nagyfejedelme kérdezte tik voltatok,
aki, fel gyújtottátok Mundzuk és Oter táborát megölté-
tek fejedelmi két testvéremet, és feleségeiket, elvi t étek
Etelét. Ó nagy uram! nem mi! gyújtottuk fel a tábort,
nem! mi!vittük el Etelét, Ekkor hunok nagyfejedelme
megparancsolta az öröknek, kezdjétek ütni a foglyokat.
Ó nagy uram! Mi mindent elmondunk! jajgattak a gyil-
kosok, akkor még egyszer kérdezem? Ki vitte el Etelét?
Mondjátok, ki! gyújtotta fel testvéreim táborát! Ki ölte
meg! testvéreimet és feleségeit!, ki vitte el Etelét!. Meg-
szólat az egyik gyilkos. A mi táborunkba olyan embe-
rek vannak, aki pénzért mindent megtesznek, és képe-
sek ölni. Hunok nagy ura, ha! igazat mondd tok, akkor
kicsaljátok a táborból azokat az embereket, a kik megöl-
ték a két testvéremet, és feleségüket, és elvitték Etelét.
Akkor szabadok lehetek, elmehetek, a hun táborból. Én
a szavamat adom nektek. Köszönjük a jóságodat, nagy
uram! Válaszoltak, a hat idegen emberek, a hunok nagy
urának. Ruha hunok nagy ura mondja a gyanúsítottak-
nak addig bennlesztek a jurta sátor börtönbe zárva, addig
ameddig bennem bizonyosodik a mit mondtak nekem.

GYANÚSÍTOTT BÖRTÖNBE

Hun örök elvitték az idegen embereket, a nagy úr sátrából
ahogy kisérték őket a fő téren keresztül a hun nép felből
szülve megtámadták az idegen népcsoport embereket.
A hun katonák eléjük álltak. A tömeg nép azt kiabálta
hogy halál az idegen emberekre, halál az idegen embe-
rekre. Katonák kordont álltak. ne hogy meglincseljék a
foglyokat, alig tudták elvinni a fő térről őket, a megva-
dult hun nép elöl. A hat ember újból jurta sátor börtönbe
tették. két hun katona ált a börtön sátor előtt, vigyáztak
rájuk, ne hogy hun nép meglincseljék őket.

12

NAGYFEJEDELEM PARANCSA

Másnap reggel Ruha nagyfejedelem ki adta a parancsot, a hogy hozzák elő a hat idegen embert a bőrtőmből. Az örök előkísérték a bőrtőmből a hat gyanúsítottakat a Ruha parancsára. A nagyfejedelem magához hívatta két fejedelmet Bendegúz és Tárkány fejedelmet és néhány hun lovassággal, menjetek a hat idegen gyanúsítottért és vigyék elém őket. A két hun fejedelem és hun lovassággal elindult a hat idegen emberrel a táborba, de út közbe találkoztak azokkal akik megölték, a két hun fejedelmet, és a feleségeit, és elvitték Etelét. Tárkány és Bendegúz fejedelmek megkérdezték, nem e találkoztak olyanokkal akiknél kis csecsemő van. A hat idegen férfi válaszolt, nem találkoztunk senkivel. Az idegen hat férfi tovább ment. Tárkány és Bendegúz fejedelem a lovasságával tovább ment, de csecsemő sírás hallót Bendegúz és a Tárkány fejedelmek utánuk eretek a hat gyanúsítottak után. Bendegúz azt kiabálta a hat hun katonáknak, hogy kapjátok el őket!. A hun katonák utol érték a hat lovas idegen embereket, de ők ellem álltak, miután le estek a lóról. lefegyverezték őket. De az egyiknek sikerült elmenekült a hun csecsemővel. Az öt idegen törzs gyilkosokat elvitték a Kár pát medence hun birodalomba, egyenes a Ruha nagyfejedelem elé vitték.

A FEJEDELMEK GYILKOSAI A KÁRPÁT MEDENCE HUN TÁBORÁBAN

Az idegen népcsoport gyilkosai meg próbáltak megszökni, de nem sikerült a szökés, mert észre vették, a hun lovasság katonái, elkapták az ideg gyilkosokat. Bendegúz fejedelem utasította őket, hogy jól kötözzétek meg őket hogy ne hogy meg szökjenek az idegen gyilkosok. amíg el nem érik a kárát medence hun tábort, egy napig lovaglás után kár pát medence hun táborába voltak. Bendegúz utasította az őröket hogy vigyétek az idegen gyilkosokat jurta sátor börtönébe. Négy örök a gyilkosokat megközözve vitték a fő téren keresztül, de a hun katonák kordont által, ne hogy meglincseljék a gyilkosokat, a hun népek. A jurta sátor börtön be vitték őket, két hun örök vigyáztak rájuk.

RUHA FEJEDELEM KEGYELME

A két fejedelem másnap jelenkezet a nagy úrnál, Ruha nagyfejedelem kérdésére, hogy elkapták a gyilkosokat, a két fejedelem közül Bendegúz mondja a hunok nagy urának hogy elkaptuk a gyilkosokat. A jurta sátor börtönébe vitték. Ruha hunok nagy ura, szolt az öröknek hogy hozzátok elém az hat idegen gyanúsítottakat akiket korában elfogták a két fejedelem és hun lovasai. Az örök elhozták a börtön jurta sátorból, akiket korában elfogták, a hunok nagy urához vitték, Ruha nagyfejedelem, azt mondta elkaptuk az igazi gyilkosokat. Most tik szabadok vagytok, menyetek!örök! adjátok vissza a lovaikat, hat idegen emberek meghajolva megköszönték, a nagy úrnak, utána meg fordultak elhagyták a hunok nagy fejedelmi jurta sátrát.

15

HAT IDEGEN EMBER TÁVOZOTT
A KÁRPÁT MEDENCE HUN TÁBORÁBÓL

Két hun őr hozták a lovaikat, ahogy a hunok nagyfeje-
delme mondta, felültek a lovaikra, és gyors vágtába el-
hagyták a hun tábort és a Kárpát medencét.

16

DÜHÖNGŐ HUN NÉP

Másnap reggel Ruha nagyfejedelem szólt a hun katonáknak hogy hózzák elém. A fogdából, a hat idegen gyilkosokat, az hun katonák elmentek a nagy úr parancsára, a jurta sátor börtönből kihozták a hat idegen gyilkosokat. A hun katonák megint végig vitték a fő téren keresztül, a hun nép kiabálva kiáltozva kisérték, hogy hálált nekik halált nekik, sokan össze gyűltek, a fő téren. a hun katonák alig tudták elvinni, a kiáltózott dühöngő hun nép elöl, a z idegen gyilkosokat, a Ruha nagyfejedelem oda vezényelt megint. a hun katonákat, a fő térre, megint gordont álltak. Hogy nehogy megint meglincseljék a idegen hat gyilkosokat, a feldühödött hun nép, a hunok nagy urához vitték, kihallgatásra. Jött a jó hír, hogy elfogták a hatodik idegen gyilkost, egyenest a hunok nagy úr elé vitték.

A HUN NÉP KÖVETELÉSE

A hun katonák a feldühödött nép sorai között kisérték a foglyokat. A tömeg a gyilkosok halálát akarták. Ruha nagyfejedelem, kiment a jurta sátrából, néhány katonával fel állt emelvényre. A hun nép lecsendesedett letérdepelt a kezüket elörre tették meghajolva nagy hun fejedelem ellőt. Utána fel állt a hun nép, Ruha nagy úr állt a hun nép előtt. így szolt a hun néphez, népeim! a mit követeltek jogos meglesz azonban erről a fejedelmeknek kell dönteni, nekik kell kimondani a halálos ítéletet. Addig legyetek türelmesek, a gyilkosokat meg fogjuk büntetni. Össze hívom a haditanács fejedelmeit, ők határoznak a gyilkosok felett, ami ítéletet hoznak, mindenki menjenek haza nyugodjatok meg, majd kihirdetjük mikor lesz a idegen gyilkosok kivégzése a fő téren.

18

HUN FEJEDELMEK ÍTÉLKEZÉSE

Hun fejedelmek össze gyűltek a nagyfejedelmek kérésére hogy megvitass a gyilkosok büntetését, hogy mi legyen velük. Bendegúz én azt mondanám, hogy halál büntetést kell kiszabni rájuk, fejüket kell vétetni az idegen embereknek azért a mit elkövettek. De sajnos nem vallottak be, hogy hová vitték Etelét, mondja Bendegúz fejedelem. mindenki egyet értet Bendegúz fejedelem ítéletével, még a nagyfejedelem is, Ruha nagyfejedelem így szolt, még várunk valakit, kit vár nagy uram? mi a neve! kérdezték a fejedelmek, Flavius Aentinus hívják, régóta a barátom, a hun népis. A z ez romai! reagált Bendegúz fejedelem, igen magas tisztségbe van romai légiós seregbe. Akkor miért jött a hun táborba? kérdezte fejedelem, Ruha nagy fejedelem elmondja a hun fejedelmeknek, légiós romai tiszt, ott hagyta romát a légiós seregével együt érkezet a kár pát medencei hun táborába, hogy fel ajánlja a romai seregét. A többi fejedelem nem értették, hogy miért ajánlja fel romai tiszt segítségét a kár pát medence hun táborának, Elmondom hogyan történt Flavius Aetinus elmondta hogy Romába szenátorok és a cézár többször nem fogadták el által javasolt hadi tanácsot. Így mérgébe elhozta, a tizedi légiós sereget, és elhagyta Romát. Így érkezet a kár pát medencébe a hun táborba hozzám, össze barátkoztunk, és a hun népis befogadta Flavius Aetinius a seregét. Üzentek neki hogy jöjjön a légiós seregével vissza romába, mesélte Ruha nagyfejedelem. Nagy uram! Miért hívta a hu táborba kérdezte Bendegúz fejedelem, ö nem tért vissza romába. Azért mert tizenkét éve elvitték Mundzuk fiát Etelét. Hátha megtudjuk tőle, hogy hol van, így kiszabadítjuk őt. és a hun táborba hozzuk, véget vetett a haditanácsnak, mindenki eltávozót a hunok nagyfejedelem jurta sátrából.

HAT IDEGEN EMBER KIVÉGZÉSE A HUN FŐTÉREN

A hun tanács úgy döntött a hat idegen gyilkozok fejét veszik a fő téren, a hun nép, a hun fejedelmi szövetségek is ott voltak a kivégzésnél, Ruha nagy fejedelem kiment a főtére, és felolvasta a hun fejedelmi tanácsnak a hun népnek a halálos ítéletet. az idegen gyilkosoknak a fejét levágják a hun nép előtt fő téren. Testüket elégetik, Ruha nagyfejedelem szolt a katonáknak hogy hózzák ki a börtönből a gyilkosokat,. A hun nép kiabált hogy halál a gyilkosokra. A hun katonák felvitték a gyilkosokat az emelvényre, a kivégző katonák letérdepeltették a gyilkosokat, Ruha nagyfejedelem előtt, várták a halálos ítélet végre hajtását, a kivégző katonák, a nagyfejedelem intésével, kardal végre hajtották a halálos ítéletet, a hun nép előtt egyenként levágták kardal a fejüket a gyilkosoknak, a testüket elvitték a kivégző katonák elégetni. Ruha nagyfejedelem eltávozott a főtéről, a szövetségi hun fejedelmek és a hun nép hazamentek.

20

GERMÁN TÖRZS BETÖRÉSE
A HUN BIRODALOMBA

Idegen germán törzs nép csoport katonai seregének betörése kár pát medence birodalmába A két fejedelem, Bendegúz. Apor, kilovagoltak a kár pát medence határán. Ott látták, egy idegen nép csoport katonáit harc készültségbe. két fejedelemmel vissza lovagolt a hun táborba, Egyenest a nagy fejedelem, a jurta sátrába mentek, meghajoltak a nagy úr előtt, Bendegúz szólalt meg a nagy úr előtt, a ki lovagoltunk, és láttuk a kár pát medence határnál, idegen népcsoport katonákat letáborozni. Ruha nagy fejedelme ki ment a jurta sátor elé, és kiadta a parancsot, a hun katonáknak a harci riadót. A hun kár pát medence birodalmába harci készültségbe lett álli tani, minden hun szövetséges katonát, és szövetséges hun fejedelmek katonáit. Ruha nagyfejedelem össze hívta a hun hadi tanácsot a kár pát medence hun terület megvédésére, Ruha nagyfejedelem mondja, azét hívtam önöket hogy elmondjam veszélybe van a új hazánk. Most mondta el nekem Bendegúz, hogy idegen nép csoport katonái letáboroztak a kár pád medence határán, minden fejedelem katonái legyenek harci készen létbe, mondja Ruha hunok nagy úrra, hadi tanácsnak. Megjött Flavius Aerinus, belépet a fejedelmi jurta sátor tanácstermébe, ott látta a szövetségi hun fejedelmeket, a haditanácson. Flavius aetinus mondja a haditanácsának, én is láttam az idegen sereget kár pát medence határán letáborozni.

HUN ÉS GERMÁN CSATA ELOSZTÁSA

Én a seregemmel harcra állok a germán sereggel szemben mondja Flavius Ruha nagyfejedelem, a hun szövetség fejedelmei milyen harci ajánlatot tesznek? Nagy uram! Alig várjuk a csatát, hogy kíüzűk a kár pát medencéből Odoker germán király sereggel szemben, mondja Flavius aetinus, válaszoltak Bendegúz, Csanád, és Nimród hun fejedelmek, egyet értetek Flavis Aetinus a. Ruha nagyfejedelem beosztotta csata fel állást, ki hol fog támadni. Elő szőr a rabszolga férfiak fognak gyalogosként támadni a germán gyalogos seregre, Flavius serege középem fog támadni, jobb és bal oldalon, Ruha nagy úr intésével a nagyfejedelem a hun lovassága és a hunfejedelmi szövetség lovassága elvonja a csata térről a germán lovasság seregét, nyíl záporral lenyilazzák a germán lovasságot. így megsemmisítve van a germán lovasság.

HUN ÉS GERMÁN SEREG,
A KÁRPÁT BIRODALOM ELHAGYÁSA

Másnap reggel a hun sereg és szövetségei, a germán sereg kiűzésére indultak a kár pát medence birodalmából. A birodalom keleti részén, a csata téren Odoker germán király seregével elvonult. A mikor a hun sereg oda ért, csak nyomaikat találták, a csata germánokkal elmaradt. Ruha nagy fejedelem vissza vonult, a kár pát, medence birodalomba.

KELET RÓMAI SZERZŐDÉS MEGSZEGÉSE

408-ban hun hírnökök hírt hoztak Ruha fejedelemnek, meghalt Arkádius kelet romai cézár. Ruha nagy fejedelem össze hívta szövetségeseit és barátját tanácskozására, Ruha nagyfejedelem azt mondta a hun tanácsnak, hogy a szerződés csak addig tartott a meddig a kelet romai császár élt. De már nem tartozik a. új kelet romai császára egy úgy szerződéskötése, a hunok nagyfejedelemmének. A szövetségi hun fejedelmek és a hunok nagy fejedelme, romai légiós tiszt barátja. Hun nagy fejedelem szavazást mondót a szövetségi hun fejedelmeknek és barátjának. A hun barát nemmel szavazót, és a többi hun fejedelmek is követék a Ruha nagyfejedelem barátját nemmel szavaztak, Ruha hunok nagyfejedelem azt mondta hogy, a hun tanács nemmel szavazót, akkor nemet mondok az új kelet romai császárnak, akkor nem kősük meg a szerződést a kelet romai császárral. a Ruha fejedelem a hun tanácsnak azt mondta hogy már, régóta elrabolták az unoka öcsémet a kelet romaiak, már ti zen két éve van távol a hun tábortól. Szeretném ha valamelyik hun fejedelem vállalná az unoka öcsémet szabadi tását, ha nem találjátok meg, akkor gyújtsátok fel a várost, ! ha nem kerül elő, Etele az unoka öcsém. Aki ellen ál azt öljétek meg, Ezzel vége tért a hadi tanács össze jövetele, a Ruha nagyfejedelem jurta sátrába eltávoztak a hadi tanács.

KELET RÓMA BETÖRÉSE
A KELET RÓMAI BIRODALOMBA

Másnap kora reggel Ruha nagyfejedelem és a hun lovassága, szövetségi hun fejedelmek, és a hun barát Flavuzs Aetinus romai légiós tiszt lovasseregével elindultak kelet romába. Hogy Etelét haza hozzák a hun táborba legyen, a többi hun gyerekekkel együt. Ruha nagyfejedelem lovassága és a szövetségesei és a hun barát, behatoltak a kelet romai városába. Ruha nagyfejedelem kiabálva mondta hogy adjátok ki Etelét, de sir csend volt a városba. a romai nemesség és a nép bezárkózott a villájukba. és a roma népe a házukba. a város romai katonája kirohantak és felvették a harcot hogy kiűzzék kelet romai városaikból, a hun sereget, hun rabszolga gyalogosok felvették a harcot a kelet romai légiós gyalogosokkal szembe, támadta a hunhorda lovassága kelet romai seregre. nyíl zápora árasztották el romai seregre, fele megsemmisült, a romai sereg, de a harc után Etele nem került elő. FLAVIUS AETINUS, mondja a Ruha hunok nagyfejedelmének, harcnak vége. A Hun barát, azt mondja Ruha hunok nagyfejedelmének, Etele nincs kelet romába, a kor hol van? Etele! kérdezi? Ruha hunok nagy fejedelme. Szerintem nyugat romába van, felelte FAVIUS, Ruha hunok nagy fejedelme riadót fújatott a hunseregnek, szövetséges, hun sereg és a hun barát, vele együt ment a kár pát medencébe, a hun táborba. Így megúszta kelet roma, hogy elfoglalják, kelet romát, Ruha hunok nagy fejedelme.

KELET RÓMA,
TEODOSIUS KELET RÓMAI CÉZÁR

Árkádius kelet roma császára halála után Trodosius lett kelet roma cézár, aki nesz romai hírnöke hírt hozott Teodosius cézárnak, rósz hírt hoztam cézárom, egy barbár népcsoport betörtek kelet romába, fosztogatják kelet romai város oka t, aki ellem állt megölik azon nyomban az asszonyokat és gyerekeket elvitték. Több keleti romai városokba, is betörtek ugyan úgy rabolnak, és kifosztják a többi városokat, Teodosius cézár haragra gerjedt. Kérdezi cézár?, kik azok a barbár katonák? Egyáltalán van e vezérük, ki irányítja, ezeket a katonákat? Cézár magához hívatta romai légiós tisztjeit, és terminus helytartót, a légiós tisztek is megétkeztek, terminus helytartó is, cézár elmondja nekik, azért hívattam, mert kelet romát egy idegen barbár népcsoport fosztogatja, kérdezem tőletek?, ki tudja megmondani hogy kik ezek, akik fosztogatnak, mi a neve ennek a barbár népcsoportnak, cédrus kapitány azt mondta már láttam ezt a népcsoportot, valami hunoknak hívják. Mert a mikor élt Árkádius cézár velük kötött vér szerződés, pontosabban a hun nagy fejedelemmel, kinek neve Ruha nagyfejedelem, hunok nagy ura. Valahogy szoba kell állnunk velük, hogy ne fosszák ki a kelet romai városokat.

26

HUNOK VISSZAVONULÁSA A KÁRPÁT MEDENCE BIRODALMÁBA, A HUNOK TÁBORÁBA

Hun sereg pár napi lovaglás után vissza érkeztek, a kár pád medence hunok táborába. Ezzel máris hun táborába a fő téren voltak, a fő téren senki nem üdvözölték, hun nép nem volt a fő téren. Ruha hunok nagyfejedelme leszállt a lováról, és a jurta sátorba ment.

HUN FEJEDELMEK JELENTKEZÉSE KÖVETNEK

Hunok nagyfejedelme össze hívta a hun tanácsot, várom a jelenezésüket követnek, hogy elvigyék az üzenetemet nyugat romába, három fejedelem jelenkezet követnek, hogy elvigyék a hunok nagy fejedelemnek az üzenetét nyugat romába. Nagy uram! mink jelenkezűnk, elviszszük az üzenetét, Opor, Bendegúz, és Tárkány, Ruha nagy úr mondja ezt üzenetem, mondjátok el a hogy, adjátok ki Etelét, mert ha nem! a kor csata lesz a hunokkal, a hun kereskedőket engedjétek szabadon. Opor mondja a hunok nagy urának, holnap korra reggel indulunk nyugat romába A három fejedelem meghajolva eltávoztak a nagy úr jurta sátrából.

NYUGAT RÓMA, HÁROM HUN FEJEDELEM KÖVETKÉNT NYUGAT ROMÁBAN

Másnap kora reggel három fejedelem Bendegúz, Tárkány, 10 hun lovas katonákkal elindultak nyugat romába, hogy átadják hunok nagy fejedelem üzenetét. Három napi lovaglás után Nyugat Romába voltak.

29

NYUGAT RÓMA, HÁROM HUN FEJEDELEM KÖVETKÉNT NYUGAT ROMÁBAN

Három hun fejedelem egyenest a Tiberius cézárhoz mentek, romai örök el ál ták útjukat, kérdezték hová mentek, Bendegúz értette hogy mit mondót a romai őr, Bendegúz válaszolt az őrnek hogy a cézárotok hóz megyünk. majd én közlöm a cézárnak. Az őr bement a cézár hóz, Tiberius cézár kérdezi, az őrnek hogy, miért jött? meghajolt és azt mondja őr, hogy cézár uramhoz jött, három fura ember, akar beszélni akar cézár urammal, cézár jó! engedjétek be őket. Tiberius cézár kérdezi a három hun fejedelem tő, miért jötte? nagy urunk üzenetét hoztuk, a hunok nagy urától úgy tudjuk hogy itt! Tarcsák Etelét, már 12évem, azért jöttünk hogy elvigyük magunkkal, cézár miért? adjam ki Etelét nektek? kérdezte Tiberius cézár, a három hun fejedelmeknek. Azért mert ezt üzente a mi urunk, felelte Bendegúz, cézárnak, Tiberius cézár mondja hogy ez nevetséges! Etele mér régóta, egy romai családnál van, ők nevelték fel csecsemő óta, most már 12 év telt el, hogy náluk van, ők nem adják oda, nem mondanak le lóra, romai nevet is adtak neki, ere halkat. Ha nem adják ki Etelét akkor háborúra szolidjuk nyugat romát, Ezzel vége lett a tárgyalásnak, a három hun fejedelem elhagyta Tiberius cézár tárgyaló szobáját, fel ültek a lovukra és ki lovagoltak, 10 hun lovasokkal, nyugat romából.

BENDEGÚZ BESZÁMOLÓJA
A NAGY FEJEDELEMNÉL

Három fejedelem sietve ment a hunok nagy urához jurta sátrába, hunok nagy ura, három fejedelemnek mondja hogy, át adtuk! az üzenetemet! A cézárnak, Bendegúz hun fejedelem mondja a hunok nagy urának. Igen nagy uram! átadtuk a Tiberius cézárnak a mit üzent, nagy uram, híjába mondtam hogy adja ki Etelét, de ő! nem folt hajlandó ki adni Etelét, Mert ő! azt mondta hogy, egy romai családnál van tizenkét éve az a csalán. Bendegúz fejedelem mondja hogy a nem adják ki! akkor csata kihívás lesz, Tiberius elfogadta a csatát a Bendegúz tol, Nagy úr mondja a három hun fejedelemnek, először össze hívom a hun hadi tanácsot, és eldöntik hogy hol lesz a csata, és mikor, Ezzel vége lett a beszélgetésnek, három hun fejedelem meghajolt és eltávozót a hunok nagy urától.

RUHA HUN NAGYFEJEDELEM
HIRTELEN HALÁLA

434 évében, másnap reggel. A hun örök bejelentést akartak tenni a nagy úrnál, hogy valaki akar beszélni a hunok nagy ural, jurta sátorba bementek, ót látták hunok nagy urát. felakarták ébreszteni. De már, késő volt, mert halott volt, a feje le logót az ágyról. a szeme fel akadt, az örök ki rohantak nagy úr sátrából. A fő térre mentek, kiabálva a hun nép elé mentek, hogy a nagy úr meghalt, hun népe nagyon megrázta a nagy úr halál híre, sikoltozva sírva mentek a hunok nagy úr jurta sátrához. Örök és katonák el állták a hun nép elő az útjukat, ne hogy bemenjenek a halott nagy úr jurta sátrába. A hun fejedelmi szövetség és a barátja Flavius Aetinus légiós kapitánya. bementek a halót hunok nagy úr hózz, Ruha fia Buda volt apja haló ti ágyánál. halót hunok nagy uránál, az egyik hun fejedelem mondja a többi fejedelmeknek, és fiának és barátjának, hogy kikkel vinni a halót nagy úr halotti testét. a jurta sátorból. Egy másik üres jurta sátorba kell finni. a halót nagy urat, és ót kell fel ravataloztatni, a hunok nagy urát. a szkíta keresztény papok bementek a halott nagy úr hóz, feloldozták halót Ruha hunok nagy urát a csillag istenekéhez. Később átvitték a Ruha testét, egy másik üres jurta sátorba vitték, fej volt állítva ravatalozónak. Addig nem engedték be a hun népet, a sámánok orvos szedték ki a halót testéből belső részekből mindent, utána bekenték fertőtlenítővel, hogy ne induljon

a halót teste foszlásnak. Jurta sátor belül erős liliom virágok hóztak, és a virág szirmait szétszórták hogy fertőtlenítsék a jurta sátor belsejét. Később be engedték a hun népet, addigra kész lettek, sírás jajveszékelés, hangzott fel a halót hunok nagy ura körül, a hun férfiak bevagdosták arcukat, szkíta papok hun imát mondtak a halót, hunok nagy urának.

32

SZKÍTA KERESZTÉNY ŐSI SZERTARTÁS

Szkíta keresztény ősí szertartása szerint, Ruha hunok nagyfejedelme holtestét halotti körmeneten, végig vitték az egész kár pát medence birodalmába, így követék a szövetségi fejedelmek Ruha fia Buda, és a hun romai barátja. a hun népe is követe a körmenetet, egy hónapig keresztül tartót, a hunok nagy urát, kár pát medence birodalmába, vitték vissza a hun táborba.

RUHA HUN NAGYFEJEDELEM TEMETÉSE

A halót nagyfejedelem keresztény szkíta ősi temetési szertartása után, kár pát medencébe, megkezdték a Ruha hunok nagyfejedelmének a temetését szertartása A hun papok és a SKÁNDÁ fő pap fohászkodtak a csillag istenhez és a szent csoda szarvas csillag isteneihez, hogy fogadjál be a hunok nagy urát a lelkét a menyei országba. Első nagyfejedelemét, hármas fa koporsó volt, a első fa koporsóba, a hunok nagy ura volt betéve, a másik fa koporsóba összes ruhája és összes ékszerei voltak berakva. szintén a harmadik a fakoporsóba a kedvenc lova volt betéve. fia Buda és, szövetségi hun fejedelmek, és a hun barát voltak a, szkíta keresztény ősi temetésén. A szkíta papok és a SKÁNDÁ fő pap fohászkodót csillag isteneihez, hogy fogadják be a Ruha hunok nagyfejedelmének a lelkét új menyei országába. Vége lett a hunok nagy ura halotti temetésének, eltemették Ruha nagy fejedelmét. A ki eltemették azokat lenyilazták, távolabb is azokat lenyilazták, Ez a szkíta sámán ő sí temetési szokása.

HUNOK NAGYFEJEDELME
SZKOPJE FA SZOBRA

Temetés után, fél év telt el, a hun mesterek, fa szobrot faragtak Ruha nagyfejedelem emlékére. fő téren alították fel, a hun nép körbe állták a fa szobrot, Hunok nagy urát, Nézték, valaki virágot tettek a fa szobor elé, néma csend lett a fő téren a hunok nagy úr emlékére. A csend végeztével mindenki eltávozót a fő térről.

HUN NÉPNAGYFEJEDELEM
VÁLASZTÁSA ÉS KORONÁZÁSA

435-ben, egy éve év telt el azóta, meghalt Ruha hunok nagyfejedelem, Ruha nagyfejedelem utóda unoka öccse, Mundzuk legidősebbik fia, Bleda örökölte a hun nagyfejedelmi címét. A hun gyermekek szkíta ősi koronázási esti szertartáson virágszirmokkal szórták teli a fő terét és az emelvényt, ott a hol, megkoronázzák Bleda fejedelmét. Szkíta keresztény sámán papok előkészítették Bleda koronázási szertartási felavatását a fő téren. A hun szokás szerint, este lenne a koronázás napja, addig bent volt a Bkeda fejedelem a jurta sátorba. Ameddig a szkíta keresztény sámán papok, koronázási szertartási előkészítették a fő téren. A míg nem szóltak a szkíta keresztény sámán papok, hogy lépjen ki a jurta sátorból, a szkíta keresztény sámán papok, szóltak Bleda nagy_ fejedelemnek, most már kijöhet a jurta sátorbolt. a hun fejedelem ki jött a jurta sátrából. Bordó selyem ruhába volt rajta, a hogy a fő térre ment, a hun nép éljenzésbe kezdet, éljen Bleda éljen. felment az emelvényre, kezét fel emelte, a hun nép elhalkult. a szkíta kereszténypapok jelen voltak hun koromázás szertartási estén, Ruha fia Buda, szövetség hun fejedelmek és a hun barát, nagy fejedelem letérdepelt, a fejét a szelte fő papra nézet, a Skándá fő pap, csillag istenekhez fordult, szent csodaszarvashoz, hogy fogadják el a hunok nagyfejedelmét. A csillagok jelzést adta, a Szkíta hun keresztény sámán papoknak, hogy elfogadták a hunok nagyfejedelmét. Skándá szkíta hun keresztény sámán fő pap, letérdepeltette hunok nagy urát, rátette BLEDA fejére a hun koronát. A hun nép éljenezték a hunok nagy urát, Bleda hunok nagy ura, le ült a hun birodalmi trón székbe. A hun nép letérdepelt a karjukat előre nyújtva tették, egy darabig, utána, hunok nagy ura, fel ált, a hun trón székből, kitárt karral, a hun nép felé fordult, a hun nép fel ált, és elénekelték a hun himnuszt, után eljenezték a második hunok nagyfejedelmét, Vége lett a Szkíta keresztény sámán koronázása, a nagyfejedelem lement az emelvényről, utána vele együt mentek a testőr hun katonák. Az egyik hun asszony, odament a hunok nagy urához, a hun katonák elakar ták zavarni, a hun asszonyt, de a hunok nagy ura kegyes volt hozzá, mondja hogy mit akarsz?, a hun asszony, azt mondta hogy áldás legyen, nagy uram. ezzel eltávoztak a nagy úrnál.

A KORONÁZÁS UTÁNI ÜNNEPLÉS

Elmaradt a koronázás utáni ünneplés, másnap Bleda hunok nagyfejedelme, behívta egy őrt, és mondta neki, hogy menjen ki a fő térre, és mondja el a hun népnek, hogy a nagy úr azt akarja, hogy estére legyen egy kis mulatság, mert nem hirdetem ki, a koronázás után legyen ünnepség. Az őr kiment a hun főtérre, és egyenest a emelvényre ment, ott látta, hogy a hun népe, most is sokan voltak. Hangosan elkezdet mondani, a hun népekhez. A hunok nagy ura, azt akarja hogy estére legyen ünnep lés a fő téren. A hun őr lement a emelvényről, és egyenest a nagy úr hoz, ment. bement a jurta sátorba, meghajolt a nagy úr előtt, és azt mondta, hogy kihirdetem nagy uram a fő téren, a hun népnek. ma legyen! ünnepség a fő téren. A hunok nagy ura, most elmehet, Meghajolt és kimen a nagy úr jurta sátrából, Estére a fő tér megtelt asztalokkal, és székeket hoztak, ettek ittak, nagy úr koronázására, zene tánc lett, a fő téren, éjfél után vége lett a mulatozásnak, mindenki eltávozót a fő téren.

BLEDA NAGYFEJEDELEM, HADITANÁCS ÖSSZEJÖVETELE

Bleda a hunok nagyfejedelme össze hívta, a hun szövetségi fejedelmeket, és a Ruha hunok nagy fejedelmi barátját a haditanácsára, hunok nagyfejedelem elmondása szerint nagy bátyám Ruha nagy fejedelem hírtelen halála miatt, elmaradt, kelet romai háború. Így nem tudta kiszabadítani unoka öcsémet Etelét kelet romai fokságból, híjába küldőt követeket kelet romába Teodosius cézárhoz, nem adták ki, Etelét kelet romai fokságából, csak a hun kereskedőket. Flavius barátja mondta a Ruha nagyfejedelemnek, hogy nincsen Etele kelet romába, ha nem nyugat romába van, akkor hová vitték. Amióta megölték apámat Mundzukot, tizenkét év telt el, azóta Etelét akit elrabolták. Nyugat romába van. Ezért hívtam össze, a hadi tanácsot, hogy kiszabadítsuk Etele öcsémet, tizenkét éves fogságából, mert itt a helye! a kár pát medence hun táborába, hunok nagy ura, feltette a hun fejedelmeknek a, hogy ki akar, hun követként menni, nyugat romába. Hogy vállalja elhozza öcsémet nyugat romából. Három hun fejedelem jelenkezet, ugyan azok, a ki elhunyt Ruha nagy fejedelemnél jelentkeztek, Bendegúz, Tárkány, hun fejedelmek, Bendegúz, nagy uram! Mi! elhozzuk Etele öcsét, nyugat romából, Ha kell! életünk áráért harcolunk érte. Hunok nagy ura, azt üzenem! a nyugat romai cézárának, adják ki fejedelmeknek Etelét, ha nem! akkor csatát indítok nyugat roma ellen. Ezzel vége lett, a haditanácsnak. A hu fejedelmek elmentek, és a hun barát, elhagyták a hunok nagy ura jurta sátrát.

NYUGAT RÓMA,
ÜZENET TEODOSIUS CÉZÁRNAK

Másnak reggel a három hun fejedelemi követek, kora reggel ló háton, néhány hun lovasság katonával elindultak Nyugat Romába, vitték a hunok nagy urának az üzenetét. Néhány napi lovaglása után, Nyugat Romába érkeztek. Egyenesen a cézárhoz mentek. A romai örök elállták útjukat, megkérdezték hová mennek. A három hun fejedelem válaszolt a cézárhoz jöttünk, üzenetet hoztunk, a hunok nagy fejedelemtő, válaszolt Bendegúz. Romai őr, elvitte a hun fejedelmeket, a cézárhoz. Az őr mondja a három hun fejedelmeknek, először bemegyek én! elmondom a cézárnak, hogy két hun fejedelem, szeretne beszélni a cézárral. Romai őr benyitott az ajtón, Meg hajolt cézár előtt, és azt mondta a cézárnak hogy, jöttek cézár uramhoz, kérdezte cézár, kik jöttek? valami hunok jöttek cézár uramhoz. Teodosius cézár mondja, a kor! vezesse be, őket. A romai őr, meghajolva, kiment az ajtón, és azt mondta a hun fejedelmeknek, hogy a cézár, várja önöket, cézár kérdezte, a két hun fejedelmektől, kérdezi cézárár hogy miért jöttek? Bendegúz azt felelte, a hunok nagyfejedelmének, az üzenetét hoztuk, azt üzente, abból ál, hogy adjak ki Etelét, nekünk. Én adjam ki Etelét! válaszolt cézár. nem! adom ki! Etelét, nekem van jogom kiadni vagy, megtagadni Etelét, kiadását mert én vagyok a nyugat roma cézára!, Bendegúz mondja cézárnak, tizenkét éve elrabol tatátok a hun táborból, és nyugat romába viteted Etelét, három fejedelem érte jött, hogy elvigyék nyugat romából Etelét, kár pát medence hunok táborába. Bendegúz mondja a cézárnak adja ki, hogy elvigyük, cézár azt mondja, már nem adom ki. mert más család nevelte fel Etelét, egy romai, neve is van neki, nem akarom a családot szétszedni, aki csecsemő kora óta nevelték fel, Bendegúz mondja a cézárnak, akkor háborúra szólítsuk nyugat romát, cézár mondja, akkor elfogadom a háború kihívását. Bendegúz mondja cézárnak, majd üzenünk, hogy mikor lesz a háború, ezzel vége tért a beszélgetés, nyugat romai cézára. A három hun fejedelem eltávozót, a cézár fogadó szobájából, a három hun fejedelem fel ült a lovára, és elindultak ki a nyugat romából, szélsebesen a kár pát medence, a hun táborába lovagoltak.

KÉT HUN FEJEDELEM
A HUNOK NAGY URÁNÁL

Két hun fejedelem vissza tért lóháton, a kár pát meden-
cébe, hunok táborba, egyenest a nagy fejedelemhez jurta
sátorba mentek, egyik hun fejedelem Bendegúz mond-
ja, nagyfejedelemnek. elvittük az üzenetét, a nyugat ro-
mai cézárnak, Cézárnak mondtam, hogy adják ki Etelét
nekünk. De a cézár, nem adta ki! Etelét, háborúra szoli-
tota nyugat roma cézárát, a hogyan mondta nagy uram,
Vége lett a nagy úr beszélgetése, eltávoztak a három hun
fejedelem a nagy úr jurta sátrába.

40

KELETI VIZIGÓTOK

Futár érkezik a Kárpát medencéből, egyenest a hun tábor felé lovagolt, a hunok nagyfejedelméhez ment, meghajolt, és bejelentette, a hunok nagy urának, hogy veszélybe van a kár pát medence birodalom. és a hun tábor. Egy idegen hadsereg van a kár pát medence birodalom határán, annak királya vezetésével elfoglalta, kár pát medence birodalom, egy részét. Bleda hunok nagy fejedelem riadó jelzést, adót ki a hun tábor körül, megkongatták riasztó vészharangot Riadtan futottak kiabálva a hun népek a tábor körül. A vész harangra a hun szövetségi fejedelmek, és a hun barát felfigyelt rá, egyenest jöttek a nagyfejedelemhez, így össze gyűlt a hadi tanágy, Tárkány azt ajánlotta a nagy fejedelemnek és a szövetség fejedelmeknek, hogy harci állást legyen, a harcolni kell a kár pát medence birodalom és a hun területekért. nagy úr a harci állásba, a gyalogosok, és a hun barát gyalogos serege, elterelik az ellenség gyalogos seregét. Utána a hun lovasság eltereli a vizigótok lovasságát, kivonják a harc térről, én ezt aj álom, a hun hadi tanács elfogadta a nagy úr harci tervét. Holnap mindenki legyen a fő téren, onnét indulunk, a kár pát medence birodalom határra, ott a hol elfoglalták a kár pát medence, kis területét, vízi go tok seregét, kikel űzni a kár pát medence kis területéről.

CSATA A KELETI VIZIGÓTOK ELLEN

Másnap kora reggel senki nem volt a fő téren, csak a szövetségi hun lovassága és a hun barát. várták a hunok nagy urát, és a hun lovasságát, egy szer csak, megjelentek a hunok nagy ura és a hun lovassága, a fő téren. Együt lovag vágtára, a kár pát medence csatatere határán voltak, Bleda hunok nagyfejedelme, látta hogy idegen hadsereg van a területükön, vizigótok királya Alarik van, kár pát medence területét foglalta el a seregével. A hunok nagy ura fel osztotta a csata teret, ki hol fog támadni, a vizigótok ellen. A rabszolga gyalogos seregét. a mint a né haji első Ruha hunok nagyfejedelme, hozót létre. Most Bleda nagy fejedelmének, a seregébe szolgál. A rabszolga gyalogos sereg a csata téren középen támad, a harctéren. A hun kürt szóra várták keleti vizigótok gyalogosai a támadást, gyalogosai megindultak a hun sereg ellen, a rabszolga hun sereg megindult a támadásra gyalogos keleti vizigótok ellen. Mind két gyalogos sereg egyre közelebb vonultak, támadásra lendültek. addig harcoltak, ameddig, a hun gyalogos sereg elterel ö hadműveletet tett, a csata közepén. Flavius gyalogos serege a harcba, csata közepén, beszorították Alarik királyt gyalogos seregét a csata közepén. Alarik király, lovasságát küldte a harc térre, hirtelen a hun a lovassági és a szövetségi hun lovasság indult a harcba. Elterelték, a vizigótok lovassági seregét, harc térről, hirtelen hátra fordul tával, nyílzáporral leölték a vizigótok lovassági seregét., több mint a felét megsemmisítették, vizigótok Alarik királya, alig tudót elmenekülni, néhány lovassal, a csata térről. Így győzelmet aratva vizigót sereg ellen, Bleda hunok nagyfejedelme, és a hun lovassági serege, szövetségi fejedelmek és a hun barát. elindultak kár pát medence, hun táborába.

VISSZATÉRÉS A KÁRPÁT MEDENCE HUN TÁBORÁBA

Hun nép nagyon várta Bleda nagyfejedelem, vissza térését a hun táborba, az örök kiabálva jelentették be a hun népnek, megjött a nagy fejedelem, és a hun lovassága. és a hun szövetségesek fejedelme, és a hun barát. serege. Fő téren zavargások halad szót, nagyfejedelem érkezésére. A nép lelkesen éljenezték hunok nagy fejedelmét.

43

ÚJABB HADITANÁCS

Bleda hunok nagyfejedelem, újból össze hívta, hogy testvérét Etelét kiszabadítsa nyugat romából. Gyülekeztek, a nagyfejedelem jurta sátrába, szövetségi hun fejedelmek. és a hun barát. A hunok nagy ura, nyitotta meg, a hadi tanácsot, hunok nagy fejedelme, mondja, azért gyűltünk össze, hogy újból kiszabadítani unoka öcsémet Etelét nyugat romából. Ezért követeket küldünk nyugat romába, megkérdezem a fejedelmeket hogy ki vállalja, ki megy ki nyugat romába, a cézárhoz, ki mondja el, a cézárnak, az üzenetemet, Tárkány, Opor, a kettő hun fejedelmek, jelentkeztek, hogy elhozzák Etelét, a hun táborba. Ha nem adják ki nekünk Etelét a kor háború lesz. nyugat roma, hun hadsereggel szembe. Egyet értetek a szövetségi hun fejedelmek és hun barát, hunok nagy fejedelme mondja, vége a haditanácsnak, eltávoztak a nagy úrtól

44

RÓMA,
VISSZA NYUGAT RÓMÁBA

Hun fejedelmek újból visszamentek nyugat romába, Teo-
dosius cézár hoz, a cézár fogadta a három hun fejedel-
meket, cézár mondja, már voltak ilyen ügybe, azok na
kis, el, mondtam hogy Etelét nem adom ki, mert egy ro-
mai családnál van, már régóta van náluk csecsemő óta.,
nem hinném hogy elmenne önökkel, mert ez a otthona.
roma. Opor hun fejedelem, mondja, minket nem ez ér-
dekel, hogy ki nevelte fel, és ki a családja. Minket a nagy
urunk a mit üzent, hogy hozzuk el Etelét nyugat romá-
ból, és a hun táborba vigyük, minket ez érdekel, semmi
más. Hogy ki adja nekünk Etelét. Ha nem adja ki cézár!
akkor háborúra szolit fel, nyugat romát. Várták hogy ki
adja cézár Etelét, de nem volt hajlandó ki adni Etelét.
Akkor vissza jövünk. hun hadsereggel, és kiszabadítsuk,
ha kell erőszakkal elvisszük Etelét. Ezzel eltávoztak a
cézártól, vissza lovagoltak Kár pát medence hun táborba.

HÁROM HUN FEJEDELEM A KÁRPÁT MEDENCE HUN TÁBORÁBAN

A három fejedelem, BLEDA hunok nagy fejedelméhez jurta sátorba ment. nagyfejedelem fogadta, a három fejedelmeket, a hunok nagy fejedelme megkérdezte, sikerrel jártak e, nyugat romába? Három hun fejedelem meghajolt a, a nagy úr előtt. Át adtuk az üzenetet, nagy uram, cézárnak, hogy adja ki Etelét. Nem adta ki nekünk, ezért háborúra szólítottuk, nyugat romát, mire a cézár közölte hogy, három nap múlva ROADSTER völgybe lesz a háború. a háború. Akkor össze hívom, a hun haditanácsot, válaszolta BLEDA nagy fejedelem, a három hun fejedelem eltávoztam a hunok nagy úr átol.

NYUGAT RÓMA,
A HUN SEREG FELZÁRKÓZÁSA

Megvolt a haditanács, hun sereg felkészülve várta a nyugat római csatát, hogy legyőzzék nyugat római sereget.

47

NYUGAT RÓMA, HUNOK NAGYFEJEDELME CSATÁBA INDULT ROADSTER VÖLGYÉBE

Bleda nagyfejedelem felkészítette, a háborúra a hun lovassági seregét. és a szövetségi hun fejedelmek felkészült lovasság, és a hun barát serege. Nyugat roma ellen. Hunok nagy ura, magához hívatta, a szkíta keresztény sámán papokat, hogy megjósolják a, nyugat roma csatát. A fő pap Skándá. Megkérdezte, nagy uram! mi, várhat tőlünk, győzelmet vagy vereséget a csata téren,. A csillag isten csoda szarvas, azt mutatja, hogy nagy győzelmet aratnak. Hun sereg és a szövetségi hun fejedelmek és hun barát. nyugat roma csatába, a hunok nagy fejedelme ezzel meg nyugodót, szkíta keresztény sámán papok jóslatába. Nyugodtan A főtéren a hun nép izgatottan aggodva, nagy úr, harci felkészültség miatt. Nagyfejedelem ezzel meg nyugodót, szkíta keresztény sámán papok jóslatára, nyugodtan ment a csatába. Bleda hunok nagyfejedelem elindult.

48

NYUGAT RÓMA,
CSATA ROADSTER VÖLGYÉBEN

A hun sereg, és a szövetséges fejedelmi lovas sereg és a hun barát seregei, meg érkeztek Roadster völgy harctérre, nyugat romaiak sereg, kürt szó harci hala tára jelzésre, a romai légiós gyalogos sereg. megindultak támadásra, a hun gyalogos sereg ellen. mindkét gyalogos sereg mérgesen kiabálva támadtak és egymásnak estek. Kardal és dárdával szúrták egymást, pajzzsal védekeztek, és dulakodtat a harc térre, kürt szó halat szót, a csata téren, viszsza vonulást fújtak. a gyalogos romai légiós seregnek. A hunok nagyfejedelme, addig nem adta meg a csata jelzést a hun lovasságnak, ameddig, a romai lovasságot be nem vetette a romai cézár. Romai cézár, szolt a romai tiszteknek, hogy készítsék fel lovasságot a csatárra, cézár megadta a romai lovasságnak a támadás, a hun lovasság ellen a csata téren. A romai lovasság támadta a hun lovasságra, a hun lovasság elcsalta a romai lovasságot a csata téren, a romai lovasság, azt hite hogy megtorpant a hun lovasság. De a hun lovasság ez egy taktikai bevált mód szer a megfutamodás, a csata térről. Az ellen szemben. hirtelen megálltak, és le nyilazták a romai lovasságot, a ki eltudót menekülni a hunok nyilaitól az megmarad élve, a légiós lovasságból, a mi megmarat romai gyalogos sereg az újból támadót a hun gyalogosokra. Fkavius gyalogosai sereg, két eldalol támadta, a romai gyalogos seregre, bekerítette. és beszorították, és megadásra szólították, a romai gyalogos szereget. Flavius mondja, vagy megadjátok magatokat!. vagy meghaltok! a megadták magukat csata téren! Petronius kapitány mondja cézárnak hogy elvesztettük a csatát, meneküljön! cézárom. Vége lett a csatának, a hunok nagy győzelemnek elindultak kár pát medence, hunok táborába, a ki megmaradt romai légiós gyalogosok és lovasságok. Az ők is elmentek a romai cézárral együt, szégyen vesztes lehajtott fejel romába mentek. A hun sereg éljenezték a hunok urát. Amikor kezdték elhagyni Roadster völgy csatateret, útközbe, egy kisfiút láttak az úton, hunok nagy ura meg alította a hun sereget, lesz ált a lováról, oda ment hozzá. és azt kérdezte, hol vannak a szüleid?, a kis fiú nem szolalt meg, Bleda hunok nagy ura, megfogta a kisfiúnak a kezét, meglátta a tetoválást, kezén, a neve volt rajta Etele. Nagy örömmel Átkarolta a Etelét, és azt mondta hogy te vagy a testvérem Etele öcsém, felültette a lovára, és meg indult a hun sereg, a kár pát medence, a hun táboréba,

BLEDA HUNOK NAGYFEJEDELME,
A KÁRPÁT MEDENCE HUN TÁBORÁBAN

Hunok nagy ura, hun táborba érkezet, hun lovassággal már látták érkezésüket, nagy éljenzése fogadták a hun népe, a hunok nagy urát és a lovasságát, és hun fejedelmi szövetségét és a Flaviust, hunok barátját, a fő téren. hunok nagy ura, le szár a lóról. testvérem Etele öcsén. Bevitte a jurta sátrába. Buda első nagyfejedelem fia, meglátta Etelét, nem! fogadta üdvözlését mint unoka test vért.

NAGYFEJEDELEM BESZÉDE A HUN NÉPHEZ

A hun nép összegyűlt a fő téren. várták a nagy fejedelem beszédét az emelvényen, Bleda nagyfejedelem és feleségével kimen a többed magával a fő térre, felment a emelvény re, már a hun nép gyülekezet az emelvény körül. Az emelvényen ót látták a hunok nagy urát, a hun nép letérdepeltek a hunok nagy urának, a kezüket elörre tették, nagy fejedelem le ült a birodalmi hun trón székbe, felesége is leült a nagy úr mellé. Pár perc múlva, felt ált, a hunok nagy ura, a trón székből. hun nép fel ált, csend be hallaták hunok nagy urát. Roadster csatát megnyertük a nyugat romai légiós serét legyőztük, ezzel megmutattuk mi! hunok! mire vagyunk képesek. A kár az egész világot képesek vagyunk a harcba legyőzni, és meghódítani és térdre kényszeríteni, az összes törzsének urát, vagy királyát. A hun nép és serege világ ura lesz. Hun nép elénekelte a hun himnuszt és a hun indul ott a fő téren, éljenezték Bleda hunok nagy urát, nagy úr, kitárt karral láttán elcsendesült a fő tér, hun népe másodszorra letérdepeltek, a hun nagy úr előtt, csend volt a fő téren. Hunok nagy ura, fel ált és jelezte, a hun népnek a felállást, ezután felmentek, az emelvényre egyenként letérdepeltek és egyenként megcsókolták a kezét, hunok nagy urának. Kifejezték jó kívánságukat, hogy menyire szeretik a hunok nagy urát, nagy Urnak legyen jó áldás nagy uram. Ezzel végeket lett. a nagy úr beszéde a hu néphez. Bleda nagyfejedelem eltávozót a fő téren.

50

ETELE FELNŐTTÉ VÁLÁSA

10 év eltelt, Etele felnőtté vált, ez alatt mindent megtanult, a hun mesterektől, mozgó ügetőlovon íjjal lőni, egymás után, szablyával vívni tanították, és dárdával harcolni, a többi fel nőt hun emberekkel együt. Ez alatt az, idő alatt, Etele, mindent megtanulta, a hun harcászatot.

A NAGY VADÁSZAT

Etele kora reggel kiment az erdőbe, egy pár kísérő hun
katonává vadászni, vad kanra lő ni, Etele lesz ált, a lo-
vára, a kis érő katonák hátul voltak megbújva, és várták
a vadkan elő jöjjön, a bokorból. Unoka öcsét Budát lát-
ta a bokor mögött, a vadkan hirtelen rá támadót, már
nem tudót íjjal lőni mert, nagyon közel volt a vadkan,
Megijedt, és felmászót közeli fára. Etele ezt látta. Etele
elcsalta a vadkant a fától, a mi Buda fán ült, Etele gyor-
san elővette íját, célzót, a megrémült vadkan felé. fordult,
Pontosan célzót, a vadkan támadó fellé. A vadkan szeme
közé lőtt, így leterítette a támadó megvadult vadkant, a
fán ülő Buda nézte Etele, a vadkant két szeme közé íjá-
val nyilall öt, pontosan célzót. vadkan mire Etele köze-
lébe jött volna, addigra össze eset Etele lába közé. Etele
szolt Buda unoka öcsének, most már lejöhet a fáról! Buda
lemászót a fáról, ott látta kinyúlva a nagy vadkant leter-
rítve. Buda megköszönte Etelének, hogy megmentette
az életét a vadkantól, együt, mentek lovon ki, az erdő-
ből, utána a kis érő hun katonák mentek lovon utánuk.

BIZÁNCI HERCEGNŐ KISZABADÍTÁSA

Etele másnap megint kilovagolt az erdőbe, vele tartott
Bendegúz fejedelem és néhány hun lovas katonák, már
az erdőbe voltak, Bendegúz halotta, egy fiatal nő segély
kiáltását, mondja Etelének, hogy nem halottal, egy női
segély kiáltást? Etele mondja hogy nem! halottam kiál-
tást, erdőbe egyre beljebb lovagoltak, Bendegúz mond-
ja Etelének, na! halod a segély kiáltást!, most már igen!
halom,. Etele és Bendegúz, és néhány hun lovassággal,
közelebb mentek a fiatal nő kiáltására. Meglátták hogy
a rablók kall viaskodnak, egy pár katonák. Etele mond-
ja Bendegúznak, oda kel mennünk, segíteni kell. nekik,
Etele és Bendegúz fejedelmek, és néhány hun katonák-
kal, oda lovagoltak a segítség kiáltásra. A fosztogatókat,
megtámadták Etele és Bendegúz és a néhány hun lovas-
sággal. A harc ment, egy szer csak kinézet, egy szép gyö-
nyörű hintóból, fekete félig göndör szép szemű fiatal
lány, hogy kik azok aki segítenek nekem. vége lett a tá-
madásnak, a rablok elmenekültek, a helyszínről, Kiszállt
a hintóból, a szolga meghajolt, mondja a herceg kisasz-
szonynak, már elmenekültek a rablok, Etelének nagyon
tetszet a herceg kisasszony, Etelének nyújtotta a kezét,
Etele mondja, hogy haza visszük épségbe, Etelének meg-
köszönte a szép hajú fiatal hercegnő, hogy megmentették,
az életemet, Etele megadta a parancsot a néhány hunlo-
vassági katonának, az indulással, hintóval az erdőből,

ki indultak, egészen, egy tisztásra érkeztek, Egészen ha-
zányik elkísérte Etele és Bendegúz. és a hun katonákkal,
meg érkeztek Bizánc birodalomba.

BIZÁNC, ARI KAN SZÜLEI

Ari kan hercegnő megérkezet Bizáncban katonákkal
együt, azonnal apjához ment, palota őrei bejelentet-
té hogy Ari kan hercegné meg érkezet, a, Constantini-
us bizánci császár. Alig várta hogy lása az egyetlen lá-
nyát Ari kant hercegnőt, meglátta lányát átkarolta és
megcsókolta nagyon megörült neki, hogy megérkezet.
De látta hogy nem egyedül jött, hanem kísérővel, Cons-
tantinius császár, megkérdezte lányát, hogy! kik ezek a
urak?, Eri kán, azt felelte, hogy ezek a kísérőim, mert ők
mentetek meg a rablok tol, Nekik köszönhetem az élete-
met, mert ha nem jöttek volna, akkor elraboltak volna
engemet, akik ki sértek engemet, azokat megölték vol-
na. már nem lettem volna itt apám, váltsák díjat kértek
volna tőled, én! értem! Constantinius császár, a két hun
fejedelemhez lépet, és kérdezte a nevüket, Etele fejede-
lem vagyok, és meghajolt a másik fejedelem, Bendegúz
a nevem fenség és meghajolt. Köszönöm nektek hogy a
lányomat megmente tétek, nincs mit fenség, úgyis meg-
mente tűk volna a lányát, ha nem! lett volna hercegné. A
Bizánci gyászár leültette a két hun fejedelmet, szolt az
egyik szolga lánynak, hogy hozón be poharakat, és egy
kancsó bort. A szolga lány meghajolt és behozta a tárcát
és a poharakat és a kancsó bort, telitöltötte, a három po-
harat bórral, konstantinis, jó kívánságot mondtak egy-
másnak. Megitták a borukat, egy szer csak, megjelenik

császár felesége és lánya. a fogadó szobába, Constantinius császár, bemutatta a feleségét Aurorát, két hun fejedelmeknek és beszélgetek, addig ameddig, bennem sötétedet, Etele nagyon nézte a császár lányát, észre vette a császár, hogy a lányát nézte Etele. Nagyon mosoly gót a császár, hogy tetszik a lánya Etelének. Fel ált a császár és elköszönt Etelétől és a másik fejedelemtőt. Ari kan és a császárnő is elköszönt szintén a két hun fejedelemtől. Etele és Bendegúz elindultak ki, a császári szoba foga dó szobából. A két hun fejedelem fel ült a lovaikra, és elvágattak a kár pát medencébe, a hun táborába.

54

JUSZTINI A ETELE NEVELŐANYJA

Reggel Etele már jókedve ébret fel, a nevelő anya Jusztini a megkérdezte Etelétől hogy miért van, jókedve? Etele azt felelte nevelt Jusztini anyjának, hogy megmentetem egy szép gyönyörű nőt, az erdőbe. Mert megtámadták a rablok, és a kis érőröket, Bendegúz fejedelemmel és néhány lovas katonákká, Jusztini azt mondta Etelének, nem! hagytátok ót, az erdő közepén, nem! anyám, mert haza kis értük. Végén megtudtam hogy, akit!, megmentettük, az a Bizánci gyászár lányát volt, Bizáncba haza kis értük. Constantinus gyászár lánya herceg volt, a kit megmentetem, a rablok tol. Jusztini a kérdezi hogy tetszik a bizánci hercegnő Etele mondja a nevel tanyának hogy, nagyon tetszik, és megkérdezted, hogy mi a neve? még nem kérdeztem meg! mert ót volt az apja, ilyenkor nem illik megkérdezni, ott van az édes anya. Most elmegyek Bizáncba, ha találkozok! akkor! megkérdezem hogy mi a neve. És akkor megtudom hogy mi a neve, Jusztini a mondja Etele nevelt fiának, akkor, meny! hozzá, Etele kiment a jurta sátorból és felpattant a lovára, és gyors vágtával elindult, Bizánc felé.

55

BIZÁNC,
ETELE ÉS ARI KAN

Etele oda ért Bizáncba, szerencsére volt hogy meglátta
Ari kan hercegnőt, egyedül volt a kertbe és méz te, hogy
virágot szedet a virágos kert be, de Ari kant megzavarta
a virág szedésnél. Meglátta Etelét Ari kan, Etele közele-
det hozzá. Látta a szép fekete félig göndör hajába, fonót
virág volta hajába. Oda ment hozzá, megfogta a kezét.
Ari kan szép mosolyával, aszón nyomban belé szeretet,
nagyon megnyerte, a gyönyörű mosolyával. Etele azon
nyomban szívébe zárta Ari kant. Egy pár percig nézték
egy mást. Szeme elárulta, hogy Ari kan megtetszet te
Etelét, Etele szintén viszonyozta hogy tetszik Ari kan.
Etele leszakított egy virágot, és a Ari kan hajába tűzte.
Etele megkérdezte Ari kántól hogy mi a neved kedves?.
Ari kan szép mosolyával mondta Etelének hogy a neve.
Ari kannak hívnak. és a te neved? Etele a nevem. Így
most megtudták hogy hogyan szólítsák egy mást. Etele
mélyen bele nézte Ari kan szemébe. És látta hogy sors
egymásba teremtetek, hogy megtaláltuk egymást Ari
kannal együt. Ari kan mondja Etelének hogy már késő
van, Etele mondja hogy még nincs késő, anyura nézték
egymást hogy közeledtek egymás hóz, és megcsókolták
egymást, Etele átkarolta Eri kant. Ari kan mondja Ete-
lének, hogy már mennem kell. Etele kérdezi hogy mikor
találkozunk. Ari kan mondja, hogy holnapis találkozha-
tunk, itt!, a kertbe!, ugyan eben az időben, megcsókolták

egymást. Ari kan megindult és kiment a virágos kertből, Etele is meg indult, a kertből, és fel szállt a lováról, és elindult ki, a Bizánci birodalomból, lovával. Kár pát medence birodalomba, hun táborába.

BIZÁNC,
ETELE ÉS ARI KAN TALÁLKOZÁSA

Reggellett a hun táborba, Etelét a nevelő anya felébresztette, Etele elmondta a nevelő anyának Jusztinának, hogy megismerkedet egy Bizánci császár lányával, és szereti a császár lányát, Ha! kel, megéri a császár lánya kezét. Jusztina mondja Etele nevelt fiának hogy meghívom ebédre, Etele mondja nevelt anyának, akkor elhozom Ari kant, hogy ismerd meg. Etele elindult Bizáncba, hogy találkozón vele, a megbeszélt találkozásra. Fel ült a lovára, gyors vágtával két napa lat Bizáncba ért, megbeszélt helyre oda ért, ott várta Ari kán, a virágos kert be. A hogy hátal ált, valaki megfogta a vállat, meg ilyet, ahogy meg fordult. Ari kan, kit látott Etelét, mosollyal mosoly gót rá, egy szál illatos virág volt a kezébe, Etele mondja Ari kánnak, ezt neked hoztam kedvesem. A virágot a hajába tűzte. Ari kán mosoly ja egy re elkáprázta Etelét és a szívét, a mosolyával, Etele mondja Ari kánnak, hogy egy re jobban szeretlek, elakarlak venni feleségül, leszel a feleségem drága Ari Kám. Ari kán. Mélyen a szemébe nézet Etelének, és azt mondta Ari kan, nevetve mondja igen drága egyetlen Etelém, kicsordult örömébe egy könyvcsepp a szeméből, átkarolta Etelét. és mondja neki hogy szeretlek drága Etelém. Etele mondja, nagyon szeretlek, drága Ari kan. a homlokát és az arcát csókolgatta. és átkarolták egy mást, Etele mondja hogy beakarlak mutatni a nevelt anyámnak.

BIZÁNC, ETELE MEGKÉRI
CONSTANTINIUS CSÁSZÁR LÁNYA KEZÉT

Ari kan mondja Etelének, hogy először a szüleimnek kell megkérni a kezemet Etele. Etele jó, menjünk! Felültek a lovaikra, és elindultak bizánci várba, oda érkeztek, a várba, leszálltak a lovaikról, bementek a vár fogadó tanács terembe. Eri kan előre ment, a szüleihez, belépet a szobájukba. nagy mosollyal mondja a szüleinek, hogy Etelébe beleszeretem. A bizánci császár Constantinus, és felesége Aurora, megdöbbenve haladta lány a kijelentését, a császár mondja hogy, most hol van? kérdezte Ari kan Etele itt van!, a fogadó tanács szobába van, várja, hogy fogadjátok öt. Császár mondja, kéretem Etelét. császár szolt a őrnek, hogy szóljon, a ki kint, várakozik, kéretem öt. Az őr kiment a szobából, és szolt, aki kint várakozót. Etele belépet a császári szobába, meghajolt a császár előtt, császár mondja Etelének hogy, meg akarod kérni a lányom kezét, Etele, le térdelt a császár előtt, és azt mondta hogy megkérném a lánya kézét. A császár igent mondót, a leánya kéz kérését, a császárné Aurora is belezet a lány kéz kérését. A császár mondja Etelének, hogy mikor lesz a esküvő, Etele azt felelte a császárnak, Először megkell beszélnem a hunok nagy fejedelmével, hogy mikor legyen, és melyik este legyen az esküvő szertartása. A hunok nagy fejedelme, futárt küld császár hóz, ö elmondja hogy melyik napom, és melyik este lesz az, esküvő szertartása, császár mondja Ari kan, lányának, hogy már késő van, mi távozunk, Etele meghajolt a császár előtt. Eltávoztak Eri kan császári szülei, ketten voltak a szobába, átkarolták és megcsókolták egymást, Etele mondja most addig nem találkozunk ameddig, el nem jön, a esküvő estje, Eri kan még egy szer átkarolva ás megcsókolta Etelét. így elbúcsúztak egymás tol. Erik kan kiment a szobából Etele is utána ment, fel ült a lováról, és gyors vágtával ki lovagolt Bizáncból.

ETELE ÉS ARI KÁN HÁZASSÁGA, BLEDA HUN NAGYFEJEDELMÉHEZ

Másnap reggel Etele elment bátya, hunok nagy fejedeleméhez bejelenteni, a házasságát, BLEDA öccsét szeretettel fogadta, hunok nagy fejedelem, mondja kedves Öcsém!, belegyezem, a házasságodba! erre inni kell!, nagy fejedelem, szolt a szolga nőnek, hogy hozzon egy kancsó bort és két poharat,. A szolga nő hozta a kancsó bort, és két poharat, és le tetet az asztalra, teli töltötte. a poharakat bora, Etele fogta a teli töltőt poharat, bátya vall együtt ittak, Etele öccsével. Etele bátya a hunok nagy fejedelme, kedves öcsém, majd én! elintézem, szkíta sámán papokkal az esküvői szertartást, hogy elvegyed, a bizánci császár lányát, Etele mondja a bátyának, honén tudod!, hogy bizánci hercegnőt vesszek el feleségül. hunok nagyfejedelme. Én mindent tudok, hogy te kit veszel feleségül Etele, tovább ittak, addig ameddig elfogyót az bor. Etele mondja bátyának, hogy már nekem elég, már késő van, megyek lefeküdni, ki ment a jurta sátorból, elindult a saját jurta sátrába lefeküdni.

HUN PAPOK KÉRÉSE

Hunok nagy fejedelme kérette a szkíta papokat, Öcse esküvői szertartására előkészületét, sámán papok bejöttek, a hunok nagy urához, meghajoltak és kérdezték a nagy urat, hogy miért kérettél minket?, a hunok nagy ura, azt felelte a szkíta sámán papoknak, hogy azért, mert a Etele fejedelem esküszik, várom a válaszotokat!, hogy melyik éjszakai napján, lenne az esküvő, három nap múlva lenne alkalmas, mert akkor, a csillag istenek tisztán láthatóak, szent csoda szarvas az égen, akkor működik tisztán, a csillagok fénye. hunok nagy fejedelme mondja, jó! elfogadom a mit mondotok, sámán papok. Meg értette a hunok nagy ura, Ezzel vége tért a szkíta sámán papok beszélgetése, meghajoltak, és kimentek, a nagyúr jurta sátrából. Hunúk nagy ura, behívta a öt hun katonákat, és azt mondta nekik, hogy vigyétek el a üzenetemet bizánci császárnak, hogy három nap múlva, este lenne az esküvői napján, a Kár pát medence huntáborba, várjuk önöket és lá nyugat. Hun örök meghajolva. és elhagyták a nagy úr, jurta sátrát.

ETELE ÉS ARI KAN HÁZASSÁGA

Eljött az esküvő estéje napja, Constantinius és felesége Aurora és lányával fel öltözve, esküvőjére mentek. Ari kan várta szüleit, hogy induljanak Kár pát Medence hun táborába, Pár nap lovaglás után, meg érkeztek, kár pánt Medence hun táborba, hunok nagyfejedelme fogadta a főtéren császári családot, bevezette őket, a vendégfogadó jurta sátorba. Eri kán egy üres jurta sátorba vitték., hogy ott át öltözőn menyasszonyi ruhába. Szkíta sámán papok este előkészítették, Etele Ari kan házasságát, a fő téren. A hun nép a főtéren gyülekeztek, hogy láthassák Etele és Ari kan házasságát. Etele bent volt, a jurta sátorba. Ari kan is. Egészen addig ameddig nem szolnak, a szkíta sámán papok, hogy ki jöhetnek, a jurta sátorból, és a főtére. A hun gyerekek szokás szerint virágszirmokkal szórták szét, a hun főterét, virág illat, áradozót a fő téren. Szkíta sámán papok szóltak, hogy kijöhetnek Etele és mennyasszonya Ari kan, a fő téren. Etele ruhája bordó volt rajta. Ari kan mennyasszonyi ruhája türkizkék selyem ruhába volt, kiléptek a jurta fogadó sátorból. Ari kan szülei, egyenesen a fő térre, és a emelvényre mentek, hunok nagy ura! le ültette Ari kan szüleit, Constantinius császárt és feleségét Aurorát. Szkíta hun keresztény sámán papok, elkezdték a esküvői keresztény szertartást. Hun keresztény imát mondtak, imádkoztak, és fohászkodtak, a csillag istenei csoda szarvas isteneihez, hogy, fogadják el Etele és Ari kan hasasságát. Etele és Ari kan mindkét kezüket. állati vére bekenték, hun szkíta keresztény sámánszokás szerint, hun imával adták össze Etelét és Ari kant. A csillag isten, és csoda szarvas istene, jelzést adtak, a ifjú házasoknak, hogy elfogadták a házasságukat, Így össze adták, a szkíta keresztény sámán papok, Etelét és Ari kan. Vége lett a Etele és Ari kan házassági keresztény szkíta sámán szertartása. A hun népe áljenezték Etelét és Eri kan feleségét. A hun táncosok, fel léptek, az emelvényre, és eltáncolták a szkíta ősi keresztény sámán táncot. Az ifjú házasok táncát. A táncnak vége volt, meghajoltak, a hunok nagyfejedelmének és a bizánci császár Constantinius és a felesége Aurora előtt., Így lett vége a Etele és a felesége Ari kan házassága.

ETELE ÉS ARI KAN HÁZASSÁGA ÜNNEPE

Hunok nagyfejedelme, Etele és Ari kan házassága vége tért, hun néphez így szolt az emelvényen ünnepeljünk!, a friss házaspárt, esküvőjét, hozzatok asztalt és széket a fő térre, szóljon a zene, énekeljetek, a hun nép hozták az asztalokat és székeket, a fő téren televolt ülő hun emberekkel, ittak bort ettek sült malacot, szolt a zene énekeltek, a hun népe, táncra perdültek. Ari kan szülei nézték, hogy a hun népe, hogyan ünnepelté Etele és Ari kan házasságát, Éjfélkor vége tért, az ünnep. Ari kan szülei lementek az emelvényről, utána ment a hunok nagyfejedelme. mindenki bement a jurta sátorba. Reggelre Ari kan szülei, elBucsuztak lányától, és Etele férjétől. A hunok nagyfejedelemnek Constantinius császár kezet fogót, kíséretével elhagyták Kár pát, medence hun táborát.

BLEDA HUNOK NAGY URA, ÉS ETELE

Az esküvő után, a hunok nagy fejedelme, kérette Etele öcsét, a fejedelmi jurta sátorba, várta hogy megjelenjen, Etele be őt bátya, hunok nagy fejedelméhez, Hun nagyfejedelme mondja, csere öcsém. Etele oda ment báttyá hoz, kérettél, hunok nagyfejedelme azt felelte, ülj le! Etele, azért hívattalak, hogy megbeszéljük, az örök lé dési területi. a, mi neked adom át. Etele kérdezte bátya hunok nagy urától, van egy senki földje, Kár pát medencétől, nem messze van tőle van, közép föld szittyaföldje. Ezt adom neked, elfogadod? Etele mondja bátya, hunok nagy urának, igen! elfogadom bátyám! csak elkel foglalni, ha kell harcolni fogunk huni á ért. mert ez lesz a neve. és a tiéd, Bleda hunok nagyfejedelem, ere, inunk kell Etele öcsém. Etele és hunok nagyfejedelme bátya együt utak a ameddig, be nem sötétedet, Etele elhagyta, bátya jurta sátrát.

NYUGAT RÓMA,
HONORIUS CÉZÁR, A RÓMAI
SZENÁTOROKNÁL

Honorius cézár, haditanács megbeszélésre, romai szenátorokhoz ment, a cézár be jött, a haditanácsra, a szenátorok felálltak, üdv cézár, üdvözléssel, üdvözölték a romai cézárt. cézár mondja, a szenátoroknak, kérem a hadi ajánlatukat, ! Melyik hadi ajánlatott akar cézárom, kérdezte Terenius szenátor. cézár mondja a hadi tanács szenátoroknak, romai birodalom egy részét idegen törzs foglalta el, mikor elvesztettük, a csatát, kérdezte Klaudius szenátor, melyik az a idegen törzs, Romai birodalom egy részét elfoglalták, mi a nevük? cézár mondja hogy Hunoknak hívják. kik azok a hunok, kérdezte Karizárius szenátor?. nekem is csak úgy mondták el, de, van aki elmondja, a haditanácsnak. Kérdezte a cézár, a szenátor tol. cézár, kérdezi, mi a neved? a nevem Ovidius cézárom, ! a mit tudsz a hunokról. Én a hunoknál voltam, mint fogoly. a hunok harcmodora mindig változik, más harcot vívnak, más hogy harcolnak, ez nem olyan csata, mint, amikor más törzsi népcsoportokkal csatáztunk. Nagyon fel kell készülniük a csatába, ha csatázni akarnak a hunokkal mondja Ovidius szenátor, cézár, mondja Ovidius na k, hogy távozón, meghajolt és távozót, a hadi tanács teremből. Romai cézár kérdezi. A szenátoroknak van bejelenteni való haditanácsnak? Mindenki halhatott, akkor vége. a hadi tanácsnak, romai cézár, fel állt a romai birodalmi trónszékből, és eltávozót a haditanácstól.

NYUGAT RÓMA, RÓMA CÉZÁR ÖSSZEHÍVTA RÓMAI LÉGIÓS KAPITÁNYAIT

Honorius cézár másnap reggel, összehívta a romai légiós tiszteket. Kardinius, Luvulus, Petronius Ojdipus, Kerténius, Áspárius, Kordinius légiós tisztek, köszöntötték cézárukat, üdv! cézár! cézár mondja, azért hívattam önöket, mert csatába hívom, a hun nomád sereget, a mikor csatáztunk egy fiúért, mert nem adtuk vissza, a hun fejedelmeknek. A romai birodalom városát elfoglalták. A mikor csata volt!, elveszettük, romai birodalom egy részét, Vissza akarom szerezni, a mit elfoglaltak, a hunok nagyfejedelme. Bleda és szövetségesei ellen. Most itt vannak a, hét légiós tisztek seregei, tán le tudjuk, a hun sereget győzni, és vissza tudjuk, szerezni romai birodalomnak városait. Válaszolt az egyik romai tiszt Kardinus, a tisztek közül, sokan tiltakoztak Nem csatázunk a hun sereggel, nevetséges!, hogy mi! egy ilyen nomád néppel csatázunk, amely pásztorokból áll a hun hadsereg, cézár mondja a légiós tiszteknek – Ők győzték le a Roasdster völgy csatába, a légiós romai sereget, a fele légiós sereget megsemmisítették, alig tudtam elmenekülni a harctér öl. két légiós tisztemmel. Alig maradt a légiós seregből. Ezért hívtam össze a hadi tanácsot, mert haza jő tettek a légiós seregekkel, válaszolt Honorius romai cézár, mondja a légiós. a kapitányoknak. Egy új harcot indítunk, a hunok sereg ellen, Ebben egyet értetek, a légiós sereg tisztjei, Ojdipus mondja hogy követeket kell küldeni, a hunok nagyfejedelemhez, cézár mondja jó, ki akar! követnek, elmenni a csata hírét, el vinni és mondani, a hunok nagyfejedelmének, cézárnak, a csata kihívását, ugyan ott, a hol csatáztunk Roadster völgyben. vége tért, a cézár haditanácsa. A tisztek meghajoltak a cézár előtt, és elhagyták a tárgyaló szobát, mindenki eltávozott, a romai cézártól.

NYUGAT RÓMA, KÉT ROMAI KÖVET A KÁRPÁT MEDENCE HUNTÁBORÁBAN

Másnap Antonius és Ajketonus eltávoztak nyugat romából, két nap alatt, lóháton, a kár pát medence, hun táborba voltak, hunok nagyfejedelemhez mentek. Hun örök elállták útjukat. és megkérdezték, hogy mit akarnak? Nagy fejedelemnek hoztunk üzenetet, hun őr bement a hunok nagy fejedelméhez, meghajolt, őr elmondja, a hunok nagyfejedelmének, hogy két idegen. jött nagy uram hóz. Hunok nagy ura mondja az őrnek, hogy enged be őket. A két nyugat romai követ, belépet a hunok nagy urához, meghajoltak a hunok nagy urának, Közölte, az egyik követ, hogy a, cézártól hoztuk üzenetet. Cézárunk azt üzente hogy, hagy átok el, a nyugat romai városait. Amelyet elfoglaltátok, hunok nagy ura, mondja hogy mi úgy foglaltuk el, a roma városait hogy harcba harcoltunk, és legyőztük, a romai sereget. nyugat romai városait elfoglaltuk. Ezért roma a csatába elveszette roma városait. és én! így foglaltam el a városotokat győzedelemmel. Nem mondok le. és nem adom vissza nyugat romának a városotokat, Távozatok! Ajgetonus mondja hevülten, akkor mi, szoliasuk fel, hunok nagy urát a csatára, két nap múlva a Roadster völgybe, Ezzel eltávoztak a hunok nagy urától, Vissza lovagoltak nyugat romába.

ÁLRUHÁBAN A HUN TÁBORBAN

ANTONIUS és AJGETONUS vissza tértek nyugat romába, felöltöztek hun ruhába. nyomban visszaindultak, Kár pát medence hun táborába, hogy teljesítsék a cézár parancsát, hogy ki halkasság, a hun hadi beszélgetést, a hun táborba voltak másodszor. De nem! sikerült. a hun hadi beszélget, kihalhatása. mert megzavarták őket, alig tudtak elmenekülni, a hunok táborából, ló háton, nyugat romába mentek.

A KÉT KÖVET ROMAI LÉGIÓS TISZTEK NYUGAT ROMAI CÉZÁRNÁL

Honorius cézár, már várta a, két légiós tiszteket, már vissza térésüket, hun táborból, hogy a jó hírt tudnak mondani, a két légiós kapitány, a cézárnak, a hun hadi-tanács lehalhatásáról. Belépett a két légiós tiszt. Antonius és Akgetonus, cézár, hadi termébe meghajolva. Cézár mondja, hogy már vártuk önöket, fogata. a két légiós tiszteket cézár, kérdezi hogy kihallgatattok a hun hadi beszélgetést? cézárom nem! nagyon hallgattuk ki, a hadi beszélgetésüket, válaszolt Antonius, kérdezi a cézár miért nem? mert! észrevettek, hogy valaki hallgatózik, az ajtónál. Hát mivoltunk, a ki hallgatózik. Hát azért nem tudtuk, lehalhatni a hun hadi beszélgetést, cézárom, most a hadi tanács fog dönteni, a csatáról, jelentette ki Honorius cézár, most elmehetek, a két légiós tiszt meghajolva el hagy ták a cézár hadi termét,

A NAGYFEJEDELEM CSALÁDJA
ETELE ÉS BUDA

Bleda hunok nagy fejedelme öcsét Etelét és Budát, magához hívatta a fejedelmi jurta sátorába. Etele és Buda, megjelentek, a hunok nagyfejedelemnél, Etele, mondja, hogy hívattál! nagy uram. Hunok nagyfejedelme, üljetek le ! azért hívattalak titeket, mert tik!, vagytok. a testvéreim, de mi össze tartunk, a hunok, nagy seregét, majd ti fogjátok irányi tani, mert én már nem leszek. A nagy hun birodalmat, ti fogjátok irányítani, mert ti vagy tok az utolsó szkíta családból az utolsó nagyfejedelem utódosai, aki a hun koronát viselhetik, a szkíta családban. Ha én már nem, leszek, akkor. ti vinnétek, a hun népet szittya középföldre, a Hunnia az új hazába, mert előbb meghalok, én, mielőtt, új hazába lennék, a hun népemmel. Ez az én utolsó kérésem, Etele öcsém, és Buda, én csak ennyit kérek, tőletek, ez a én utolsó kívánságom, Etele. mondja bátyának, a hunok nagyfejedelmének, ne mond ilyent, nekünk! Te sokáig! fogsz élni. Együt fogjuk, elfoglalni szittya középföldet, Hunnia, hunok, új hazáját. a hun népnek, Etelének és Budának kicsordult, egy könnycsepp, a szemeikből, BLEDA, hunok nagy ura látta, Etelét és Budát, majdnem sírtak, amit mondót nekik. Átkarolta öcsét Etelé és Budát, tik vagytok nekem, az egyetlen családom, bejött a hunok nagy ura, felesége, és látta, hogy mi történt, Vége tért a családi beszéd, ez utal, meghajoltak, a nagy úr, előtt, és távoztak, Etele és Buda fejedelmek a nagy úr jurta sátrából.

ETELE HAZATÉRÉSE

Etele bátyánál, hunok nagy fejedelemnél, eltávozott a jurta sátrából, sietve ment feleségéhez Ari kan hóz, bement a jurta sátrába. Ari kan ott állt sírva, örömteli örömébe, odament, hozzá, édes uram! Etelém megjöttél, anyura hiányoztál, odament hozzá átkarolta, és megcsókolta Etelét. igen megjöttem mondja Etele Ari kannak, nagyon örültek egymásnak hogy láthassák egy mást. Eri kan mondja Etele férjének, van egy meglepetésem Etele drágám, Etele kérdezi mi kedvesem? Ari kan mondja terhes vagyok! gyermeket várok tőled, Etele kérdezi, mi! gyerekünk lesz? Etele mondja Eri kan feleségének igen, várandós vagyok tőled. Ó kedvesem, ez egy nagy szerű, Etele örömébe kicsordult könnyek, az arcán, Etele örömébe felkapta feleségét. Ari kan nevetve mondja igen drágám, össze vissza csókolta férjét, Etele kiment a jurta sátrukba. kiáltozva mondta!, hogy gyermekünk lesz. Ari kan is kijött a jurta sátrukba, Etele felkapta Ari kant feleségét. és forgót kiáltozva, a hun nép, örömmel hallgatta Etele kiáltása. Kijött a jurta sátorból, Bleda hunok nagyfejedelem, azt mondta Etelének, hogy jöjjön, a sátorba, feleséged el együt. A hun nép, áldásárút adták, a fiatal házaspároknak, Etele és feleségével átment, a hunok

ETELE ÉS ARI KAN NAGYSZÜLEINÉL

Másnap reggel felkeltek és felöltöztek Etele és Ari kan, elmentek Etele nevelt anyához, beléptek a jurta sátrába, Justina nagyon örült, hogy meglátogatták Etele nevelt anyát. Etele és Ari kan üdvözölték Etele nevelt anyát, Etele és Ari kan, elmondták hogy gyermekük lesz, Justina nagyon örült a jó hírnek, hogy nevelt fia gyereke lesz, átkarolta a nevelt fiát és feleségét Ari kant, Etelét Ari kan megcsókolta homlokát és megkínálta bórral Etelét és Ari kan, nem sokáig voltak Etele nevelt anyánál. Elköszöntek, lóháton elmentek Bizáncba. Ari kan szüleihez, ők nagyon meglepődtek, Etele és lányuk, amit mondtak Constantinius császárnak, hogy nemsokára gyermekünk lesz, váratlan hírben hala tára, öröm az arcukon. Ari kán szüleinek. hogy lányuk gyermeket vár, nem tudtak hozzá szólni a váratlan hírnek hala tára. Constantinius császár, kiadta a parancsot a szolgáknak, hogy hozzanak bort, Etelével ittak és ettek, Etele felesége és anya Aurora ketten beszélgetek a lányával. hamar besötétedet. Ari kan mondja Constantinius császár apjának és anyjának, már késő van eltávozunk, Constantinius császár mondja. hogy maradjatok, itt majd megaludtok Etele mondja, hogy köszönjük a vendég látást, Etele és Ari kan elköszöntek szőleitől. Vissza lovagoltak, kár pát medence hun táborába.

BLEDA HUNOK NAGYFEJEDELEM BESZÉDE, A HUN BIRODALOM BŐVÍTÉSE

Másnap reggel a hun nép kint volt a fő téren, és várták a nagy urukat, hogy mikor jön a főtére, a hunok nagy ura, egy szer csak megjelent a fő térre, fel ment az emelvény re, a hun nép lecsendesedet és letérdepelt, csendbe voltak egy darabig. A hunok nagy ural, e ült a hun trón székbe, utána fel ált a hun birodalmi trón székből, intet karjával, a hun nép fel ált, éljenzésbe kezdet a hun nép, éljenezték a hunok urát, éljen Bleda éljen Bleda éljen Bleda Meg érkeztek a szövetségi hun fejedelmek. és hun barát Flavius Aentinus, a fő téren. és hadseregeik,. A kár pát medence hun tábor déli határán letáboroztak. A hunok nagyfejedelme, megkezdtek a fő téren a hadi beszédet, Hunok nagy ura, a hun szövetségesének mondja, hogy a hun birodalom, kevésnek látszik, ezért hadviselést kell, bővíteni kel a hun birodalmat, ezért támadni kell, más népcsoport területét harcba elfoglalni. Elfoglaljuk Kelet Europai föld részt, Balkáiát föld részt. Dél europai föld részt, majd később nyugat föld részt és Kárthágot. Utána északi föld részt vonulunk. Egyen lőre ennyi a hódításunknak, mi hunok! megmutassuk minden népcsoportnak, hogy ki a villák ura!. Mi hunok! addig fogunk harcolni!, ameddig!, villák ura, nem leszünk! a villák öszszes népcsoportjának, be kell! hódolni a hun népnek!. és a hunok nagy urának is, hun nagy úr beszéde, a hun fejedelmi szövetségesek és Flavius, el fogadták, a nagy úr hadi beszédét. A hun nép örömükbe ujjongva éljenezték a hunok nagy urát, amit elmondót a fő téren. Elélne kelték a hun himnusz hun nép, ezzel vége tért a hunok nagy ura hadi beszéde, hunok ura lement az emelvény, katonáival eltávozót a főtéről.

82

SZKÍTA SÁMÁN PAPOK CSATA JÓSLATA

A hun táborba esteledet, hunok nagy ura behívatta a hun szkíta keresztény sámán papokat, a nagy úr juta sátrába, meghajoltak, a hunok nagy ura mondta, a szkíta papoknak, hogy hadjáratba megyek. Szeretném ha. a jóslatuk, igazolnák a győzelmet, a harcba, hogy legyőzzük, az ideken nép csoportot. és eltudjuk foglalni a területüket, és győzelmet aratok, a csatába. A szkíta keresztény sámán papok, ki mentek a jurta sátor elé, elővetek, egy sámáni érmét, feltopták, után le eset, pont úgy eset le, hogy a csillag fénye, rá villant az érmére, Ebből tudták hogy szerencsés hadjárat lesz, és győzelem. A szkíta keresztény sámán papok ezzel eltávoztak, a hunok nagy urától.

HUNOK KELETI HATÁRÁN

Másnap reggel készen álltak, a csatába Bleda hunok nagy
fejedelme, elindult seregeivel, és szövetségeseivel, keleti
területek meghódításával és terület elfoglalásával. Négy
napig lovaglás után, meglátták a keleti határt, beljebb
is beljebb lovagoltak, mind addig ameddig, egyszer csak
várba ütköztek, letáboroztak és sátrat vertek. minden
hun fejedelem külön. jurta sátrukat. a szolgával. állítot-
ták fel, késő este, a hunok nagyfejedelem, hun katoná-
kat küldőt ki, Pócsázásra, hogy meg tudják. az ellenség
harci modorát. Hogyan fognak harcolni. Elenség ruhájá-
ba voltak, bementek a városba, az ottani emberek, nem
sejtették, hogy idegenek vannak fel öltözve ugyan olyan
ruhába vannak, tovább mentek egészen, addig amed-
dig, a várnál kötöttek ki. nézték hogy, melyik vár fala
gyengébb. Hát megtalálták a gyengébb vár falait, még-
is jelölték a vár fala helyét, az ellenség, nem is sejtetek.
hogy idegen van vár fala kívül vannak, a hun katonák
vissza mentek a táborba, bementek a nagy úr, jurta sát-
rába, meghajoltak a nagy úrnak. A hunok nagy ura kér-
dezi. az egyik. hun katonától, megvolt a vár fala jelelve?
igen nagy uram! megjelöltök, kiment a nagy úr. a jur-
ta sátorból. egyenest. a szövetséges hun fejedelmekhez
ment, a hun katonák követék a hunok nagy urat. elmond-
ta, a hun seregnek hogy holnap csatába indulunk, a vár
alá fogunk, vonulni. kicsaljuk az ellenséget a várból, ki

füstöljük. az ellenséget a várból. a gyalogosok előre mennek, majd utána, a hun lovasság és szövetsége lovassága nyíl záporral, meggyújtót nyíl veszővel, felgyújtjuk a vár belső falait, majd kicsaljuk őket. a várból. Utána rá támad, a gyalogosok, égő nyílveszővel le nyilazzuk. az összes ellenséget, addig ameddig meg nem adják magukat. a várat át nem adják. és így győzelmet aratunk fele tűk. Megvolt a hadi beszéd a hunok nagy ura visszament, a jurta sátrába.

HUN KÖVET A KARINTI KIRÁLY VÁRÁBAN

Bleda hunok nagyfejedelemnél, jelengesztek követnek, egy fejedelem, Bendegúz fejedelem mondja, hunok nagyfejedelemnek, hogy én, elviszem, a hunok nagy urának az üzenetét, kelet Karin ti királynak. Bendegúz fehér zászlóval elindult a Karin ti király várához. A vár őrei látták hogy fehér zászlóval, jön valaki lovon, a vár felé, kérdezték hogy mit akar? Bendegúz fejedelem, azt felelte hogy a Karin ti, király hoz jött. szeretnék Bleda, hunok nagy uram, üzenetét át adni. A vár urának, örök be beengedték, a király parancsára, Bendegúz lovon bement a várba, már várta a vár királya, le ültette Bendegúz fejedelmet, kérdezte! a Karin ti király, mi járatba van Bendegúz azt felelte hogy, üzenetet hoztam a hunok nagyfejedelemtől, hogy harcra szoliasa, a Karin ti királyt, a király csak mondja ennyi! a mit üzent, igen felelte Bendegúz, ennyit! üzent a hunok nagy ura. Vége tért a beszélgetés fel ált, a székből, és elindult a ajtó hoz, lement az emeletről, és felült a lovára, és elindult a vár ajtó felé. A vár örök kinyitották az ajtót, Bendegúz gyors ügetéses, és vágtával, a vár határa lovagolt, a letáborozót. hunok nagy ura, és a többi hun fejedelem szövetsége és a hun barát seregei. Hun táborába.

BENDEGÚZ FEJEDELEM JELENTÉSE
HUNOK NAGY URÁNAK

Bendegúz sietve ment a hunok nagy urához, belépet a nagy úr jurta sátrába, és meghajolt, nagy úr el öt, nagy uram! át adtam, az üzenetét, harcra szólítottam, kelet Karin ti királyt, a király elfogadta a nagy uram harci üzenet. Ezzel vége tért a beszélgetés a hunok nagy uránál, meghajolt, és távozót nagy úr tol.

HUNOK NAGY URA BESZÉDE,
A CSATA KÖZEPETTE

BLEDA hunok nagy ura, csata közepén, így szolt a hun lovasságnak, és a szövetségesei hun fejedelmeinek. és Flavius légiós seregének, most itt vagyunk! a kelet föld határán, háborúra szólítottam. a Krétenius kelet királyát. most csatába, indulunk, mindenki ál jón, késze létbe, a csatába. Ezt a csatát megkel nyerni, el kel foglalni a várat, térdre kel, kényszeríteni, az ellenséget, és annak Kréteniu királyát behódoljanak nekünk. A hun birodalmába teszem a keleti földrészt, és hun fen hatóság alá teszem, a kelet föld népcsoportját. Ezzel vége a hunok nagy úr beszéde, holnap vár alá megyünk, a hun lovasság sereg, majd én vezetem a csatába, Etele, a lovassága nyugat irányba fog támadni, a többi fejedelem majd kűr szóra támad, a gyalogság kicsalja a vár katonáit, a várból. Flavius légiós gyalogosa, majd se gitt, a hun gyalogos seregnek. Mindenki tudja! hogy, hol fog támadni!, most mindenki elmehet, holnap csata sor rendbe, mindenki tudja hol fog támadni, ezzel vége tért, a hun fejedelem hadi beszéde.

HUN KELETI FÖLD CSATÁJA
1. RÉSZ

Másnap csata rendbe által fel, a hunok nagy fejedelem hadserege, megindult a hadsereg és utána mentek, a hun fejedelmi szövetség lovassága, utána Flavius gyalogos és légiós seregei, a hunok nagyfejedelme után lovagoltak. A nagy vezérek Kiáltással halat szót a csatatéren, rendbe alították fel, a gyalogos sereget, a hun lovasság jobbról és balról fel ált a csata rendbe. Várt ták a csata kürt szó csata indulását, hunok nagy fejedelme kiadta a parancsot, a támadásra, kürtszó halat szót, a csata téren. Megindult a gyalogos sereg a vár ostroma, megrohamozták a gyalogosok a vár falát, a vár katonái hősiesen védték a vár belső falát, az ellenség behatolását, de nyomultak be, a vár belső részébe. Dénus várkapitánya még több katonákat felzárkóztatta a vár megvédésére, a két gyalogos sereg össze ütköztek, kardal vívtak pajzzsal nyomultak előre, ugyan úgy a vár katonája védték, az elörre nyomulást, a hun gyalogosok. Egyik sem tudót előre vagy hátra menni, csak pajzs nyomulás volt a kiabálás, egymást kiáltozták, de nem nyomultak előre, sem hátra. A vár gyalogos katonák, addig bírták. ameddig, nem jött segítség nekik, sikerült vissza szorítani, a hun gyalogosokat. a vár fő bejáratánál. A hun gyalogosok azt vették észre, hogy nem a vár, belsőnél, voltak, hanem a vár kívül voltak, a hun kürt szóra vissza vonulást fújtak, a gyalogos hun katonáknak, a hun táborra.

KELETI FÖLDCSATA
2. RÉSZ

Vissza tértek a huntáborba, a hunok nagy ura, és a hun gyalogos csapatok, vele hun szövetségi fejedelmek, hun barát. hunok nagy úr, mondta a hun seregnek hogy, ma! nem sikerült, elfoglalni Karin ti király várát. Majd holnap támadunk újból, csak másképen, lesz a csata, Flaviusgyalogos légiós serege, együt fog támadni, a hun gyalogosokkal, túl nyomást kel a vár gyalogos katonákra mérni. Akkor megadják magukat, de ha mégsem! nem adják meg magukat, a kor kel harcolni, _ameddig meg nem adják magukat. De lehet hogy a, lovasságot is, beveti, a Karin ti király, a vár megvédésére. A hun lovasság addig ameddig, én nem jelzek, a támadásra, kikel csalni a várból, a vár lovasságot, a kor tudjátok hogy mit kell tenni, a lovassággal. ha már kint van a váron kívül. Most menyretek, holnap felkészülve a csatára. Másnap reggel, a hunok nagy ura, lovassága és fejedelmi szövetsége. és Flavius légiós gyalogosai és lovassága, újból! csata sor rendbe álltak fel, a vára szembe. álltak. Várták a nagy fejedelmi kürt szót, a támadási indítását, kelet királyvára ellen, a hunok megkezdték a támadást, a vár ellen, a vár, egyik katonája bement, a Karin ti királyhoz meghajolt, és jelentést tett. királyom! hunok, megkezdték a támadást, a király, kiment a vár udvara, és így szolt a katonáknak, mindenki fegyverbe! állt, és várták a király parancsát, támadásra, tisztek kiáltozásra kiabáltak, hogy harcra álja tok csata sorba, harci riadót fújtak, fegyverbe harci állásba, lesben álltak a vár közepén Bleda nagy fejedelem kürt szóra, kiadta a, parancsot, a hun gyalogosok és FLAVIUS légiós tiszt, gyalogosai, együt rohamra, csata kiáltásba, a vár fa ajtaját, döngetek, hogy betudjanak menni, sikerült a vár fa ajtaját kiszakítani, berohantak Flavius gyalogos seregei és a hun gyalogos sereg, megütköztek, a vár gyalogos katonákkal. Egymásra támadtak. a két gyalogos sereg, egymást kardal szúrták, és ölték le, a vár katonákat. a csata rend felbomlót, nem tudták a vár tisztek a katonákat. csata rendbe álli tani. Hiába akarták de a hun gyalogosok túl sokan voltak a vár udvarán, a vár gyalogos katonák, össze vissza rohantak, civileke együtt, a hunok nagy nyomást mértek a csata téren, nem tudták hogy honnan támadnak, a hun gyalogosok, Flavius légiós gyalogos katonák., Tenger tiszt jelentette, a Karin ti királynak, hogy nem tudják csata rend sorba. álli tani, a gyalogos katonákat, támadni. a hunok ellen. Jön a másik t Nak tere tiszt, bejelenteni a királynak. hogy a északi vár meggyengült, a hunok támadása ellen. karin ti király, csak tarcsatok ki. ameddig lehet. a várat nem adjuk. a hunok kezére, a hunok nagyfejedelmének, van még egy. lehetőség. a lovasságot bevetem.

KELETI FÖLD,
CSATA VÉGE

A keleti vár Karin ti királya, és a katonái, nem bírták, a hunok ostromló nyomást, a hunok ellen, a vár falai ledőltek, Flavius légiós tiszt, és gyalogosai és lovasainak kiadta a parancsot támadásra, újból támadásba endültek. A gyalogos és hun sereg. újból behatoltak. és neki mentek, a vár katonáknak kardal és dárdával. a vár gyalogos katonáknak, akik ellen által, azokat megölték, a Karin ti király látta hogy nagy küzdelem volt a hunokkal és a Flavius gyalogosai ellen. Karin ti király bevetette a vár lovassági katonákat, hogy segítenek, a hunok harci nyomás atoll, FLAVIUS sereg ellen. segítség mentek, Bleda hunok nagyfejedelme jelentették, hogy a Karin ti király bevetette a lovasságot. ere ki adta a parancsot Etelének hun lovasságának, hogy menjenek. a várba, és a hun fejedelmei szövetség lovassága. A ki ellen ál, azt öljék le, nyíl által, többi, vár katonákat öljétek meg, ha kell gyújtsátok fel, az összes vár falait, ez parancs! hun fejedelmek meghajolva a nagy úr előtt, igenis nagy uram! máris megy, a lovasság. a vár irányába, és segítünk, a gyalogosoknak Flavius tisztnek, a vár gyalogos katonák, kitörték, a vár kaput. és menekülésnek mentek, a ki tudok loval menekült. Etele hun lovassága. a vár irányába, Etele. meg akadályozta a szökésűket, vár gyalogosok katonáknak. a szökését. hamar lovon odaértek. A vár csatába. a hun fejedelmek lovassága, csata köze pete, a vár lovasait

nyílzáporral. lenyilazták, akit értek, egymás után. a nyíl
vesszőkilövése megsémisítették. a fele vár lovasságát,
volt aki eltudót lovon menekülni, a csatatérről. utána
ment Etele. a hun lovassággal. utol érte megadásra, fel
szolitota. az ellenség lovasságát. Körbe fogták, nem tud-
tak, ki menekülni, így megadták magukat. Etele, vissza
ment a vár alá, Karin ti királynak, nem volt más tenni.
elveszette a csatát, átkellet adni a várat, és a városokat,
Bleda hunok nagy _fejedelmének. Karin ti király letér-
depelt, a hunok nagy urának, ezzel behódolt, a hunok
nagy_ fejedelmének, minden keleti szláv nép királyait,
letérdepeltetek és behódolt a hunok nagy _fejedelmének
Bledának, Hunok serege és a fejedelmi hun szövetsége,
és a Flavius serege. lett vége. a kelet földi csatája, Vesztes
minden szláv királya vagy keleti népcsoport cárja. Vége
tért a keleti csata, Éljenesbe kezdek, a szövetségi hun fe-
jedelmek és a Flavius serege, Hunok nagy urának Bleda
nagyfejedelmét. Hunok nagy ura mondja. a hun seregé-
nek, és a többi hun szövetség fejedelmeinek, és hun ba-
rátnak. hogy tovább kell mennünk délre, hogy egy má-
sik föld rész népcsoport legyőzése, és a hazájuk területi
elfoglalása. így bővül a hun birodalom, Szintén két hun
fejedelem, marat ott a keleti föld területin, hogy irányít-
sák, a keleti vár, és A városait, a hun fen hatóság alatt.
a hun birodalomnak. A hunok nagy ura elindult, a hun
lovasság, a fejedelmi szövetség, hun baráttal egyűt, a
déli föld területére.

HUNOK A DÉLI FÖLD HATÁRÁN

A hun lovasság és a szövetségesi, a dél föld határán érkeztek, letáboroztak, sátrat vertek, hunok nagyfejedelme, ki küldőt, hun járőröket, a legtávoli útón, hogy hol van az ellenség. Két óra múlva meglátták a dél föld hadseregét, hun örök jelentetek, hunok nagyfejedelmének,. Mire oda értünk, észre vetek mindkét, harci riadót fújtak déli föld hadsereg.

DÉLI FÖLDI ESTI PORTYÁZÁS

Bleda hunok nagy úr, Bendegúz, Tárkány, ketrány, hun fejedelmeket magához hivatal, a jurta sátrába. Hunok nagy fejedelme mondja a két fejedelemnek, hogy ti! kimentek este, az ellenség táborába portyázni. Ki halhassátok, az ellenség hadi harci támadási terveitek, mi úgy fogunk támadni harc téren, Így legyőzök Hollius király déli seregét, és a vár elfoglalását, igen nagy uram, máris megyünk, egy pár hun katonákkal, indulunk portyázással, éjszaka közeledik, az ellenség táborába mentek álruhába, a hun fejedelmek kihaladták, az ellenség hadi tervét. Észrevették, az ellenség, a hun fejedelmek. A hun fejedelmek, és katonáival, alig tudtak elmenekülni, az ellenség táborából.

HARC A DÉL ELLEN

A harci állás meg volt beszélve, ugyan úgy harcolunk, mint a keleti földet elfoglaltuk, hol fogunk, támadni kérdezte Bendegúz? hunok nagy urától, hunok nagy ura, azt mondta Flavius na, hogy te, fogod irányi tani, a gyalogosokat, a harc téren. Nyílt terepen lesz a harc az ellenségre, ara fognak támadni, addig ameddig el nem távolítsák, a harc térről, az ellenség lovasságát. a gyalogosok felzárkóznak, a harcra, várják a harci kürtszót. Az ellenség kürt szóra támadásba lendültek. Bleda nagyfejedelem megadta a támadásra a kürt szót, megindult, a gyalogos támadása, közelebb és közelebb, kerültek egymáshoz. gyalogos sereg kardal és lándzsával támadták egymást,. Hollius délföld királya, bevetette lovasságot. Hunok nagyfejedelme intet, hunok fejedelmeknek, és hun barát Flavius légiós tisztnek, hogy támadjanak, a déli föld lovasságára, szkíta hun lovas szokás, a csatába magára vonja, az ellenséget, és kicsalja, a harc térről. Hirtelen mozgó ló von megfordul hátra a lovas és egymásután nyíl kilövése, az Elenségre irányul. a nyílvesző. a déli lovasságra nyilazták le, így megsémisítették a déli lovasságnak. több mint a felét. a ki tudót elmenekült, a harc térről. lavius légiós tiszt, elkiabálta, hogy fogjátok el. A lovassági sereg utánuk eret, néhány vágta után utol, érték, körbe fogták, felszólították hogy adják meg magukat. dél király elvesztették a csatát, így megadták magukat. Bleda nagyfejedelem győzelmet aratott a déli föld, harc téren.

HUN GYŐZELEM
A DÉLI FÖLD KIRÁLYSÁG FELETT

Hun és déli harcnak vége lett, HOLIUS déli király elmenekült a csata térről, hunok nagyfejedelme, nagy győzelmével győzött, a déli királyság felet, a hun katonák, éljenezték hunok nagy urát. a dél királyságot, hun fen hatóság alá tette, a hunok nagyfejedelme, a kik ott lakik, meg adóztatták. A hun birodalmának. Megint két hun fejedelemnek kel ottmaradnia, és vezetnie, a dél földet.

94

VISSZATÉRÉS A KÁRPÁT MEDENCE
HUN TÁBORÁBA

Másnap kora reggel jurta sátor tábora, indulásra készen
ált, vissza a kár pát medence hun táborba. A sereg elin-
dult, és elhagyták dél földet, elindultak három napi lo-
vaglás után, Kár pát medence hun táborba voltak, hun
örök, riadót fújtak, kiabálva mondták el hogy, megérke-
zet a nagy urunk! és lovassága,. A hun nép nagy öröm-
mel éljenezték, hunok nagy urát és a többi hun fejedel-
mi szövetségét, és a hun barátot. A hun gyermekek végig
szórták virág szirmokkal a hun fő terét. A hunok nagy-
fejedelme, lovon, az emelvényig ment, lesz ált a lováról,
és felment, a emelvényre, a hun népe elénekelte a hun
hunhimnusz, a hun birodalmi trón székbe leült. Hun
népe elcsendesedet, letérdepelt a hunok nagy ura előtt,
csend volt a hun főtéren, hunok ura fel ált a trón székből,
a hunok nagy ura kitárt karral fel ált a hun népe, éljen-
zéssel éljenezték a hunok nagy urát. helyette öccse Etele
beszélt, a nagy úr! eltávozik a fő térről mert nagyon vá-
rat, sokat utazót, és most eltávozik, az emelvényről. Pár
lépést tett a jurta sátor hóz, belépet a sátorba, felesége
Menne lá, ott ált, nagy úr üdvözölte feleségét, odament,
hozzá és átkarolta feleségét. és, megcsókolta Menne lát.
és azt felelte, hogy már, nem harcol, egyenlőre kedve-
sem, késő este van, kedvesem, nagyon várat vagyok, fe-
küdjünk le kedvesem.

ETELE FELESÉGÉHEZ MENT
A JURTA SÁTRÁBA

Etele belépet a jurta sátrába. Ari kan meglátta Etele fér-
jét, örömébe odament hozzá átölelte édes urát. Ari kan
mondja férjének, hogy megjöttél édes drága Etelém, igen
megjöttem! drága Ari kan. A mint mondtam hogy visz-
sza térek hozzád, drága kedvesem, egyetlen szerelmem
Ari kan, felesége nézte Etele urát, könnycsepp csordult
a szeméből, örömébe összevissza csókolta édes urát Ete-
lét szorosan át karolta drága férj urát. Férj ura mondja
kedvesének, nagyon szeretlek kedvesem, hiányoztál ne-
kem drágám. Ari kan mondjam, ugye most! nem! mésszel
kedvesem. Ari kan mondja Etelének, ugye! nem hagy itt!
egyedül vagyok, itt a jurta sátorba, Etele mondja hogy,
nem! vagy egyedül, mert itt vannak körülötted a szol-
gáló nők. Amikor a hun birodalmat bővítésére megyek,
akkor mindig, rád gondolok kedvesem, a kor is ha, harc-
ba megyek, de odakel figyelnem, a harc téren, ne hogy,
az ellenség megsebezem, engemet. Ari kan mondja Ete-
lének. Hogy ha harcba mész, ne gondolj rám győzzed le
az ellenséget, utána gondolj rám, azt szeretném. Hogy
élve legyél a csata téren, élve haza jössz hozzám, én ezt
kérem, tőled, kedvesem. Ari kan szorosan átkarolta Ete-
lét, és a homlokát csókolta, tudod hogy nagyon szeret-
lek, nem! sokára megszületik, az első gyerekük, biztos
hogy fiul lesz, rád fog hasonlítani drágám, Ha meghalsz
a csata téren én nem! tudok élni nélküled, Etele mondja,

Hát ót a, gyermekünk, nem leszel gyedül, hiába van, a gyermekünk, ha te nem vagy itt, velünk. Én mindig. ót leszek veletek, soha nem felejtelek. el tégedet, és a fiunkat. Ari kan, mondja, ne! mondjál, ilyent, Etele, te élni fogsz, mind öröké. Etele mondja, kedvesének, hogy már késő van, feküdjünk le!, bementek a, háló jurta sátorba és lefeküdtek, szorosan átkarolt egymást.

ETELE ELSŐ FIA SZÜLETÉSE,
NÉVI ELŐKÉSZÜLET

420-ban, megszületet Etele fia, az első fiának, Ellák nevet adta, hunok nagy fejedelem, kihirdette, a fő téren Etelének fia születését. Hunok nagyfejedelem, magához hívatta, a szkíta sámán keresztény papokat. Hunok nagy fejedelme, Etele fia, születését, szeretném szkíta hun sámán keresztény névi esti szertartását előkészülettét készítenék elé, minél hamarabb, sámán keresztény papok, mondják, igen! nagy uram! előkészítjük, a névi szkíta keresztény sámán szertartást,. Szkíta keresztény sámán papok, meghajolva, eltávoztak hunok nagyura jurta sátrából.

ELLÁK SZKÍTA KERESZTÉNY NÉVI
SZERTARTÁSA ÉS ÜNNEPE

Estére a hun nép, a fő téren gyülekeztek, szkíta keresztény névi szertartásnál, Bleda hunok nagy fejedelem, katonai kis érettel és feleségével Meláníával. Kimentek a fő térre, Felmentek az emelvényre, és leültek a hun trón székekbe. Etele és felesége Ari kan, és újszülött gyermeküket, kihozták csecsemő újszülött gyermeküket a jurta sátorból. Szkíta keresztény sámán névi szertartásra, vitték a hun gyermeküket, a fő teret, ünnepi virágokkal feldíszítették. az emelvényt, ott ahol lesz a szkíta keresztény sámán névi szertartásnál. Feljöttek a szkíta keresztény sámán papok, Skándá fő pap, megkezdte, a névi keresztény sámán szertartást, kitárt karra, a csillagok isteneihez fohászkodót, szent csoda szarvas, megjelent csillag képébe. áldásával fordult. Csecsemőt betették fémmel teli töltőt vizel. Utána kivetek, egy fehér posztó ruhával becsavarták a csecsemőt, szintén SKÁNDÁ szkíta fő pap, még egyszer csillag isteneihez fohászkodót hogy fogadják el Elák néven, megjelent csillag, szkíta csoda szervas csillag képében, egy erős csillag fénye, rávilágította, Etele új szülőt csecsemőjét, Skándá szkíta keresztény sámán fő pap, mondja hogy elfogadták, csillag istenek, csoda szarvas csillagok Elák nevét. A névi szkíta keresztény sámán szertartásnak vége lett. Névi szertartás, után, feljöttek a hun táncosok, az emelvényre, meghajoltak a hunok nagy ura előtt eltáncolták a

szkíta keresztény sámán névi táncát. táncnak vége lett,
a táncosok meghajolva, eltávoztak az emelvényről, hu-
nok, nagy ura fel ált a hun trón székből, kezével intet,
a hun nép lecsendesedet, a fő tér, hun népeihez fordult,
csendbe halaga ták, a hunok ura, amit mond, hozzatok
asztalokat és székeket és, mulassatok.

ETELE FEJEDELEM KÉSŐBBI
FIAI SZÜLETÉSE

Etele fejedelem, három felesége gyermekei, Írnák, Emenzi, Ciem, a negyedik felesége, gyermekei, Elák, Dingizi, és Ceba, születet, felesége. Ari kan tol, Etele fiai mindegyik szkíta keresztény névi sámán ősi szertartáson lett felavatva a fő téren.

BLEDA NAGYFEJEDELEM,
HUNOK URA BETEGSÉGE

Bleda hunok nagyfejedelme titkolta már a betegségét,
ezért, rendkívüli gyűlést hívta, össze, a hun szövetségi
fejedelmeit, és a flavius légiós tisztet, hunok nagy ura
gyűlésén rosszul lett. Öccse Etele nagyon meg ilyet, Ete-
le nagy fejedelem bátya rosszul létébe. Ezzel vége lett, a
rendkívüli, gyűlésnek. hunok nagy fejedelmét. jurta sá-
tor hátsó belsejébe vitték, ágyba fektették le, a nagyfeje-
delmét. Etele fejedelem, szkíta sámán orvost hívta ki. a
báty, hunok nagy urához, sámán orvos, megvizsgálta, a
hunok nagy urát, azt mondta hogy, nagy baj van!, a nagy-
fejedelemnek betegsége, már régóta küzd. Ezt nem lehet
gyógyítani, mert gyógyíthatatlan, betegségbe szenved, a
hunok nagyfejedelem. Ezért! nem szolt, Etele öccsének,
és a hun szövetségének és Flavius, légiós tisztnek, már
csak néhány nap van hátra, az életének, megfog halni.
Nagyfejedelemnek, nem szabad semmilyen hadi gyűlés
tartania, és megjelennie a gyűlésen, hanem pihenni kel,
szkíta sámán orvos, eltávozót, a hunok nagyfejedelmé-
től. Etele öccse nem sokáig lett, a bátya, hunok nagyfe-
jedelménél, ő is eltávozót, Csak a felesége volt mellet-
te, Meláni.

100

BLEDA NAGYFEJEDELEM UTOLSÓ BESZÉDE
A FŐTÉREN A HUN NÉPHEZ

Bleda nagyfejedelem kijött a jurta sátorból, fel ült a lovára, és kíséretével a fő térre ment. Fel, ment az emelvényre, hun népe, odament a közelébe, a hunok nagyfejedelmének meghajolva letérdepeltek, így üdvözölték, hunok nagy urát, csend volt a fő térem, párperc múlva fel által. hunok nagy úr, így szolt a hun népéhez, hun népeim! hogy tudjátok, már nem leszek a főtéren, és a emelvényem, megnevezem utódomat, Etele fejedelem fog majd beszélni hej ettem, Ő helyettesit engemet, ideg lenes nagy fejedelem, vége lett a beszédének, a hun népe fel akart menni, a hunok nagy urához, hogy a tiszteletét, le rója, a hunok nagy uránál, utoljára, örök által elébe, a hunok nagy ura, mondja, hogy engedjétek. a hun népet, fel a emelvényre, Egyesével kezet csókoltak, így tiszteletét tették, a hun népe, áldást! jó ekéséget a hunok nagy urának. vége lett a hun nép tisztelete, a hunok nagy uránál, mindenki eltávozót a fő téren, hun nagyfejedelem, kíséretével, eltávozót a ő térő.

HUNOK NAGYFEJEDELME
UTOLSÓ GYŰLÉSE

Bleda nagyfejedelem, utoljára hívta össze rendkívüli gyűlést, a hunok nagy ura, mondja, azért hívtam össze a gyűlést, én már nem tudom, irányi tani a Kár pát melence kívüli hun birodalmat. Etele fejedelmét nevezem ki, ideg lenes nagy fejedelmét. Ö irányítja a hun lovasságot, a harcba, a, hun fejedelmek szövetségét, és Flavius hunok barátját, nem sokáig tartót, a hunok nagyfejedelem beszéde, Hun szövetségi fejedelmek és a hun barát, elfogad ták, a hunok nagyfejedelmi beszédét. Ezzel vége lett a hunok nagy úr beszéde.

NAGYFEJEDELEM HALÁLA,
BEJELENTÉSE A HUN NÉPNEK

435 b: Bleda hunok nagy ura, az utolsó gyűlése volt, az nap este, feleségével, beszélgetet, utána lefeküdtek, reggelre már halott volt, hunok nagy ura, felesége Meláni, összetörve volt, halott férj ura mellet. Etele bement a bátya jurta sátrába, ott látta, bátya halotti ágyán, Feleségének mondta hogy, kimegyek a fő térre bejelenteni, a hun népnek, halott hunok nagy ura, Etele fejedelem, kiment a fő térre, felment a emelvényre. A hun nép meg ált, a emelvényen, sorakoztak egyre többen voltak, a fő téren, Etele fejedelmét nézték, hogy a reakcióját. Etele mondja, a hun népnek tegnap még, beszédet. mondót, a nagy úr, este le feküt, reggelre meghalt, csendesen eltávozót, az élők sorából. Hun nép meg halotta, hogy halott nagy urunk, a hun nép kiabálva és sírva pánik rohamot kapót Etele bejelentése a hun népnek. hun férfiak azokat is megviselték, a nagy uruk halála, hajukat kopaszra kopasz a vágták, arcukat bevagdosták. Félmeztelen hátukat, tüskés bokor ágaggal hátukat verték ki, hunok nagy úr tiszteletére

103

ETELE ESTI RENDKÍVÜLI GYŰLÉSE

A szövetségi hun fejedelmek és Flavius hunok barátja, Etele ideg lenes. nagyfejedelem, rendkívüli esti gyűlésére, megérkeztek, a hunok nagyfejedelmi jurta sátrába. Etele ideg lenes nagyfejedelme, megkezdődőt a tárgyalás Beteg hunok nagy ura, Engemet utódjává fogadót, hunok nagy ura, fogadjam el a hunok nagyfejedelemséget. Mert én vagyok! az örökös. A hun fejedelemségnek, foglald el a hunok nagy urának a hun birodalmi trón széket, és a koronát. fogadtassad el a, hun szövetség hun fejedelmeivel és hun barátja, nagyfejedelemséget uralkodását. Etele ideg lenes nagy fejedelem, kérdezi, elfogadtok engemet, a hunok nagy urának! Bendegúz hun fejedelem mondja a hunok nagy ura, tégedet jelölt ki utódnak, te neked, adta át a hunok nagyfejedelemséget. Hun birodalmi trón széket. A koronát elfogadom, a hun barát, és a szövetség hun fejedelmei, elfogadták Etele legyen a hun nemzet nagyfejedelmi nagy ura, Etele ideg lenes hunok nagyfejedelme, nagy ura. Etele köszönöm nektek, fejedelmek, mégis elfogadtok, a hun fejedelmek mondják, legyen a hun nemzet nagy ura, Etele nagyfejedelme, köszönöm nektek fejedelme, ezt a megtiszteltetést, nektek halálomig kitartom, a nagy hun fejedelemségét, a hun népnek majd később, lesz kihirdetve. De előbb elkel temetni, a halott, hunok nagy, fejedelmét, már szóltam, a szkíta keresztény sámán hun papoknak. A halott hunok nagy urát, temetési szertartási előkészületét A szolga nők, kihozták, a fejedelmeknek pohár bort ittak Etele hunok nagyfejedelemre. Ezzel végeket, a Etele hunok nagyura elfogadását, mindenki eltávozót, Etele jurta sátrából.

SZKÍTA HALOTTI SZERTARTÁS

Másnap reggel megkezdődőt, Bleda nagyfejedelem halotti szertartása, hunok ura, egyik jurta sátorba. volt felravatalozva, hun örök álltak, a jurta sátor előtt, hun népe bement a sátorba, hogy megnézzék, a halott, nagyfejedelem, nagy urát. Hun asszonyok, síró énekel énekeltek, a halott éneket, férfiak halotti szertartáson megjelentek kopaszra nyírt hajjal, hogy megnézzék halott nagy urát. Egész nap és estig virrasztottak, hun népe, jaj veszély kelés, kihallatszót, a jurta sátorból, kint a főtére. a hun férfiak, bevágták arcukat, a fő téren megjelentek halotti álarcba táncosok, halotti táncot táncoltak. Hun birodalmi, nagy fejedelmének tiszteletére, másnap reggel Ari kan és hunok nagyfejedelem felesége Meláni, és Etele, ideg lenes nagyfejedelem, bementek, a halott hunok nagyfejedelméhez a felravatalozót jurta sátorba, a hun katonákkal, három fa koporsóba. vitték ki, halott nagy urát, a jurta sátorból, Etele ideg lenes, hunok nagy fejedelme, felesége Ari kan és halott nagyfejedelem felesége Meláni, hun szövetségi fejedelmek és hun barát. kisérték, hun népe felzárkózót, a halotti szertartás, menetének, lovon vitték fa koporsót, a hun nép szekéren mentek, ősi hun szertartáson, végig vitték a kár pát medence, és a hun birodalomba. a halott, hunok nagy urát, több! nap után vissza ment a halott menet, a Kár pát medence hun táborába, bevitték a halott, hunok nagy urát a jurta sátor ravatalozóba vissza tették, erős illat virág, illat, volt a ravatalozóba, halott szagát, elvonja, a ravatalozó erős illat virág illata.

BLEDA HUNOK NAGYFEJEDELEM TEMETÉSE

Hun népe, már, másodszorra vesztették el, a hun nemzet népe, a hun nagy fejedelmüket, ugyan úgy temették el, szkíta keresztény hun szerint, Bleda nagy hun fejedelmét. A hun nemzet népe. a hun szkíta papjai imádkoztak, a halott nagyfejedelem mén, Skándá hun fő pap, kitár karokkal, égiekhez fordult tával fohászkodva fohászkodót, a hunok csillag istenei, szent csoda szarvas istenekhez, hogy fogadják be, halott hunok nagyfejedelem lelkét. csillag istenek szent csoda szarvas csillag jelképébe isteneihez menyeihez. A temetés este szertartása, a Kárpát medence völgybe, szkíta hun keresztény sámán papok temetése megkezdése előtt, ott volt a halott hunok nagy ura felesége Meláni, Etele hunok ideg lenes nagyfejedelme, felesége. Ari kan. és szövetségei, hun fejedelmei és a Flavius, hunok barátja, a temetésen. Halott nagy úr, felesége Meláni, temetés megkezdése előtt, sir ró szemel, éghez kiáltozva kiáltozót,. és rá borult halott férje, koporsójára. Ari kan kezét fogva és magához átölelte és vigasztalta, a férje temetésén. Hármas fa koporsóba volt a sír kiásva. az egyik koporsóba, hunok nagy ura volt benne, a másik fa koporsóba. összes ékszere és aranya volt benne, ma harmadik fa koporsóba kedvenc lova volt eltemetve, együt temették el, szkíta keresztény ősi sámán szertartás szerint, szkíta sámán papok, hun ősi imádságba kezdtek, kitár kara imádkozni, a csillag istenei, szent csoda szarvas csillag jelképébe, megjelent égen északi csillag fénye, rá világitok, a temetésre, hunok nagy fejedelmi, fa koporsójára, így elfogadták, a szkíta keresztény sámán papok imádságát, Etele és felesége és, Meláni, homokot szórtak, a halott hunok urára, és virágot dobtak a sír helyére. A temetési szertartásnak vége tért. A hun sírások ki ásták a sírt. elkezdték homokok rászórni, a kiásót sírra. Etele és felesége és halott hunok nagy _fejedelme felesége, eltávoztak a temetésen. Utána mentek a hun fejedelmi szövetségek, és a Flavius, hun barát. A hun szkíta ősi sámán temetésen szokás szerint, akik jeleznek a, temetésen, hogy vállalja ásni, vagy a sírt betakarítani, tudni kel. hogy, le nyílszák, és meghalnak. A kik le, nyilazták, az kis meghalnak. Ez a szkíta ősi temetési sámán szokás szerint ha, nagyfejedelem meghal, vagy harcba esik el, azt így temetik el.

HUNOK FÉLÉVES GYÁSZA
A KÁRPÁT MEDENCE HUN TÁBORÁBAN

Hun népet nagyon meg viselte, a második nagy fejede-
lem halála, hun táborába, Etele nem, ideg lenes nagy
fejedelme, nem fogad, fél éve senkit sem, követeket és
más, népcsoportot, a hun táborba, gyászba borult, a hun
népe, csak egy hónapot, kelet betartaniuk. a hunt tábor-
ba. Etele ideg lenes, nagyfejedelem, a fő téren, kihirdet-
te, a hun népnek, rendelet szerint. A hun férfiak Addig
nem mehetnek, vadászni, a hun asszonyok, nem mehet-
nek, ki a földekre dolgozni, az álatok közelébe, a hun nép
elfogadta Etele, ideg lenes nagyfejedelme, egy hónapos,
gyászát. a nagy fejedelem halála tiszteletére.

HALOTTI TOR, HUNOK
NAGYFEJEDELEM TISZTELETÉRE

Másnap este a fő téren, Etele ideg lenes nagyfejedelem, felesége Ari kan, halott hunok nagy fejedelme emlékére, halotti tort rendeztek, a fő téren. minden hun fejedelmi szövetségét. és hun barátot, halotti tor szkíta szokásán ott voltak, hun népe asztalokat és székeket hoztak, a fő térre. mindenféle sült húsokat és bort tettek az asztalokra, a hun népek jöttek fő térre a halotti torra. ettek ittak, a halott hunok nagy fejedelem tiszteletére. Etele és felesége, ki jöttek a hun népéhez, a halottisa tora, a fő térre, leültek közéjük, együt ettek ittak, felük, közben síró éneket énekeltek, a hun asszonyok, Etele fel ált, és így szolt, a hun népéhez, hun népeim! azért gyűltünk össze, hogy, a halotti tort megtartjuk, tiszteletére, ö volt minden hunok nagy ura! tette hun népét, nagy birodalmává. Ő tiszteletére esztek és isztok, megjelentek a halotti táncosok, és eltáncolták a még egyszer, a halotti táncot. a nagy úr tisztelet emlékére. A halotti tor lassan végetért, Etele és felesége eltávoztak a hun főtérről.

108

VÉGETÉRT A GYÁSZ A HUN TÁBORBAN

Lejárt a gyász, hun népe gyász leteltével Etele megszüntette, a hun táborban az egy hónapos gyászt, a hun népnek, a hun asszonyok. kimentek a földekre dolgozni, utána az álatokat megetetni, a hun férfiak elmentek, az erdőbe vadászni és halászni a tora. A fő térre, vissza tért az élet, ugyan úgy mint a többi hónapokba, letelt a vél év, most már fogadja, más népcsoportokat, annak fejedelmi vezetőjét, vagy annak követőjét.

HADITANÁCS

Rendkívüli gyűlést tartott Etele ideg lenes hunok nagy fejedelme, össze hívta a hun szövetséges fejedelmeit és hunbarátot, azért hívtam önöket!, hogy elmondjam, hogy, nem sokáig! maradunk a hun népe, ezen a földön a Kár pát medencében, később tudtam meg, elhunyt nagy fejedelemtől, elmondta nekem hogy van!, nem messze, van egy közép föld. A mi tele van erdőbe állatokkal, több tavak, teli halakkal szép tiszta vizel, ásványi tőzegel, hegységekbe, meleg forrás van, jó termő föld, amit meglehet művelni. A hun népnek majd elmondom, van egy új jobb haza, a hová vinném a hun népet, Közép földnek hívják, Kár pát medencétől, két napi lovagláson toll van a szittya közép; föld, területe, én ott voltam megnéztem, a halott hunok nagy fejedelemmel, és jónak találtunk. ezt a föld területet. Ezért hívattalak titeket hogy elmondjam nektek. Nekünk elkell foglalni ezt a földet a hun népnek, ha kell harcolunk ezért a terület földért. A hun népet át kel költöztetni a közép szittya fölterületére. kérdezi Bendegúz, Ideken népcsoport tol. ? nagy uram ! megtudtam, hogy a középföld népcsoport élnek, a neve Besenyők. Felszólítsuk hogy, adják át, ezt a földet, ha nem akkor erőszakkal, foglaljuk el, szittya közép földet, az idegen népcsoporttól. Fel kel készülnünk a szittya középföld foglalását. Szövetségi hun fejedelmei és a hun barát egyet értetek Etele ideg lenes hunok nagy

úrnak, a javaslatával, meg alakítjuk nagy városunkat Si-
cambria. hunok nagy városát. ez lesz hunok nagy váro-
sa. nagy úr, ezzel befejezte, beszédét, vége lett a rend-
kívüli gyűlésnek.

NAGY ÚR BEJELENTÉSE A HUN NÉPNEK

A nagy úr másnap katonákkal kiment a fő térre, bejelenteni a hun népnek. a végleges új hazát. felment az emelvényre, hun nép össze gyűlt, a nagy úr felszólalásában, emelvényre ment, hun népeim! amit most mondok nektek, az nagyon komolyan, halhatták a nagyúr beszédét,. Van egy föld, szittya középföldnek hívják, én már voltam ót, sokkal jobb ez a föld, mint a hol élünk. Minden van. ami az élethez kell lennie, a hun népnek, felépítjük, az új városunkat, a neve Sicambria, ez a város hunok népének, a városa. A hun nép lelkesen éljenezték, sírva örömükbe, a hun asszonyok végre, megtaláltuk az új hazát, az új hazát!, és végre letelepedhetnek az új hazába örökre. Hun férfiak örömükbe elénekelték a hun indulót a fő téren, mulatságot rendeztek a hun népe. Etele ideg lenes hunok nagyfejedelme támogatta, a hun népnek a mulatságát.

HUNOK ÉS A BIZÁNCI BÉKE EGYSÉGE

Etele idegilenes hunok nagyfejedelme, konstantinis mondja Etelének, már béke volt közötük, amikor elvette Ari kan lányát, nagy konstantini a bizánci császár, megtudta hogy Etelét megkoronázzák szkíta keresztény sámán papok, küldőt neki egy koronát, mert Etele félig keresztény és félig pogány vallású, a koronát a bizánci papok készítették elő, a nagy konstantini császár utasítására, időbe elküldték, mielőtt eljön Etele koronázása, a hun szkíta keresztény sámán papok, tudták, hogy a, bizánci keresztény koronával lesz megkoronázva Etele nagyfejedelemnek.

ETELE NAGYFEJEDELME 436-BAN
VALÓ KORONÁZÁSA

436-ban, szkíta keresztény sámán papok, este koronázása, elő készlettét, megkezdték, a fő téren. a hun nép gyülekeztek, mindenki jelen volt, az összes hun kár pát medencei hun területi, és hun birodalom fejedelmei, és a hun barát Flavius légiós tisztje, jelen voltak. Etele koronázási napon készült, piros selyem ruhába, és felesége Ari kan türkizkék ruhába jelet meg, Etele és Ari kan, a fő téren. Hun nép éljenzéssel üdvözölték Etelét és feleségét a fő téren, a hun gyermekek virágszirmokkal szórták szét a főteret. és a emelvényt, Etele és Ari kan emelvényre léptek. Ari kan nagyfejedelem né, le ült a hun trón székbe, nézte férje Etelét hogy a hun szkíta keresztény sámán papok hogyan tették rá a keresztény koronát a fejére. Most vissza térve, Etele letérdepelt, szkíta keresztény sámánszokás szerint a papok, fő papja Skándá égnek tárt karokkal fohászkodót, a csillag isteneihez, szent csoda szarvas csillag jelképében mutatkozót. Skándá szkíta keresztény sámán főpap, elmondta a hun imát, és fogadjátok el, a hunok birodalmi nagyfejedelmét. Északi csillag fénye, rá világította Etelére, Csillagok istenei, szent csoda szarvas, istenei, elfogadták a szent bizánci keresztény koronát. A mivel, szkíta keresztény koronával, koronázták meg Etelét. Koronázás után. Etele le ült a hunok birodalmi tón szék be, felesége Ari kan mellé. Hun nép letérdepelt, a hunok nagy ura elé, hunok nagy

urának, egy perc csend volt a fő téren, hunok nagy ura
fel ált a hun trón székből. kitárt karral intet, a hun nép-
nek. A hun nép fel ált, és éljenezték Etele hunok nagy
urát a hu népe. A szkíta keresztény sámán papok már,
régen elhagytál a fő teret ugyan úgy, Etele és feleségé-
vel Ari kan na, elhagyták a hun fő teret, ezzel vége tért
Etele koronázása.

KÖZÉP ÁZSIAI KIRÁLYOK AJÁNDÉKA

Közép Ázsiából elterjed a hír, a árpát medence hun tá-
borába, a hun birodalomba. a hun népe, nagyfejedelmet
választottak, közép Ázsiából, és közép földön tizenkét
királyok, jöttek kár pát medence hun táborába. Nagyfe-
jedelem hunok urához, hun katona, hírt hozót. a nagy
úrnak. Be lépet a jurta sátorba, meghajolt, így szolt nagy
úrhoz, tizenkét király jött nagy úr hóz, ajándékot hoztak,
nagy uram! Etele fogadta a tanács terembe tizenkét ki-
rály, meghajolt, a hunok nagyfejedelemnek az egyik KIrti
király, azt mondta, a nagyfejedelemnek, ajándékot hoz-
tam nagy uram, Etele hunok ura, kérdezi milyen aján-
dékot hozót nekem?, kint van az ajándék nagy uram!,
hunok nagy ura kiment a jurta sátorból, meglátta, egy
vadul ugrált, egy fekete ló, alig tudták lefogni a lovat. a
feje, közepén egy fehér csillag volt, Nagy uram!, ne men-
jen a közelébe, Etele fogta a kantárt, és közelébe ment a
lónak, lassan meg simogatta, a és fülébe súgott valamit,
a ló, le nyugodót, szőrébe meg. ülte a lovat, és vágtázót
vele, és vissza ment, lesz ált a lóról. Csodálkoztak hogy
egy vad lovat., megszelídítet,. bement a jurta sátorba, a
fogadó helységbe, várta a többi királyt mit hozót neki,
aranyakat selymeket hoztak neki. Utána vége lett a ki-
rályok ajándéka, tizenkét király meghajolva, a nagy úr
előtt, és eltávoztak a hunok nagy urától.

ÁZSIA NÉPCSOPORT ÉRKEZÉSE

Azok a ázsiai népcsoport érkeztek, akik nem voltak ruha, nagyfejedelemnél, azok jöttek a kár pát medence hun táborba. Befogadják a hun népét, ázsiai fejedelmekkel és népét. Etele nagyfejedelem magához hívatta az ázsiai fejedelmeket, most itt van az idő mondja Etele nagyfejedelemnek az ázsiai fejedelmekkel, hogy megbeszéljék Ázsiába jött népcsoportot befogadása. a kár pát medence a hun táborába. tizenkét ázsiai fejedelmek, megjelentek, nagy úr, jurta sátrába, és a meghajoltak a hunok nagy úr előtt. bemutatkoztak. Hunok nagy urának, egyenként bemutatkoztak, nevüket mondták, Tonor a nevem, Ogür a nevem, TÁjgera nevem, Tánára nevem, Batura nevem, Tenera nevem, Tanora nevem, Iger a nevem, Tagor a nevem, Tenger a nevem, Tebera nevem, Tagnera nevem. Etele nagyfejedelem mondja, először össze hívom ahun szövetségi fejedelmeket, megtárgyaljuk, és eldöntik, hogy befogadjam önöket vagy nem, ha jó döntést hoznak, akkor, megkötjük a vérszerződést, minél hamarabb. Most távozzanak fejedelmek!, ázsiai fejedelmek meghajolva távoztak a hunok nagyfejedelemtől, tizenkét fejedelem, elhagyták a nagy fejedelmi jurta sátrat.

IDEGEN FEJEDELMEK
HUNOK NAGY URÁNÁL

A Bendegúz meglátta ideken népcsoportból fejedelmeit, hunok nagy urához mentek, hogy fogadja, be. népeimet. Bendegúz meghajolt a nagy uránál, és kérdezi a hunok nagy urától? hogy, kik ezek a idegenek fejedelmek.? Etele hunok nagyfejedelme, válaszolt, amikor az első nagyfejedelem élt, a hun birodalmat bevitette. kár pát medencétől, egész kelettől, egész Ázsiáig, nyúlig vissza a hun birodalom odáig terjed ki. Többi szövetségi hun fejedelmek és a hun barát Flavius légiós tiszt, megjelentek, a hunok nagyfejedelménél, fontos beszélgetésre, tovább beszélt Bendegúz, most már tudom, nagy uram! mondja Bendegúz, Először ki kel próbálni, az idegen fejedelmeket, hogy hü! a hun népünkhöz, és harcban. hallották amiről beszélgetek a nagyfejedelemmel. Egyet értettek, Bendegúz és a nagy ura beszélgetésében, addig ameddig, ki nem próbáljuk, tizenkét ázsiai fejedelmeket. a harcba. Egyet értetek a többi szövetség fejedelmei, és a hun barát, ez utal végeket a beszélgetésnek.

HUNOK NAGY ÚR TANÁCSA

Másnap reggel ázsiai fejedelmek, nagy úr jurta sátrába mentek. Etele hunok nagy ura fogadta ázsiai hun fejedelmeket, ázsiai hun fejedelmek beléptek a hunok nagy urához, meghajoltak hunok nagy uránál. köszönjük nagy utam hogy befogadtatok, a hun népeimet. a hun táborba, Tonor és Ögür fejedelmek, elmondták, Etele nagyfejedelmének. Dél Ázsia felöl, Tongvan Csen városából jöttünk, mert ott van a birodalmunk egy része, uram a hun birodalmát, többi fejedelmekkel együtt. erősíteni tudjuk. Segítsük a hun sereget a harcba nagy uram, Etele hunok nagyfejedelme, hun fejedelmi szövetségek és a hunbarát, hadi tanácsra hívatta meg őket, bemutatta az ázsiai fejedelmeket, Tongvan Csen városából jöttek, és népével együtt. Ázsiai hun fejedelmek mondták, a hunok nagy urának, hogy segítenek a harcba, Etele nagyfejedelem bemutat a, hun fejedelmi szövetségeket és hun barátot, ázsiai fejedelmeknek megadom a támadást kürt szót, a gyalogos seregnek, Flavius légiós gyalogos seregével együtt foktok támadni az ellenségnek. Ez egy elterelő gyalogos hadművelet lesz, a csatatéren, Etele hunok ura, mondja, többi hun lovasok felem együt, kürt szóra fognak támadni az ellenség lovasságra, nyíl lövéssel egymás után lőjék le, vagy ha nem adják magukat, akkor megkell halniuk, a lovassági ellenségnek, Etele hunok nagyfejedelme, vége tért a hadi tanács.

HUN NÉPE ÉS ÁZSIAI NÉPE

Etelével megegyeztek ázsiai fejedelmei hogy bevigyék a
hun népét, Kár pát medence. hun táborába, Etele hunok
nagyfejedelme nagy ura, helyet adót az ázsiai fejedelmek
népének, ott felállították, jurta sátrukat. Hun népe néz-
te az ázsiai népet. Az egyik hun család megsajnálta őket,
és ételt adott, az idegen hun családnak, látták a többiek
hogy, a hun egyik család ételt ad többi idegen hun csa-
ládnak.. A többi hun család is adott ételt az idegen hun
családnak. így megbarátkoztak és befogadták, az idegen
népet, a hun táborába.

HADITANÁCS

Etele hunok nagyfejedelme, újból össze hívta a hun hadi
tanácsot, újabb terület elfoglalással kapcsolatba, ösz-
sze gyűlt a haditerem tanács sátrába, várta, a hunok
nagy urát. egy szer csak kinyílt, a jurta sátor ajtaja. Be-
lépet hunok nagy ura, minden fejedelem és hun barát
meghajolt a hunok nagy ura előtt, nagyfejedelem leült a
trón székbe, a nagy úr elmondta, megint egy új föld el-
foglalása, a neve kelet roma lenne. Annak cézára, Flavi-
us Julius Constantin cézára uralkodója kelet romának.
Etele a hunok fejedelme nagy ura, most már többem va-
gyunk. Jurta sátor őre, egy szer csak belépet a hadi tár-
gyalás terem sátrába, meghajolt a nagy úr előtt, és így
szolt a nagy úrhoz, uram! jöttek, és. azt mondják hogy,
bekéredzkednének, a nagy úr hoz, hunok nagy ura, így
szolt, hogy majd később kéretem őket, de nem várhat so-
káig, kérdezi a nagy úr, miért? azért mert nagyon fonto-
sat akarnak mondani. fejedelmek mondják hogy miért
ne fogadná?. nagy uram! őket. Nagy úr mondja, akkor
jöjjenek be!, fogadom őket, ! ideken nagy vezérek és egy
király, beléptek a hunok nagy urához, meghajoltak a hu-
nok nagy urának. Szövetségi hun fejedelmek, és a hun
barát, ezzel meg ált a hadi tanács beszéde, idegen nagy
vezérek és egy király, nagy uram! szeretnénk harcolni,
az önök oldalán, nekünk ki képzet gyalogos, és lovas-
ság seregünk vannak. Etele, nagy fejedelem, mondja,

nekünk már van! gyalogos és lovasságunk, Bendegúz. mondja miért ne lenne! még több gyalogos és lovassága. Az ellenséget, jobban tudnánk bekeríteni a harc téren megadásra tudjuk felszólítani őket, Etele nagyfejedelem, mondja, a többi hun szövetségi fejedelmeknek és hun barátnak, ki akarja! hogy befogadnánk, igen vagy nem! A hun tanács. igent mondottak, hunok nagy ura, mondja hogy mutatkozatok be a. hun tanácsnak, Ostro nagy vezér, Türing nagy vezér, Szkirek nagy vezér. Alánok nagy vezére, Szarmaták nagy vezére. Arderik gepidák királya. Etele hunok nagy ura mondja, csak akkor lesz vérszerződés szertartása, csak akkor fogunk! megtartani, az ellenséget legyőzők. idegen nagy vezérek és a Gepida királya, bele egyeztek, a nagy úr határozatával. végeket a haditanács.

SZKÍTA KERESZTÉNY
SÁMÁN PAPOK JÓSLATA

Este csillagos ég volt, szkíta keresztény sámán papok beléptek a nagy úr sátrába, Skándá sámán fő pap és a papok fejet meghajoltak, a nagy úr előtt, itt vagyunk nagy uram! Etele nagy úr, mondja, a sámán papoknak, hadjáratba megyek. Azt szeretném tudni hogy, szerencsés hadjárat lesz e, vagy nem. Azt szeretném tudni tőletek, hogy győzelem lesz, vagy vereség, a csatába. Kelet romát akarom elfoglalni. ezért kel hogy tudjam a jóslatokat, mert én így megyek nyugodtan a csatába. Skándá szkíta keresztény sámán fő pap, kiment a jurta sátorból, utána ment a hunok ura, Skándá sámán fő pap, el övet egy négy érmét, feldobta az égre, de úgy! estet le, hogy az, érmék egyformát mutattak. Az északi csillag istenek, rá világítottak, mind a négy érmére, azt, mondta a fő papa hogy győzelem lesz, eltudod foglalni. kelet romát. A szkíta keresztény papok, és a fő pap, meghajoltak, és eltávoztak, a hunok nagy urától.

NEHÉZ BÚCSÚZKODÁS ETELE
CSALÁDJÁTÓL, A HUNOK NAGY URA
NÉPÉHEZ SZÓL

Etele Ari kan feleségétől, három feleségétől, hat gyerme-
kétől búcsúzót. Ari kan kérdezi, drága férj urától, megint
így hagy c minket? síró szemel nézte Etelét, Etele letöröl-
te könyvcseppet Ari kan arcáról. Etele át ölelte feleségét
és megcsókolta arcát és homlokát, mind a hat gyermekét
át karolta Etele apjuk, Etele letérdepelt a gyereke előtt,
szorosan át ölelte a hat gyermekét, így szolt hozzájuk!,
drágáim hamarosan haza térek!, és megcsókolta mind a
hat gyermekét, Etele kiment a juta sátorból, és a fő tér-
re ment, felment az emelvényre,. a hun nép látta, hogy
a hunok ura, szólni akar a hun népéhez. Etele hun népé-
hez szolt, mindenki odament a főtére, az emelvényt néz-
ték hunok nagy urát. Ari kan, a nagyfejedelem né, három
gyermekével, kiment a jurta sátorból, egyenes a fő tér-
re ment, és halódta férje urát. a hun népét üdvözölte Eri
kant nagyfejedelmét, a fő téren, Etele nagyfejedelem el-
kezdte a beszédét az emelvényen, hunok nagyfejedelem
mondja a hun népének, népeim! azért kell menünk har-
colni, egy újabb föld részt elfoglalni. hiszen megígértem
a hun népemnek, a hun birodalom, még nagyobb lesz a
föld kerekségbe, legyőzők a minden földi népcsoporto-
sak, vagy annak fejedelmeit, legyőzőt ellenség királyait,
bekel hódolnia, a hun népének és annak hun fejedelmei
nagy urának. csak így lesz a hunok világ ura, minden föld
kerekségbe. Ezért kel, harcolni, minden föld területet

elfoglaljuk. Hunok nagy ura, véget ért a néphez szóló beszéde, mindenki szét szélet a fő téren. Ari kan gyermekeivel haló ták apjuk beszédét a főtéri emelvényen,. Ari kan törölte síró szemét, mondja, gyermekeinek, lehet hogy! utoljára láthatjátok gyermekeim apátokat, Etele és a többi hun lovasság, és a hun fejedelmi szövetsége, hun barát,. És akit befogadtak ázsiai nagy vezérek, gepida királya és még tízen egy szövetségével együt, elindultak Konstantin birodalom földjére.

HUN KÖVET A KELET RÓMAI CSÁSZÁRNÁL

Etele hun seregei kelet roma határaira serekével érkez-
tek. a hun fejedelmi sereg, és hun barát serege, letábo-
roztak. Etele hunok ura, követeket küldőt kelet romai,
Flavius Julius Constantin cézárhoz, fogata, a cézár kér-
dezte a követet, milyen ügybe jött kelet romába? Bend-
egúz fejedelem, azt felelte. Azén nagy uram. kelet romát
akarja, a hunok nagy ura, Constantin azt felelte, kelet
romát nem adomát!, ha kell! harcolok érte, hogy más ne
foglalja el. Bendegúz fejedelem, a kor csatára szolidjuk
fel Constantin cézárt, mondjam háborút akarnak, jó el-
fogadom a csata kihívását, cézár mondja Árkadius cézár
testvérem élt, Ruha nagyfejedelemével vér szerződést
kötött. Amikor meghalt Árkadius, Ruha nagyfejedelem
megszegte a kelet romai vérszerződést, a halálos ágyán,
azt mondta Átkádius testvérem, a hunokkal ne kössél
szerződést, ez folt az utolsó mondata, most távozzanak
kelet romából, Bendegúz eltávozót kelet romából.

VISSZATÉRÉS A HUN TÁBORBA, BENDEGÚZ A NAGY ÚRNÁL

Bendegúz tíz lovassal hun táborba mentek, egyenest a hunok nagyfejedelemhez mentek, hunok nagy ura jurta sátorba mentek, Bendegúzt fejedelmet megalították a hunok nagy úr, jurta sátor őrei, kérdezték a sátor őr, hogy beakar jő i? igen már vár engemet a nagy úr. Az őr azt mondja, akkor bejelentelek, bement a nagy úr hoz szólni, meghajolt a őr, és azt mondta a nagy úrnak, hogy valaki szeretne beszélni. Hunok nagy ura mondja hogy engedjétek be. Bendegúz belépet a hunok nagy urához, meghajolt, hunok nagy ura, kérdezi tőle, átadtad az üzenetemet? igen nagy uram! átadtam az üzenetét. Kelet romai cézárnak, azt felelte hogy nem adja át! kelet romát, Kelet romai cézár, nehezen fogadta el. a csatát,

FONTOS HADI ÖSSZEHÍVÁS

Etele nagyfejedelem, akkor össze hívom a hadi tanácsot,
Bendegúz menni akart, de a nagy úr, mondja hogy ma-
rad itt, jöttek a hun fejedelmi szövetség fejedelmei. hon
barát, és a ázsiai nagy vezérek ma nagy úr kérésére. fe-
jedelmei és hunbarát és ti zen két ázsiai nagy vezérek.
Azért hivatallak titeket, Mert úgy gondoltam, hogy aki-
vel volt szerződésünk, kelet romával, most csatára hívta,
annak cézárát, elküldtem egy követet, hogy át adja egy
üzenetemet, kelet cézárának. kihívtam csatára a kelet-
roma cézárát. most megbeszéljük a hadi állást, hogy ki
hol fog. támadni., a csata téren, a kelet romai légiós se-
regre, volt ruha nagyfejedelem gyalogos serege, mindig
előre fog támadni. középen csata téren. Flavius gyalogos
serege, és ázsiai fejedelme és nagy vezérek gyalogosa se-
rege támadásba lendülnek, a harc térem, Flavius gyalo-
gos serege jobb szárnyon fognak támadni. ázsiai sereg, a
ball szárnyon fognak támadni, tizenkét nagy vezér gya-
logos serege, majd akkor fog támadni, amikor én megada-
dom a támadásra a harci kürt szót. A hun lovasságnak
ás a szövetségi lovas fejedelmeknek, velem együtt, hun
lovas fejedelmeknek Jobról támad, az én hun lovassági
seregem bal ró fogok támadni az ellenségre hírtelen tá-
madunk. Elenséget kicsaljuk a harc térről, hitelen meg-
fordultok egy más után nyíl vesző nyilazzuk ki az ellen-
ség lovasságát. így nem tudnak, a keleti légiós lovasság

hirtelen támadásnak jobb és bal oldal nyilaink a ellenség lovasságára pajzs védekezetni már ne tudnak. Akik ellen álnak azokat, megkell sémisíteni. a keleti légiós lovasságot, csak így tudunk győzni, Etele hunok nagy urának, a hadi csata beszédét, mindenki elfogadták. Vége lett a hunok nagy úr beszéde. csendben mindenki eltávoztak, hunok nagy urától.

HUNOK HÁBORÚJA A KELET ROMAI CONSTANTIN CÉZÁR ELLEN

Másnap reggel a hunok harci állásba álltak, mindenki elfoglalta harci állást várták a Constantin cézárt seregét a csata téren. Egyszer csak kiáltoztak a hun felderítők, nagy uram jönnek! a kelet romai cézár seregei, kürt szó halat szót, a csata téren, nagy uram megjöttek!. az ellenség seregei. Etele hun nagy ura, gyalogos katonáknak támadási kürt szó jelzést seregnek adta ki a támadást, ti zen két, nagy vezér gyalogos sereg üvöltözve üvöltöztek, kardal ütötték pajzsukat, ez a harci mámor, megindult a gyalogos katonák támadása, a harc térről, kelet romai cézár gyalogos katonai támadási lendültek. Egy re közelebb mentek, a két gyalogos katonai sereg. A csat tér erős pajzs dulakodással, és lándzsával szúrták egymást, addig ameddig, fel nem adták, a harcot, a romai gyalogos légiós sereg. Glaviátus légiós kapitánya, egy, másik gyalogos légiós sereget, indítót a csata térre. Etele nagyfejedelem kürt szóra, megindította az ázsiai gyalogos sereget, jobbról és balról támadták a kelet romai cézárt, gyalogos seregét, Etele nagyfejedelem, hunlovassága szövetségi hun lovassága és Flavius kapitány légiós lovassága támadásra készültek, várták a Constantin kelet romai cézárt lovassági bevetését a csata térre. cézár látta, a gyalogos légiós katonák a veszteségét. Támadás kürt szó jelzéssel indítót, lovassági gyalogos segítségére, Etele nagyfejedelem, kürt szó csata jelzéssel jelezte, hun lovassági seregnek, hogy támadjanak, kelet romai cézár lovasságára. Hun lovasság és szövetségi annak hun fejedelmi lovassága, támadták, cézár lovasságára Két oldalról támadták a cézár légiós lovasságára, későbbi folyamán beavatkozzon, Flavius légiós tiszt lovassági seregei, több hun lovasság segítségére indultak a gyalogos katonák seregnek, már több oldalról támadták, a kelet roma cézár lovasságát. A hun lovasság elcsalta a csata térről a légiós lovasságot, hun lovasság és a szövetségi hun lovassága, mintha színlelést lenne az ellenségnek, megtévesztik az ellenséget, mintha gyáván el lovagolnának, és feladnák, a csata küzdelmét. A hun lovasságserege hirtelen megfordultak, gyors nyílvesző lőttek ki egymás után, a légiós lovasságra, nem volt idejük pajzzsal védekezni, mert hirtelen jött a nyíl kilövése, a légiós lovasságra. a hun lovasság nyilaitól. A csata téren ellenség lovasságát többségét megsémisítették, a hunok nyilaitól, Constantin cézár nézte légiós lovasságát a hunok lovasai csatáját, egy más után estek el a lovaikról, a légiós lovasok. A ki tudót elmenekült a hunok nyilaitól. az életbe marat, a csata térő így feladták a lovasai csatát, aki megmaradt légiós lovas sok, gyalogos csata eldőlt a csata téren. Vesztet a csata téren kelet romai cézár, Etele hunok nagyfejedelem fényes győzelmet aratott a csatába, a keletromai cézár ellen, Harc terén vége lett, csata után, elmenekült Constantin cézár, és pár tisztel, és légiós lovassága, így feladta, a kelet romát, Etele hunok nagyfejedelmének. Etelét, a hunok nagy urát éljenezték a hun lovassága és hun fejedelmek, és a hun barát seregei, és szövetségesei. Etele kiadta a parancsot. hogy mindenki készüljön, mert indulunk. egy másik terület meghódítása ez Calicia elfoglalása, a hun sereg sátrat bontottak és indulásra indultak. Megint két fejedelmet és, húsz hun lovast itt hagytak kelet romába, ők Irányítják kelet romát.

CALICIA FÖLD ELFOGLALÁSA

Elindult a hun sereg Calicia felé, már majdnem oda értek egynapi lovaglás után letáboroztak, hunok nagy ura, behívta Bendegúz fejedelmet, hunok nagy ura, mondja, be kéne menni Calicia városába. Bendegúz ahogy óhajtja, nagy uram, bemegyek Calicia városába, és körülnézek nagy uram. Bendegúz három hun katonával bement a városba, megnézte, hogy hol álnak az örök. Nem sok őr ált a városba, mert nem keletet sok őr, Menteus Calicia királya, úgy gondolta hogy senki, nem támadja meg Caliciát, így nem kel sok őrt alítani a Calicia városába. Vissza ment a hun táborba, egyenest a hunok nagy ura hóz ment, meghajolt és azt mondta, a nagy úrnak hogy, a városba, amit láttam nem sok őrt láttam ma városba, egyik a fő kapunál ált, a másik, egy kicsit messze ált, harmadik, a város túlsóoldalán ált, a negyedik, ahol a király lakot. A kor megszervezzük, a harci állást, ki hol fog támadni, Igenis nagy szolok a hun fejedelmeknek, és a többieknek, várom őket. Etele leszúrt egy hegyes botot, és úgy hagyta. A ki ott volt annak mondta hogy senki ne nyúljon hozzá, nagy úr látta hogy jönnek a hun fejedelmek és vele tartó hun barátot, utána jöttek a többi ázsiai hun fejedelmek és a tizenkét nagy vezérek. Bementek a hunok nagyfejedelemhez. Mind meghajolta a hunok nagy uránál, Etele mondja hogy, tudjátok! hogy miért hivatala k titeket, Mert megkel támadni a várost, és elkell foglalni, mind egy szálig. ma este támadunk, Pentinus tiszt látta hogy a városon kívül, idegen népcsoport letáborozót, elment a király hoz, jelenteni, hogy idegen népcsoport katonája van a város alatt. Mentenus király kiadta a parancsot hogy a katonák jöjjenek, a király hóz. hadi beszédet akar tartani., várom őket minél hamarabb, Menteus elhagyta a királyt, kiment a királyi palotából, elment o katonák hóz szólni hogy, a király sürgősen, akar beszélni. Nemsokára jöttek a katona tisztek a király hoz katonai sereg, állomásozik a városunkba. megkel védeni a várost. hogy idegen kézre ne, kerüljön. A város lakóságot elkel vinnünk, az ideg lenes szálásra, ameddig tart a csata, ott lennének, ott pisztonságba lennének. Eljött az idő, hunok nagy ura támadásra szolitota a hun sereget és a szövetségeseit, megrohamozták a várost égő nyílveszővel, lökték várost, kötelet dobták a város falára, arra másztak rá a hun katonák, a város katonák megtámadták, a hun katonákra, csata, a városon belül zajlót. A Hunok kinyitották a város kapuját, be özön lőttek, a többi hun sereg, alig tudták feltartani a város katonája a hun sereget..külső trombita hallatszót a távolból. Jött a segítség a városnak, Etele vissza vonulást fujt, nehezen jöttek ki a városból a hun gyalogos katonák, hun táborba vissza mentek. A város megmentője király öccse jött segítségért Artenus, a király megköszönte öccsének, a város megmentését. a hunok ellen. Artanus azt mondta bátya királyának, még nincs vége a harcnak, mert nem fognak elmenni a hunok csak úgy, hogy el foglalják a várost, hiszen azért jöttek, hogy elfoglalják a Caliciát. Etele hunok nagyfejedelmen mondja a hun fejedelmeknek és a többi szövetségnek, holnap újból harcolunk a Calicia város elfoglalását, de most nem úgy fogunk harcolni, taktikai harcot kell bevetnünk, most nem egyszer fogunk támadni, hanem csak egy része fog támadni a várost. több he jen kell felmászni. Nem tudnak minden katona ott lenni, Flavius gyalogos katonája, elöl támad, ázsiai gyalogos katonák két oldalon támadnak, az egyik kinyitja a vár ajtaját, be megyünk és két oldalon támadunk, bekerítjük őket, és megadásra szolidjuk a város királyát. Felkelt a nap rá sütőt a nap a leszúrt botra, mutatja hogy reggel van, Etele rá nézet a botra, és tudta hogy milyen idő van, reggelt mutatót a bot árnyéka, reggeli riadót fújt, a hun sereg készen ált a Calicia városát elfoglalni, csendbe a köteleket feldobták és bemásztak a városba, csendbe konyították város kapuját, beözönöltek a kint maradó hun lovasság, és Etele hunok nagyfejedelme, csend benn az öröke t megölték, minden katonát megölte. Nem marat katona, aki felvenné a harcot a hunok ellen, Etele bement a királyi szobába, tört vet elő, felébresztette az alvó királyt, nyakán volt a tör, és ágyból felkelt a királyt, kivitte az vár udvarba, a királyt, a hunok ura letérdepeltette, és rákényszerítette megadásra mindenkit, az összes hadsereget, fegyver letételével, így harc nélkül győztek a hunok és annak hunok nagyfejedelme, mindenki letérdepeltette és behódolt, hunok nagy urának, Etele nagyfejedelem, kegyes keddet mindenkinek, még a város királyának, a hunok nagy ura azt mondta hogy itt maradnak, de adót kell fizetni a hunok nagy urának, hun fen hatóság alatt lesz a Calicia és városa, megint két hun fejedelem itt marad, ők vezetik a várost, és adót szednek be mindenkitől, Ezzel végeket a nagy úr beszéde. A hun sereg a városból kivonult és Caliciábol. egyenest a Kár pát medence hun táborba mentek vissza.

NAGY HAZATÉRÉS

Hun gyalogos katonák és a szövetségi seregek, vissza tértek, a Kár pát medence, a hun táborba, a hun nép, nagy örömükbe fogadták Etele hunok nagy urát, és hun seregét és hun szövetségesét. a fő téren. Megérkezésük után mindenki bement a saját jurta sátrukba, hun nép látta, a sereg nagyon fáradt volt, ezért nem maradtak a fő téren Etele hunok nagyfejedelme is fárad volt, azért nem ment fel az emelvényre, beszédet mondani a hun népnek. A nagyfejedelmét, a hun népe éljenzésére fogadták a nagy urat, jurta sátorból kiment Ari kan, és mind a három gyermekével, a sátor elé. Ott látta férje urát, Etelét megérkezését a fő téren, Etele lesz ált a fekete lováról, és a jurta sátor felé ment. Ott meg látta a feleségét Ari kan és a három gyermekét, oda szaladtak apjuk hóz, örömükbe kiáltozva mondták, hogy édes apukám. Etele felemelte a legkisebb gyermekét Csabát, és karjaiba vette, a többi gyermekét is, átkarolta, Etele odament a feleségéhez, mert ott várta Ari kan a jurta sátor el lőtt, megölelte, és a homlokát megcsókolta. Ari kan feleségét, Etele mondta, hogy menjünk be a jurta sátorba, bementek a sárosba gyerekekkel együt. felesége öröm mosollyal kérdezte férje urát, a hadjárat sikeres volt? igen kedvesem sikeres volt a hadjárat, elfoglaltuk Calicia, és a városát. Két hun fejedelem marat ott, a Calicia városába, ők irányítsák várost. Etele le ült a székre, gyerekei körbe ál ták, apjuk gyermekei, az idős gyermeke ELÁK, mondja apjának, már nagyon vártuk!.hogy mikor jön hozzánk!. Édes anyánk nem győzte mondani, hogy édes apátok, hamarosan jön haza hózzátok, Etele mondja, hát! itt vagyok!, édes gyermekeim!. Ari kan mondja gyermekeinek, gyertek enni!, evés után Etele gyermekei lefekvés előtt, felesége megetette gyermekeinek egy kicsit fent maradjanak lefekvés előtt, utána lefektette. Énekelt nekik, hogy aludjanak el, El is aludtak anyuk énekére. Ari kan kiment a gyermekek halló szobából, és a férjéhez ment, át karolta Etelét és megcsókolta, arcát. Ari kan kérdezte Etelét. Hogy még elmész hadjáratra? Etele feleségének azt mondja, még vannak olyan föld rész! ahol még nem jártam, lehet hogy hadjárat lesz, a hun szövetség seregével és a többi szövetségese kel. Etele mondja kedvességének, hogy menjünk feküdni, mert nagyon várat vagyok. Eri kan mondja Etelének, hogy menjél feküdni, majd én rögtön jövök, Etele bement a hátsó jurta háló helységbe, levetkőzőt és bebujt az ágyba, ott várta eleségét. Ari kan megjelent a hálóba, és le feküt férje mellé. Ari kan megcsókolta Etele urát, átkarolva aludtak el.

IDEGEN HADSEREG BETÖRÉSE

Egy év eltel téve hogy kelet romát elfoglalták, Etele hunok nagyfejedelme, most idegen hadsereg állomásozik a Kár pát medence határon belül, a hadsereg vezetője Márciánus cézár. Másnap reggel ara ébret Etele hunok nagy ura, hogy nagy zajt kiabálást halott a fő téren, felkelt és kiment a fő térre, hangos beszédet halott az emelvényen. Hunok nagy ura felment az emelvényre, egy katonai őrszem beszélt, meghajolt és elmondta a hunok urának, hogy mit látott, a Kár pát medence határon belül, egy idegen hadsereg állomásozik, láttam akinek meghajoltak, és néven szólították Márciánus cézár hívaták, az egyik katona. Kérdezte hunok nagy ura, mit látott? az idegen katonák fosztogattak, és aki nem adja oda, amit kérnek azt megölik, Etele nagyon haragra gerjedt. Hunok nagy ura, mondta a katona hírnöknek hogy fújon harci riadót, harci, a hun népe össze gyúlt a fő téren, jöttek a szövetségi hu fejedelmek, hun barát, és a többi szövetségesei, a fő térre. Etele az emelvényen elmondta hogy idegen hadsereg a Kár pát medence határon belül állomásozik, Ha kell harcolunk és kíüzűk az elessék hadseregét, a Kár pát medence határán. A hun hadsereg és a többi sereg. készen álltak a csatára, elhagy ták a hun főteret.

HUNNIA MEGVÉDÉSE

Etele kivonult a hun lovassággal szövetségeseivel a Kár
pát medence határára, ott látta a Másciánus cézár sere-
geit, hunok nagyfejedelem, búzdito beszédet mondót, a
hun lovasságnak, nagy diadalra készülünk, megkell vé-
denünk kár pát medence az új hazánkat, és a hu nemzet
népét. A harcba nem kegyelmezünk, vagy győzünk vagy
meghalunk a Kár pát medencét ért., vagy Márciánus cézár
kezébe kerülne Kár Pát medence, és a hun nemzet népe,
kegyetlen kiszolgáltatót sors vagy rabszolga sors várrá,
a hun nemzet népére, ! győzünk vagy meghalunk. Hun
nemzet népéért! hun lovasság éljenezték, Etele hunok
nagy fejedelme beszédét.

MÁRCIÁNUS CÉZÁR KIŰZÉSE A KÁRPÁT MEDENCE BIRODALMÁBÓL

Etele hun lovassága és gyalogosai és szövetségesei, a Kár pát medence határán érkeztek, a csatára fel sorakoztak, mindenki szembe által, Márciánus cézár légiós seregével. A csatatéren kürt szóra, megindult Etele nagyfejedelem gyalogos rabszolga serege, és a ázsiai szövetség gyalogos nagy vezérek serege, támadásba lendültek. végén megütköztek, mind a két gyalogos sereg, kardal és pajzzsal nyomultak elörre a csata téren, langyával szurkálták és támadták egymást. A cézár és a gyalogos tisztek látták a hun gyalogos sereg támadását, cézár összes gyalogosai bevetette, a harc téren. Etele rabszolga gyalogosokra, hunok nagy ura jelzést adót az ázsiai nagy vezéreknek gyalogosai támadásra, a légiós gyalogosokra, teljesen körbe vették Márciánus gyalogos seregét, ott a hol érték, langyával szúrták, vagy kardal szúrták le a cézár gyalogos seregét. Utolsó remény légiós lovasság volt, Hunok nagy ura, hun lovasság és a fejedelmi hun szövetség és a Flavius lovassága, harcra készen által, lovasság három részre támadták a légiós lovasságot. egymás után nyilazták le a légiós lovasságot. Végén nem sok légiós lovasság marat a csata téren, a légiós lovasságból, légiós tisztek jelentetek Márciánus cézárnak, hogy elvesztettük a csatát, vagy megadjuk magunkat, vagy elhagyjuk a csata teret, cézár elakarta hagyni a csata teret, de a rabszolga sereg, körbe zárták. Márciánus cézár légiós seregét, Etele hunok nagy ura, oda jött a körbe zárt légiós sereghez, cézár megadta magát a hunok nagyfejedelmének. hunok nagy ura letérdepeltet, és be hó dó tata a MÁRCIÁNUS cézárt, Etele nagyfejedelemnek, azt mondta cézár, ön nagy szerű hadvezér. jó irányítsa a seregét, a harc mezőn, azért nyerte meg a csatát, Etele nagy fejedelem mondja már nyertünk csatát, mondja a cézárnak, Constantin cézár ellen, cézár mondta hunok nagyfejedelemnek az én bátyám volt akivel csatázót, de hirtelen meghalt, én vetem át a kelet romát, de előbb elfoglaltam. és megöltem aki védték kelet romát, Nápoj nem tudtam elfoglalni, Opor hunok fejedelme irányította a várost, ezért bosszúból megtámadtam a hun Kár pát medence birodalmát. Hunok nagyfejedelme, hát akkor ezért folt a harc cézár, igen! hunok nagyfejedelme, mondja akkor át!adja kelet romát, teljes városát, cézár igen! átadom kelet romát teljes városát, ezzel vége lett, a csata téren a beszéd. cézár elhagyta a csata teret, Hunok nagyfejedelme és a hun szövetség fejedelme és ázsiai szövetség vissza tértek a Kár pát medence hun táborába.

HUNOK NAGY URA BEJÖVETELE KÁRPÁT MEDENCE HUN TÁBORÁBA

Esteledett, a hun lovasság és a szövetségi hadseregével estére megérkezett a Kárpát medence hun táborába, kürt szó, halat szót a hun táborába. Minden hun asszony és férfi kiment a fő térre köszönteni a hunok nagy urát. Ari kan is kiment a fő térre, hun nép meglátta nagyfejedelmi asszony, mindenki meghajolt Ari kanak, a nagy úr feleségét. Etele nagyfejedelem megjelent, a hun lovasság és szövetsége, rabszolga gyalogos serege, és ázsiai szövetségi serege, fő térre bevonultak. hunok nagy ura leszállt a lováról egyenest a emelvényre ment, ahogy megjelent a hun népe éljenezték a hunok nagy urát, kezét égnek emelte, csillag isten csoda szarvas felé fordult, köszönettel mondott isten segítségét a hun győzelmét. Utána a hun néphez fordult, kitárt karral a hun néphez fordult, letérdepeltek, és a kezüket előre tették, hun nagyfejedelem előtt. Ari kán nagy fejedelem né előtt. Ari kan megfogta férje a kezét, és leültek. a hun birodalmi trón székbe. csend lett a fő téren, nemsokára, hunok nagy ura, fel ált a trón székből, a hun népis fel ált, éljenzéssel éljenezték hunok nagy urát., a hun népe elénekelte a hun himnuszt. Ezzel vége tért a hun nép, hunok nagy ura üdvözlése.

HUNOK NAGY URA GYŐZELMI ÖRÖMÜNNEPE

Üdvözlés után este Etele hunok nagyfejedelme győzelmi ünnepséget tartott a fő téren a hun népnek. Hunok nagy ura, hun népének örömet szerzet, az ünneplésnek. fő téren a zene, tánc mulatság, mulatoztak a nagyfejedelem győzelmének. Ari kan és Etele ők is táncra perdültek a hun népe együt jó kedvel vigadalommal együtt ünnepeltek. addig ameddig éjfél beálltával. Hunok nagy ura és felesége Ari kannal eltávoztak a fő térről, utána a hun nép is eltávozót a fő térről.

NAGY VADÁSZAT

Korra reggel Etele nagy úr unokatestvére Buda, ifjabbik Bendegúz kilovagoltak a Kár pát medencei erdejébe, szarvast és vadkant vadászni, Etele és Buda vadász lesbe álltak, Egyszer csak, egy szarvas, és egy vadkant jöttek vadász területre, ló állásba álltak, becsalták a vadász területre. egy más után le nyilazták, a szarvast és a vadkant. Etele nagyfejedelem, és két fejedelemmel Buda és Bendegúz összeszedték a kilőtt álatokat, elindultak a Kár pát medence a hun táborba. közbe kilőttek néhány vad szárnyast. Etele nagyfejedelem kér fejedelemmel, nagy zsákmánnyal tértek haza elejtett vadakkal, a hun asszony szolga feldolgozták, és a többivel ételeket készítetek belőle. Felesége Ari kan nagyfejedelem né ment üdvözölni férje urát, Etele belépet a jurta sátrukba jó reggelt! szépséges feleségem, Etele átkarolta és megcsókolta Ari kan feleségét. mondja neki, gyere enni! nagyon finomat készítettem Etelém, kérdezte Etele gyermekeim hol vannak? mert nem vannak itt! Ari kan azt felette férje urának, még kora reggel van, még alszanak, majd később felkelnek, és esznek! akkor már láthatod őket, Etele mondja feleségének, ha nem vagyok itt a hun táborba, akkor te! vezeted a hun tábort, és Kár pát medence birodalmát. és kívül határon hun birodalom irányítást. Mert te vagy a feleségem, nagyfejedelemné.

NAGY ÚR FIAI,
HUN MESTEREK HARCI TANÍTÁSA

Etele hunok nagyfejedelme mondta gyermekeinek, hogy hun mesterek fognak jönni, ők fognak tanítani, lovon ülni ló ügetésbe, hirtelen hátra fordul távon, íjjal egy más után célba lőni Etele fiai nagyon gyorsan tanultak, a mit kelletet harcászatra pár hónap múlva megtanulták. egy Hun katona őr, bement a hunok nagy urához, és jelenti a nagy urának, a hun mesterek jöttek nagy úr hoz. Etele nagy úr kérette hun mestereket. Beléptek meghajoltak a nagy úr előtt, az egyik nagy mester, mondja a hunok nagy urának, fiaik minden harci tudást megtanulták a hun mesterektől, mondták a hunok nagy urának, Ezzel meghajolva távoztak a hunok nagy urától, a jurta sátorból, Etele fiai gyorsan tanulták meg az ősi hun harcászat ott, Etele fiai bemutatták az apjuknak, a mit tanultak a hun mesterektől, Etele mondja fiainak, most már látom! mire vagy tok képesek, amikor megkell védeni magatokat, és a hun népet, megtanultátok hun lovasság minden harci támadását. Ezzel át ölelte fiaikat és megcsókolta őket, én büszke vagyok rátok gyermekeim. Ari kan kijött a jurta sátorból odament a férjéhez és gyermekeihez, és át ölelte őket. Ari kan mondja gyertek be a sátorba, már este van. Etele és gyermekei bementek a jurta sátorba.

MEGTALÁLTÁK ISTEN KARDJÁT

Buda fejedelem másnap kora reggel kiment a hun tábor-
ból, messzi távol a hun tábortól, ló ügetéssel ment, erő-
sen fúlt a szél, úgy nézet hogy vihar közeledet a mesz-
szi távol villámozót, lova negált egy dombon, erős szél
eső vihar lett, dörgőt az ég. lova meg magmakrancoso-
dott, Budát ledobta a lova. a fejét beütötte egy kemény
tárgyal, Buda érezte hogy valami van a föld be, kezével
kiásta egy kardot,. Zuhogó esőbe fel ált, ki tárt kardal,
a villám bele csapot a kardba és Budába, végig ment raj-
ta a villám, ezáltal a villám csapás általa nagyon gyor-
san forgatta a kiásót kardot, mind ha ellenséggel harcolt
volna. Az íját is használta, olyan gyorsan lőtte ki a nyíl-
veszőket egymás után, hogy más nem tudta volna kilő-
ni a nyílveszőket, Buda gondolta hogy megszállta a csil-
lag istene. Makais csodálkozót rajta, ez egy isten kardja,
amit kihúzót a sáros földön. vége tért a vihar, Buda nád
síppal belefujt, szolitota lovát, a lova megjelent, Buda fel
ült a lovára és elvágtatott, a hun táborba.

BUDA AJÁNDÉKA

Dél után Buda fejedelem, Etele nagy fejedelemhez ment
látogatni. hun örök bejelentették, hunok nagy urának,
Buda fejedelemjött! a nagy úr hoz. Etele hunok nagy ura,
szólt az öröknek, hogy engedjétek be Budát! nagy öröm-
mel átkarolta unoka öccsét Budát, nagy örömmel Buda
elmesélte Etele nagyfejedelemnek Kérdezi, mi történt
vele korra reggel veled, amikor kilovagoltam a hun tá-
borból?, lovammal egy domb tetején álltam és körül néz-
tem, nemsokára beborult az ég, hírtelen zápor eset, vil-
lámlót és dörgőt az égbolt, a lovam ledobót a hátáról és
elszaladt., én le estem a lovamról a földre, bevágtam a
fejemet, valami kemény tárgyba, fel ültem és ásni kezd-
tem. kezembe egy kardot húztam ki a föld bő. Kardot
felemeltem az égi istenekhez fordultam és kiáltoztam,
a villám belém csapot, hatására gyorsan elkezdtem for-
gatni a kardot, és íjjal nagyon gyorsan lőttem ki, a nyíl
veszőket egy más után, én, megvoltam ijedve, saját ma-
gam tol, hát ilyent hatást adót nekem. Buda elő vette az
istenek kardját, és ártata Buda unoka bátyának Etelének
hunok nagyfejedelmének

BUDA FEJEDELEM HALÁLA

Buda kard átadásával meg botlót ki eset a kard a kezéből, a kard megpördült a leve göbe, és a kard Buda szívébe eset, Etele unoka testvérét karjaiba tartotta Budát. Csak annyit mondót Etelének, hogy használd az istenek kardját, karjaiban halhatatlanná válsz, nem tudnak legyőzni, a kard kezedbe van. ne ad ki a kardot senkinek. és meghalt. Etele nagy úr, unoka öccsét Budát megsiratta. Eri kan bejött Etele urához jurta sátorba, ott látta férje urát sírva halót Budát karjaiba, oda ment hozzá és átölelte, egyűt érezte fájdalmával felesége. Ari kan könynyes szemekkel mondta Etele urának, Elkell mondanod a hun népnek. Hogy Buda tragikus körülményes kőzőt halt meg, rendelem Buda halotti szertartását, szkíta keresztény sámán papokkal beszélned kell velük, holnap. Etele a kardot jobban megnézte, a kard kézi markolatát, szín arany rubin, és smaragd, kövekkel volt kirakva, a kard markolata, Etele hunok nagyfejedelme, most kimegyek ara a helyre a hol Buda unoka öcsém lovával volt. Ari kan kérdezi miért mennél ki férjem ura? Etele mondja feleségének, azért mert tudni akarom a kard erejét hogy milyen a hatása van, majd mid jár jövök.

AZ ISTEN KARD EREJE

Etele kilovagolt arra a helyre, ott ahol a Buda unoka testvére volt, szél viharos eső este volt, lesz ált a lováról, az isten kardját égne szegezte, és várta a villám dörgést, egy szer csak fekete felhők megjelentek az égen, erős szél fujt villámlót és menydörgés az égen. Az istenek kardjába bele csapot a villám, Etele nagy úron végig ment a villám, utána gyorsan elviharzót a vihar az ég felet, Etele istenek kardját gyors mozdulattal forgatni kezdte, mintha harcolna, e lövete az íját, villám gyorsan egymás után lőtte ki szél sebesen a nyíl veszőket, Etele csodálkozót, hogy milyen nagy ereje van a isten kardjának, el ált a vihar esti szél az ég bolton. Etele felszállt a lovára, és elindult a huntábor felé, már ahogyan beért, a hun nép megtudta hogy Buda fejedelem tragikus körülmények között meghalt. Ahogyan körbe nézet a tábor körül, a hun nép furcsán viselkedet, várták a nagy úr beszédét, hunok nagy ura nem ment fel az emelvényre hanem, bement a jurta sátorba, ott várta türelmesen felesége Ari kan, kérdezi, na! meggyőzőtél milyen a kard ereje? Etele igen! nagyon nagy ereje van az isten kardnak most már késő van feküdjünk le kedvesem.

142

BUDA FEJEDELEM HALOTTI SZERTARTÁSÁNAK ELŐKÉSZÜLETE

Másnap reggel hunok nagyfejedelme, hun őrök bejöttek és meghajoltak a nagy úr előtt , meglepődtek a Buda fejedelem halála. Etele hunok fejedelme azt mondta hogy baleset volt az öröknek, megparancsolta hogy Buda halotti testét vigyék ki a jurta sátorból, és egy másik jurta sátorba tegyék, az örök Buda halotti testét, egy üres jurta sátorba vitték. Buda felesége igiz és Ari kan bejöttek Buda halotti ravatalozóba, meglátta halott férjét Budát nagy sírást rendezet a ravatalozóba. Etele felesége Ari kan átkarolta és nyugtatta Ígiz. Etele hunok nagy ura, magához hivatal szkíta sámán papok megjelentek a hunok nagy ura elé, beléptek és meghajoltak a hunok nagy úr előtt. szkíta keresztény sámán fő pap. Igen nagy uram! ma este! megkezdjük csillagos ég alatt Buda halotti szertartását a fő téren, a hun nép utoljára látni akarta, Buda fejedelem halotti maradványát, Buda halotti Szkíta ősi orvosok szerint halottnak a minden belső szerveit eltávolították a hun orvos, bekenték az Alove kaktusz hámozót levelével. Ez fertőtlenítette a halotti testért. Másnap dél elölt, a ravatalozóból kivitek Buda fejedelem halotti jurta sátorból, egy vászonba betekerve a hallót testét, kivitték a fő térre, rá tették egy székére. Szkíta ősi sámán szokás szerint elindult a körmenet a mi Budát megillet, Elöl Buda halott felesége IGIS utána Etele hunok nagy ura és felesége Ari kan, utána a többi

szövetség fejedelmei és szövetségekéd s hun népe, Kár
pát medence határán vitték utána vissza ment a körme-
net, a hun táborba,. letették a halott Buda maradványát
ravatalozó jurta sátorba.

BUDA FEJEDELEM TEMETÉSE

Másnap este kivitték halott Budát a temetőbe, szkíta keresztény sámán papok megrendezték halott Buda fejedelem szertartása. Etele nagyfejedelem és felesége Ari kan, a halott Buda felesége IGIS is ott volt a halott férje temetésén, és a többi fejedelmek és Flavius. A szkíta keresztény sámán papja, a szkíta fő pap fohászkodót csillag istenek csoda szarvas, jelezték, Egy erős fény elárasztotta a temetőt, így jelzet hogy elfogadták halott Budát a menyei csillag istenei szelemét. Ugyan úgy fa koporsóba temették el Budát ősi sámán szertartáson, közbe imát mondtak a Buda üdvözségére, a szkíta keresztény sámán papok, kiásót sir, fa koporsót tették, rászórták a homokot. ezzel vége lett a szkíta keresztény sámán halotti szertartása, mindenki elment haza.

144

BUDA FEJEDELEM MEGEMLÉKEZÉSE, HALOTTI TOR SZERTARTÁS

Buda fejedelem temetése után halott tor tisztel emlékére, jurta sátorba, Igiz Buda felesége halotti tort rendezet, meghívta Etele hunok nagy fejedelmét és feleségét Ari kant. megkínálta borral. Utána ettek ittak és siránkozó énekeltek. Ari kan és ígiz. A fő téren nagy zajt halottak a hun népek, a Buda halotti tornál a meghívottak kimentek a jurta sátorból a fő térre mentek. A hunok urát és feleségét meglátták, a hun népe meghajoltak a hunok nagy urának és feleségének, a hunok nagy ura, az emelvényen mondta hogy folytassák a éneket, halotti tor énekét. Nem sokára megjelentek a táncosok a fő téren, felmentek az emelvényre meghajoltak a nagy úr és a nagy úrnő előtt, eltáncolták és meghajoltak a halotti táncot a Buda fejedelem tiszteletére. vége tért a táncnak, meghajoltak táncosok emelvény elhagyták és a fő teret. A hunok nagy ura és a felesége, akivel jöttek azok is elmentek.

ETELE NAGYFEJEDELEM BEMUTATTA AZ ISTEN KARD EREJÉT A HUN NÉPNEK

Temetés után másnap reggel, nagyfejedelem kijött a jurta sátorból és egyenesen a főtére ment többed magával, felment az emelvényre, kezébe az isten kardja, a hun nép gyülekeztek a fő téren. Etele így szolt a népeihez! megáldót a csillagisten szent csoda szarvas istenem, csodaisten kardjával. Ez a kard! megváltoztatja a csata győzelmét, és a hun győzelmét, az égen. megjelentek a fekete felhők zápot zivatar törtek ki, villámozás tört ki az égen. A hun nép csak ált. és figyelte, a hunok urát hogy mire képesez akard. Ari kán és fiai Buda felesége Igiz kijöttek, a jurta sátorból, utána jöttek a hun fejedelmek és szövetségesei a fő térre, az isten kardját, feje fölé tartotta, villám bele csapot, a kard végig ment a villám hunok nagyfejedelem testén. hunok nagy ura gyors kard mozdulatával forgatni kezdte a kardot, utána íját elővette és egy maréknyi nyílveszőt, gyors mozdulattal kilőtte a nyílveszőket egy más után a levegőbe. A hun nép mered szemel nézte a hunok nagy urát, hunok nagy ura leült a hun trón székbe, hun nép letérdepelt a hunok nagy úr előtt. kezüket előre tették, csend lett a fő téren, csillag istenek csoda szarvas csillag képében megjelentek az égen. Hunok nagy ura fel ált a trón székből, kinyúlt karral éghez fordult, és mondván fohászkodót, áld meg azt a kardot!, csillagok szent csoda szarvas istene! hogy győzedelemmel térjek mindig haza. addig a hun nép meghajolva, az

emelvény a fő térre mellet leguggolva volt, addig amed-
dig jelzést adót hunok nagy urának, egy csillag isten fé-
nye megjelent az égen. Teljesen bevilágította fő teret és
a emelvényt, a mi a hunok nagy ura ált, utána eltűnt az
égen, a hunok nagy ura előre nyújtotta, a karját, és a hun
nép fel ált. éljenezték a hunok nagy urát. Hunok nagy
urának, felesége és gyermekei ót voltak az emelvényen,
gyerekei apjukhoz oda futottak hozzá és szólították édes
apjukat, Etele letérdepelt a gyerekei előtt, átkarolta és
megcsókolta gyermekeit. Ari kan odaért Etele férjéhez,
átkarolta férje urát, így távoztak a emelvényről, és a fő
térről, hun nép meghajoltak és mondták áldás a hunok
nagy urának, és a feleségét és a gyermekeit, köszönöm
hun népeim! hunok nagy ura feleségével és gyermekei-
vel a jurta sátorba tértek.

ISTEN KARDJÁNAK BEMUTATÁSA ETELE CSALÁDJÁNAK

Etele hunok nagyfejedelem, családjának bemutatta kard erejét, újból kihúzta az isten kard hüvelyéből, fiai és felesége jelenlétébe, kezdte gyorsan forgatni az isten kardját, a családja, merev szemel nézték az apjuk a kard gyors forgását, a gyerekei csodálták az isten kard erejét. És még elővette az íját, kezébe vett egy maroknyi nyílveszőt, egy más után nagy gyors, kilövés nyílveszőket l ö t ki az égen, Etele hunok nagy ura, gyerekei megcsodálták apjukat. Hunok nagy ura, majd később ment a családjához a jurta sátorba, Felesége gyermekei asztalhoz ültek és ettek, megetette Ceba a legkisebb fiát, fiai kérdezte anyuk tol, hogy hol van a pánk? Ari kan azt felelte drágáim! apátok nemsokára jön! Etele gyermekei meg ették a kaját, utána délután lefektette elalvásra, anyuk énekel altatta el a három gyermekét.

HUNOK ÁZSIAI FEJEDELMEI
BEBOCSÁJTÁST KÉRNEK
A HUNOK NAGY URÁTÓL

Hun örök jelentették hunok nagy urának, hun ázsiai fejedelmek bebocsájtást kérnek a hunok nagy urától, Etele hunok nagy ura, jó fogadom őket!, hun őr kinyitotta a jurta sátor ajtaját, Ázsiai hun fejedelmek beléptek a hunok nagy urához. Hun Ázsiai fejedelmek meghajoltak a nagy úr előtt, hunok nagy ura, kérdezi az egyik ázsiai hun fejedelemtől, miért hagyták el a otthonukat? azt felelték, a KINAI császár nagy adót vetetet ki, nem győztünk adózni a császárnak, alig volt élelmünk, ezért elhagytuk az otthonunkat, azért jöttünk ide, hogy bebocsájtást kérjünk a hunok nagy urától. Hunok nagy ura, meg hallgatta a fejedelmeket, hunok nagyfejedelme egyenlőre nem tudok válaszolni. össze hívom a hadi tanácsot, a hadi tanács eldönti, hogy befogadja, hun táborba vagy nem. Tárkány kérdezi a nagy úr tol, kik ezek az emberek? ezek az emberek ázsiai fejedelmei, ide jöttek! bebocsájtás kérni, hogy fogadjam be minket és a népünket, Kérdezem nagy uram! igaz hogy ami láttuk hogy gyorsabbá vált a nagy úr ereje?a kard forgatásnál. és a íj kilövésnél? ifjabbik Bendegúz fejedelem, kérdezi a nagy úr tol! árulja el, hogy mitől ilyen gyors harci ereje? hunok nagy ura, csillag istentől adták nekem a harci gyorsulási erőt. Hun fejedelmek és szövetsége, örülünk a nagy Urnak nagy erő kepesége van, a csata előbb re vagyunk minden ellenségnek szemben. Mert nagy urunk gyors harcai, hunok minden győzelmükbe elfoglaljuk az ellenség minden területét akivel szembe harcolunk.

EMÁNUEL CÉZÁR BÉKEAJÁNLATA
A HUN NAGY FEJEDELEMNEK

Emánuel nyugat romai cézár, békét akar kötni hunok nagy fejedelemével, Emánuel cézár követeket küldőt a hun táborba, Gajdinius, Petronius, Lufulus, követek mentek a hun táborba, Petronius és a többi követek elindultak a hun tábor felé. Őr bejött a nagy Urhoz és meghajolt, és kérdezi a nagy úr, miért jöttél? őr mondja, nagy uramnak, romai követek jöttek a nagy úr hoz. Hunok nagy ura mondja, fogadom a követeket! hunok nagy ura, a tanács termében várta, a romai követeket, bejöttek a hunok nagy urához és meghajoltak, a nagy úr előtt, a hun trón ült a hunok nagy ura, és kérdezi Peronius és a többi követeket. Megszólalt az egyik követ, Emánuel cézár békét akar kötni, a hunok nagyfejedelmével, nagy úr kérdezi, miért akar békét kötni velem a ti cézárotok? PETRONIUS mondja a hunok urának, már régóta harcoltunk ellenetek. Nagy cézár ara gondolt, hogy épen ideje eljött békét kötni hunok nagy urával, hunok nagy ura mondja követeknek, megkell tárgyalni a többi fejedelmekkel Emánuel cézár béke kötését, a kor majd követeket küldök nyugat romába. A romai követek eltávoztak, a hunok nagy urától, elhagyták hun tábort és Kár pát medencét.

ÁZSIAI HUNOK FEJEDELMÉNEK VÉRSZERZŐDÉSE

Hunok nagy ura kérette a sámán papokat, sámán papok jöttek a nagy úr kérésére a jurta sátorba, meghajoltak, kérettél minket nagy uram? a nagy úr igen! két nap múlva, vérszerződés lesz ázsiai fejedelmi hunokkal, készítsétek elő nagy úr jurta sátrába a szertartást. Eljött a nagy nap ideje, ázsiai hun fejedelmek hunok nagy urához mentek, vérszerződés kötés a hunok nagyfejedelménél, hunok nagy ura várta az ázsiai hun fejedelmeket, a jurta sátrába, a fogadó jurta szobába. ázsiai hun fejedelmek beléptek a nagy úr sátrába, meghajoltak nagy úr előtt. utána jöttek a sámán papok, a nagy úr leültette a hun fejedelmeket, Skándá sámán fő pap, elővett egy tört, fertőtlenítette, utána a kezüket, a saját szíjukkal lekötötték, a nagy úr szintén lekötötte a jobb karját utána, a fejedelmek bal karjukat lekötötték és bevagdosták a nagy úr karját, utána gyorsan a fejed elmék jobb karjaikat, egyenként rá tették a hunok nagy urának karjára, gyorsan elkötötték karjaikat, bekentét sóval és a lova vera kaktusz levelével, ezzel fertőtlenítették és elálltja vérzést, és fertőtlenítette bevágót karjukat, a vérszerződésnek vége lett a hun szertartásnak, Hunok nagyfejedelmének, azt mondja a nagy úrnak, ezzel a hun nemzetséghez tartoztok, együt fogunk harcolni a hun birodalom ért, ezzel vége tért a beszélgetésnek. Ezzel eltávoztak a hunok nagy fejedelemtől, a jurta sátrából.

HÁROM HUN KÖVET NYUGAT RÓMÁBAN

Öt nap múlva hunok nagyfejedelme, három hun követet küld nyugat romába Emánuel cézár hoz. három ifjabbik Bendegúz, Tarkán, és Opor hun fejedelmek. Másnap elindultak nyugat romába, cézár hóz, párnap lovaglás után ót voltak nyugat romába Emánuel cézárnál, romai örök bejelentették cézárnál, hun követek jöttek a cézár hoz, már várta cézár a három hun követeket, beléptek a cézár hoz három hun fejedelmek. Bendegúz mondja a cézárnak, a nagy hun fejedelem várja a hun birodalomba, ha békét a kar kötni, a hun nagy fejedelmével, hunok szokás szkíta szertartás szerint, lehet megkötni hunok nagyfejedeleménél, Emánuel cézár mondja én azt üzenem a hun nagyfejedelmének, megkötjük a szkíta hun vérszerződési szertartási békekötést Kár pát medence hun táborába. Vége tért a beszélgetésnek Emánuel cézárnál, vissza lovagoltak, a három hun követ, a Kár pát medence hun táborába, a három hun fejedelmek megérkeztek Kár pát medence hun táborába. Ifjabbik Bendegúz és két fejedelemmel, nagyfejedelem elé mentek, jurta nagyfejedelmi sátrába, hun örök megalították a három hun fejedelmeket, Bendegúz fejedelem, üzenetet hoztunk a hunok nagy urának. A hun őr bement a nagy úrhoz, és mondja a hunok nagy fejedelemének, nagy úr mondja az őrnek, kéretem a három hun fejedelmeket, az őr, a három hun fejedelmének, hogy a nagy úr fogadja önöket.

hun őr be engedte a három hun fejedelmeket a hunok urához. A három hun fejedelem beléptek a hunok nagy urához, meghajoltak a nagy úr előtt, a nagy úr kérdezi a hun fejedelmektől. Elfogadta a mit üzentem? igen nagy uram elfogadta a nagy uram üzenetét, Emánuel cézár azt üzente, hogy két nap múlva, itt lesz Kár pát medence hun táborába, a nagy úrnál. hunok nagy úr, akkor megtartjuk a béke szkíta vérszerződést a fogadó jurta sátorba. De előbb össze hívom a hun szövetségi fejedelmeit és a többi szövetségét, a fogadó jurta sátorba megbeszélése tartunk az Emánuel cézár vérszerződésé. Most menyetek hun fejedelmek, a három fejedelmek a elhagyták a hunok nagy fejedelmi sátrát.

EMÁNUEL CÉZÁR BÉKE AJÁNLATA A HUNOK NAGY URÁNÁL

Hun fejedelmek és szövetségesei a nagy úr fogadó sátrába mentek, nagy úr hívására, béke beszélgetésről, nagy úr mondja a fejedelmi szövetségeknek és szövetségeiknek, elküldtem három hun fejedelmet nyugat romába Emánuel cézárhoz. Azzal a céllal, hogy Emánuel cézár béke ajánlatát, tett, a hun tábor hunok nagy urának, én elfogadtam a béke ajánlatát, ezért hívtam össze, a hun hadi tanácsot. kérdezi a hunok nagy ura, hogy mi hozzátolásotok? Emánuel cézár béke ajánlatát, Kártány hunok fejedelme, szolalt meg a beszélgetésbe mondja, Emánuel béke ajánlatát, nagy uram! fogadjuk el!, mert akkor legalább béke lesz nyugat roma. és a hun birodalom kőzőt. én egyet értek ezzel béke szerződés Emánuel ajánlatén, minden hun fejedelem egyet értet vele. Hunok nagy ura is, akkor meglesz a béke megállapodása a hun vérszerződés, hamarosan végeket a hadi tanács Emánuelnek a békebeszéde.

ETELE ÉS EMÁNUEL BÉKESZERZŐDÉSE

Két nap múlva Emánuel cézár megjelent a Kár pát medence hun tábor területén érkeztek. Hun örök jelentették hunok nagy urának, hogy romaiak jelentek meg a hun táborba, Emánuel cézár leszállt a lováról, hunok nagy ura, jurta sátránál ált,. Az hun örök bekísérték Emánuel cézárt a hunok nagy urához. A hunok nagy ura üdvözölte Emánuelt. Etele hunok nagy ura, így szolt az egyik hun őrnek, hozza ide a szkíta sámán papokat. hunok nagy ura hívatja őket, hun őr elment értük szólni, hogy hívatja, a nagy úr. Megjelentek a szkíta papok, és annak fő papja Skándá, a hunok nagy ura hívására, a jurta sátrába, hunok nagy ura, a sámán papoknak és a fő papja, hogy készítsék el a Emánuel cézárt, vérszerződési eszközüket. elővettek egy steril kést, Emánuel felső karját szorosan megkötötték, hunok nagy ura karját is ugyan úgy megkötötték, ért vágtak Emánuel cézárnak és hunok nagy urának. A két kart egymásba tették, utána gyorsan elkötötték, az ereket. Alove vera kaktusz növénynek a levével bedörzsölték így fertőtlenítették a Vágot alkarokat. így megvolt a vérszerződés. A hunok nagyfejedelmének és nyugat roma Emánuel cézárának. megkötötték a békét. A hunok nagy fejedelme, megkínálta egy borral a Emánuel cézárt, mind a ketten égésökre ittak, a béke szerződésnek. Mondta a Emánuel cézár, ha esetleg megtámadják romát a kor jön a hun sereg segíteni a harcba romát, vagy a Kár pát medence hun táborát és birodalmát, akkor jön a romai sereg segítsége, a harcban, Vége tért a vérszerződés a hunok nagy uránál, elköszöntek egymás tol, Emánuel cézár kiment a hunok nagyfejedelem sátrából és fel ült a lováról, lóháton és eltávozót katonai kíséretével, elhagyta a hun táborból.

HUN ÁCSOK A HUNOK NAGY URÁNÁL

Hun ácsok a nagy úr kérésére bejöttek és meghajoltak a nagy úr előtt, Kelting fő ács, nagy uram! nagy úr, igen kéretem önöket, készítsenek egy olyan fa gépet, a mivel lehet lőni, és várat szétlehet rombolni. a hun ácsok, elő tudjátok készíteni? Kelting hun ács, igen nagy uram, elő tudom készíteni a fa gépet nagy uram, Eltávoztak a hun ácsok ma nagy úr jurta sátrából.

KATAPULT KÉSZÍTÉS

Másnap reggel a hun ácsok nekiláttak a fa gép előkészítésére, hun ácsok elmentek ez erdőbe fát vágni, kivágott fákat elhozták az erdőből a hun táborba vitték, meg pucolták a fákat, és egyes fákat be vagdosták és össze illesztették, jó erősen megkötöztették. A fa gépen kereken állt össze, végére egy fonót kosarat kötöttek, elvitték a fa gépet, a hun tábor tol messze, egy kő szikla volt a kosárba, a gép fa karját lehúzták és elengedték, a kosárból ki lökték a kő házra szikla darab bezúzta a házat, és elsöpörte a föld Szinéről. Keltin fő ács, építész bejelentette a hunok nagy uránál, hogy kész van a katapult fa gép, Etele a hunok nagy ura, kiment a fa géphez, megnézni hogyan működik a katapult fa gép. Etele nagyot nézet hogy szét zúzta megint egy kő házat, a hunok ura, nagyon örült a gépnek. Ezzel már harc téren tudjuk használni, Etele nagy úr vissza ment a fejedelmi jurta sátrába, hun ácsok fogadó sátorba nagyon megdicsérte a munkájuk az ácsokat. Egyen ként adót a jó munkájáért hun pénzt, a hun ácsok megköszönték nagy úr munkájáért pénzt, és eltávoztak nagy úr fogadó jurta sátrából.

157

NAGYFEJEDELEMI ÚR BESZÉDE
A HUN NÉPHEZ

Főtéren a hunok ura beszédet mondót a hun népnek, népeim!megint hódításra kell menny a hun sereg és szövetség és szövetségeim, hun birodalom nagy birodalmával váljon. Északi föld törzs területe meghódítása és elfoglalása, nem lesz könnyű elfoglalni az északi föld váraikat, ezért gépeket készítettem, a hun ács mesterekkel, a harcba a vár falaikat kell ledönteni, a katapult fa gépekkel. Így legyőzhetjük az északi király vár falai katonáikat, és elfoglalnia várat. hunok nagy ura, lelkesedések mondja a hun népnek, bővíteni kell a hun birodalmat, ugyan úgy kell ahogyan a többi ideken területünk birodalmát elfoglaltuk, ezért kell hadat üzeni az északi királyságnak a vár urának. Vége tért a hunok nagy ura beszéde a hun néphez, a hun népe éljenezték a hunok urát.

HUN HADI BESZÉD

Etele hunok nagy fejedelme hódításra megy a hun se-
regével, és a szövetségeseivel. de előbb beszédet mond
a szövetségeseinek a fő téren, mielőbb elindulnának a
északi király várának elfoglalásának. Hunok nagy ura
röviden elmondja a hun katonáknak és a szövetségek-
nek, Nem lesz könnyű elfoglalni az északi király várát,
és megadásra szoli tani az északi királyt, és behódolás-
nak, a hunok nagyfejedelmének. Addig lőjük az északi
várat amidig bennem ömlik a várfalai. szabad utat hoz
a gyalogos hun seregnek, és a lovasságnak a vár bero-
hanása és elfoglalása. az északi király várát. Ezzel vége
lett A hunok nagy ura beszéde a hun lovasságnak és a
szövetségeseinek, indulásnak készen álltak, mielőtt el-
indulnának hódításra a hun nép tömegének, valaki ki-
áltozót, Etele felesége és gyerekeihez, ott álltak Ari kan
és fiai. Etele hunok nagy ura oda rohant a feleségéhek és
gyermekeihez, átölelte őket és megcsókolta a családját,
mind ha nem engedné el soha őket. felesége megint meg-
könnyezet, és sírva mondta a férje ura Etelének, drágám!
már megint mire készülsz? mért nem marat í t velünk
és gyerekeiddel, könnycsepp az arcukon sírva könyörög-
nek, hogy apukám!, ne hagy el minket. Etele mondja a
családjának, hogy a hun népnek és ti nektek a családo-
mért harcolunk, azért mert a hun népnek megígértem
hogy a hunok világ ura lesz, a hunok fognak uralkodni az

összes minden föld kerekségben. Ezért kel harcolni hogy világ urai kehesünk, a hun nemzet népe, most már tudjátok kedves családom. Vissza jövök hozzátok, tik vagy tok nekem életem értelme drágáim. Nagyon szeretlek titeket drága családom, nem felejtelek titeket, mindig rátok gondolok harcmezőn, Etele fel ült a lovára és csatlakozót a hun sereghez. Hátra nézet a családja Etele még mindig ott látta a családját a fő téren, szomorúan nézték apjukat hogy csatlakozót a hu sereghez, Etele nagy ura kéz jelzéssel elindultak ki a fő térről.

HUN KÖVETEK AZ ÉSZAKI FÖLDI DARIK KIRÁLYNÁL

Etele nagyfejedelem hunlovasság seregével és szövet-
ségeseivel elindultak északi föld királyság várak elfog-
lalása, vár alá vonult a hun sereg letáboroztak, a hunok
nagy ura követeket küldőt a Darik királynak vár urának.
Hunok ura azt üzenetet küld a vár királyának, a két hun
követ elment a vár királyhoz, a hun követeket fogadta
a vár királya, ifjabbik Bendegúz, azt üzente hunok ura,
hogy adja át a hun seregnek a várat, ha nem adja át ak-
kor harcba szoliasuk a vár királyát, Darik vár királya
azt mondja hogy inkább harcolunk, mind átadjuk a vá-
rat idegen nagyfejedelmének, addig harcolunk ameddig
mindenszil katonáig, ameddig meg nem halunk, addig
nem adom át a váramat. A két hun követek eltávoztak a
Darik király várából. Vissza lovagoltak a hun táborba, a
hunok nagy urához, Nagy uram! átadtattuk az üzenetét,
de nem sikerült átadnia, a várat harcékül. Hunok ura,
akkor éje nappal lőjük a várva lát, majd csak ledől a vár
fala, és a kor, a gyalogosok berohannak, kinyissák a vár
kaput, lovassággal berontunk, beszorítjuk a vár katonái
megadásra szoliasuk a vár katonáit és annak királyát,

ÉSZAKI FÖLD VÁR OSTROMA

Három hun követ vissza ment, a vár alatti hun táborába,
egyenes a hun nagyfejedelem ez mentek. Jelentették a
nagy úrnak hogy mit üzent Darik király vár ura. Ifjabbik
Bendegúz fejedelem, azt üzente Darik király, hogy nem
adják át a várat inkább harcolunk vagy meghalunk a vár
átadásért, Etele nagy úr riadót fujtatott, ki adta a paran-
csot hogy fegyverbe mindenki áljának harci állásba!. ka-
tapultokat elhelyezni! a gyalogos katonák álljanak harci
készültségbe! áljának fel harci támadásba! Darik király
látta a hunok harci állást. Bejöttek a tisztek a Darik király
hozz, riadót fújanak a harcra a hunok támadásaira, harci
állásba legyen mindenki! külső várnál legyen!, legyenek
ót is! harc készülőségben legyen ott!. Várták a hunok tá-
madását, hun harci felkészültség megindul a támadás a
harcra, először több mint! tíz katapult fa gép elindították
a támadást, a vár falára lőtték a várat, gyalogoskatonák
még nem mozdultak, és a hun lovasság sem mozdult, és
a hun lovas _szövetségek sem mozdultak, addig amed-
dig, a vár falai szét nem lövik, vagy össze nem ömlik. a
katapult fa gépel. addig ameddig mindenki harc kürt szó,
nem hallották, éjjel nappal lőtték a várat, jött a hír egy
gyalogos katonától, külső vár jobb oldalán gyengébb a
vár fala. ót! hamarosan be omlik. a vár fala, Utána lehet
támadni a gyalogosoknak, be omlott vár falának, a kata-
pult képkezelő katonák, oda irányították külső vár falára

a fa gépet, ott lőtték gyengébbik vár falát. Egy szer csak _ kidőlt vár fala, nyugati fala, a gyalogos katonák berohantak a várba, ketté váltak a hun gyalogos katonák, és a nagy vezérek támadásba lendültek, behatoltak a vár külső udvarába, a vár katonák elállták útjukat, a hun gyalogos katonák össze ütköztek, a vár katonákkal, íjászok lőtték a hun gyalogos katonákat, nagy vezérek seregei pajzs ellem álltak, nyíl támadás ellen. A másik nagy vezérek és a Flavius légiós seregével harcra készen álltak, berontottak, és nekimentek a vár gyalogos seregnek, akit értek azt lekaszabolták. Darik király látta hogy túl érőbbe vannak a hun gyalogos sereg, ezért bevetette a lovasságot a harcba, Hunok nagy ura kürt szó hala tára, megadta a támadást a hun lovasságnak, és hun szövetségi lovasságnak és a szövetség lovasoknak, Ázsiai hun lovas _szövetségnek. hogy menjetek be támadjanak, a vár külső falára, csalják ki a vár lovasságát, a csata térről. és semmisítsék meg a vár lovasságot teljesen. a hun lovasság és a szövetségi lovasságai elindult a vár külső nyugati résznél beomlót a vár fala, lökték nyila a vár lovasságot, a hun lovasság és a hun szövetségesei lovasok és hun ászai lovasság, sikerült ki csalni a vár csata térről. a vár lovasait a nyit terepre, a vér lovasai azt hiték hogy megfutamodtak a hun lovassereg négy felé vágtázod. hirtelen lóháton a hun lovasok gyors ügető lovon, megfordulva, balra és jobbra nyíl zápora egy más után lenyilazták, a vár lovasait. A vár lovasai hirtelen nyíl támadás nem tudták védekezni, egy más után le estek s lovaikról, így meg se mi sült a vár lovassága, ót dől te a csata vége. A harc csatatérről Darik északi király megadta magát csata térről Etele hunok nagyfejedelme nagy győzelmét aratott északi földön, Darik király át adta a

várat a hunok nagyfejedelmének. Etele hunok nagyfeje-
delme azt mondta hogy legyen a vár a királynak vissza
adom a várat, de hun fen hatosság alá teszem, Itt marad
két fejedelem aki irányira a városok várát, adót vetek be
a város várának, ők szedik be az adott. A hunok nagy-
fejedelme elindult a szövetséges hun lovassággal, a Kár
pát medence hun táborába,

ÚJABB FÖLDI HADJÁRAT MEGHÓDÍTÁSA

Északi föld elfoglalása után újabb déli föld hadjárata készül Etele hunok nagyfejedelme, hun lovasság seregével és szövetség, egy mási déli föld hadjárata vitte a hun lovasságát és szövetségeseit, hogy elfoglalják a másik föld részt határán át mentek, a vár alá letáboroztak Etele hunok ura. A vár őrei észrevették hogy idegem hadsereg szállta meg a vár határait. A vár kapitánynak jelentést tett a vár őrei, hogy idegen hadsereg állomásozik a vár határán, katapultokkal hosszan vannak fel alítva a vár alatt idegenhadsereg. Krompel vár kapitánya jelentést tett a Aldin királynak, meghalva mondja Krompel vár kapitány, felséges királyom!idegenek vannak a vár oldalán. Ading király kinézet az ablakon, ott látta hogy idegen csapatok álommásáznak idegen csapatok a vár oldalán. Az Alding király. kiadta a parancsot a vár kapitányának, a vár fő bejáratánál megerősítés legyen a vár katonákkal. legyenek ott, a vár felső részén íjászok legyenek. A Krompel kapitány eltávozót a királytól, hadi készültségbe tette a várat, a bejárati, belső vár katonákat rendelt el hogy védjék az első vár falait hogy ne tudjanak az idegen katonák behatolni a vár belsejébe hogy elfoglalják a várat. Kromper kapitány a vár felső vár szintet is megerősítette a vár íjászokkal. vár kapitánya és a többi vár kapitányokkal. Várták a támadást az idegen hadseregnek, hogy támadják meg a várat. De nem úgy lett a harc a hunok nagyfejedelme, nem támadta meg a hadseregével a várat csak úgy. Taktikai támadásba támadták a hunok a várat, katapulttal ölték a vár falát. Este szikla lövedéket vászonnal betekerve meg gyújtották a sziklába csavart posztot, és a vár belseébe lőtték, egyes katapulttal a vár falát i lőtték reggeltől estig, addig lőtték ameddig a vár fala, meg nem gyengült, ki dőlt a vár falai. a hun gyalogosok vezérek csata kiáltással indultak a vár ostromának elfoglalását. Több helyen be omlót a vár falai. Aldin király, nem! sejtette hogy a hunok nagyfejedelme, katapultokkal lőtték a várát, a hunok így harcolnak a vár elfoglalásáért. Két gyalogos osztag rohant a vár belsejébe, megtámadták a vár katonákat a ki védték a vár belső részét, fölső váríjászok részén senki nem támadta meg a hunok, a vár íjászokat, így kénytelen volt lemenni az alsó vár szintre. De már késő volt, mert a hun lovas sok, lenyílatták őket. Túl sokan voltak a hun csapat a várba, nem tudtak felzárkózni a vár katonák a harcra, hogy egységesen támadjanak a hunokra. így össze vissza ugráltak a hunok nyilaitól. Mert nem tudták pajzsukkal védekezni, hogy honén jön a nyíllövés, mert pánikba estek a vár katonák, Hunok nagy ura vissza vonulást fujtatót a hun seregének elhagyták a várat. és a hun táborba ment a hun gyalogos és a lovasság sereg, Etele hunok nagy ura hangos kiáltással mondta, hogy agyátok meg! magatokat vagy meghaltok a várba, egy szer csak kinyílt vár kapuja. Aldin király és a vár kapitányai, ami még megmarat katonák, megadták magukat királyukkal együtt. Átadták a várat Etele a hunok nagy urának. Aldin király és tisztjei és katonát, Ifjabbik Bendegúz kiáltással mondja a vesztes vár királyának és a tisztjeiknek és katonáknak hogy trédre! a hunok nagy urának! letérdepeltek meghajoltak, ezzel behódoltak a hunok nagy urának. Győztes hunok nagyfejedelem, jó indulata volt a vesztes vár királyának és a tisztjeinek és katonáiknak. Ugyan úgy mondta el mint a többi vesztes vár királyának, hogy, maradjatok a várba, de adóznotok kel a hun nagy urának, adó hun behajtók két fejedelem lesz itt azok hajtsák be az adót, a nagy úr, várat és kornyékét, a hun fennhatóság lat lesz, győzedelmi éljenzéssel éljenezték Etele hunok nagy urát a hun lovasság, és a szövetségek, megindul a hu lovasság és a szövetség a hunok nagy ura kész jelzésével, a Kár pát medence hun táborba.

NAGY GYŐZELEM, VISSZAVONULÁS A KÁRPÁT MEDENCÉBE A HUN BIRODALOMBA

Etele nagy fejedelem hun seregével és a szövetségeseivel, nagy győzelem után vissza mentek a Kár pát medence hun birodalomba. Ari kán nagyfejedelem né t, kiment a fő térre felment az emelvényre és leült a férje hun trón székébe, a hun nép meglátták Ari kan nagyfejedelem né, meghajoltak, várta hitves urát a fő téren. Hun tábor kívül, egy lovas hírnök bevágtatót a fő téren, meglátta a hunok nagy fejedelemét, a trón székbe ült, leszállt a lováról és felment az emelvényre meghajolt és azt mondta, hogy nagyfejedelem né, jó hírt hoztam nagyfejedelem néne k. Ari kan kérdezte, a hírnöktől hogy milyen jó hírt hozót? hírnök azt felelte hogy, látták a határnál a hun sereget fele tartó hunok nagy urát, a hunok nagy ura, nemsokára illesz. A három kis hun gyerekek virág szirmokat, hoztak, Hunok fejedelem né. meglátta hogy virágszirmokat hoztak a gyerekek, szolt nekik hogy gyertek fel az emelvényre, a hun gyerekek fel mentek a nagyfejedelem né kérésére. meghajoltak a három gyerekek, a hun nép nézte hogy a három gyerekek ott voltak az emelvényen. Hunok nagyfejedelem énnél szolt hozzájuk, virág szirmokat mindig szórjátok, a fő téren, igen?! mi! szórjuk virágszirmokat fő téren kérdezi? mi a neved Klement a nevem, szép neved van! mondja a nagyfejedelem né. most menjetek szórjátok szét a virág szirmokat a fő téren! a három kis gyerekek lementek az emelvényről, és elkezdték szórni a virág szirmokat a fő téren és az emelvényen is szórták a virág szirmokat. virág friss illat áradozót a fő téren A hun hírnök megint jött, már itt van a hunok ura, hunok ura lovon bejött a seregével a fő térre. Ari kan meglátta férje urát a fő téren, lement az emelvényről, egyenest a férje urához ment. Öröm teli mosollyal örült hogy meglátta férje urát. A hunok ura leszállt lováról, feleségét átkarolta, és megcsókolta a homlokát, azt mondta a feleségének hát itt vagyok épségbe! de mivel esteledet, a fő terét elhagyták, és a jurta sátorba mentek.

163

GYŐZELMI BESZÉD
A FŐ TÉREN A HUN NÉPNEK

Hunok nagy ura és feleségével a fő térre mentek, fel-
mentek az emelvényre beszédet mondót a hun népnek.
hun népeim! már jó régen itt vagyunk a Kár pát meden-
ce hun táborába. A mikor vándoroltunk, új hazát keres-
tünk, első hun nagyfejedelem RUHA vezette hun népét
az új hazába. amikor ide jöttünk elhozta népének az
ígéret föld új hazába, hogy végleges haza legyen a hun
nemzetnek! ezért harcolunk hogy hun birodalom még
nagyobb legyen a világon, hun népe lesz a világ urai e
földön. csak és mi senki más! ha eljön az idő mi hunok
a kor mi fogunk uralgódni az egész világ földön! addig
fogunk harcolni!, a más földön birodalmakkal, ameddig
lenem győzünk őket!, és a hun rabigába végleg tesszük,
!csak az uralkodó uralkodhat az egész világ földön!. a
hun népe és a annak Etele hunok nagyfejedelme, és hu-
nok nagy urát, a hun nép öröm mámor éljenezték Etele
hunok nagy urát, hun nép elénekelte a hun himnuszt,
és a hun indulót Etele nagyfejedelem lelkesítő beszédje
a hun népnek vége tért. Hunok nagy ura és felesége Ari
kan elhagyták a főteret.

LEGYŐZÖTT KIRÁLYOKRA ADÓ KIVETÉSE

Hunok nagy ura, a hun hírnököket magához hívatta fejedelmi jurta sátorba, hírnökök bejöttek és meghajoltak nagy úrnak, azért hívattalak titeket hogy vigyétek el a hírt, azt üzentet legyőzöttek királyitoknak, azt a határozatot hoztam, adót kell fizetni, minden földi népnek és királynak. az adó pénzbeszedő jön, és annak kell ód adni, az adó pénzt hun hírnökök. lóháton elmennek pénzt beszedni, a legyőzött királyok tol. és népétől.

HUNOK NAGYFEJEDELMÉNEK HADITANÁCSA

Hunok nagyfejedelme, későbbi folyamán össze hívta a hun tanácsot hunok nagy ura, fejedelmeknek és ázsiai fejedelmeknek, hunok nagy ura elmondása szerint a hun tanácsnak., Új hadjáratot indítok Calicián át vonulunk Ligner Lotreban keresztül Otlens erődvárosába, a nyugati gót királyság határain vonulunk fel. nyugati gót föld részére. Hunok nagyfejedelme, még nem csatáztunk, de lekel győzni őket! annak királyát és népét, földi területét elfoglalni a hun birodalomba tenni, ezzel a nyugati föld területét hun birodalomba csatoljuk, ezzel a hadi megbeszélgetésnek vége tért.

SZKÍTA KERESZTÉNY SÁMÁN
HARCI JÓSLATA

Hunok nagy ura hívatta szkíta keresztény sámán papokat, hogy jósolják meg, a mit mondanak a csillagok csoda szarvas hunok istenei, szkíta keresztény sámán papok bementek a nagy úr fejedelmi jurta fogadó sátrába. Meghajoltak hunok nagy urának. Skándá sámán fő pap, hívattál! nagy uram. hunok nagy ura, igen! hívattalak titeket! azért mert újabb hadjáratra indulok, szeretném tudni hogy a csillag istenek mit mutatnak, szerencse hadjárat lesz vagy nem! a hun birodalom még nagyobbá legyen. Szkíta keresztény sámán papok és Skándá fő pappal kimentek a jurta sátorból a hunok urával. Skándá szkíta sámán fő pap, felnézet a csillagos égre, és a kezébe volt hun érem, feldobta hun fő pap, a hun érem ahogyan úgy eset a föld re, hogy a hun érem Fényesebbik oldalát mutatta, Skándá fő pap mondta, a szerencsét mutatott. Nagy győzelmet mutatat a csillag istenek csoda szarvas jelképében, a hunok ura a sámán papok. jóslásával nagyon örült a csillag istenek csoda szarvas istenei csata nagy győzelmét látták, a hunok harcában. Jóslásnak vége tért a huj szkíta keresztény sámán papok eltávoztak a nagy úrtól.

HUNOK VONULÁSA A HARCBA

Újból csatába ment hunok nagy ura, követék hun fejedelmi szövetség és a ázsiai hun fejedelmek és hun barát Flavius seregével együt, megindultak a hunok seregei, már elhagyták a huntábort és a Kár pát medencét, pár-napos lovaglás után, Calián át Loreán kőhídján vonultak a nyugati gót határán, Hun lovasság és szövetséges hadsereg, Campus Mauricuson megütköztek a hun sereg és a szövetség seregei, nagy győzelmet arattak. Tovább ment egészen addig ameddig, nyugat gót vára alá vonultak. sátort bontottak. Hunok felkészültek a csatába, esteledet hunok nagy ura, behívta Bendegúzt hun fejedelmet, és meg bízta. Két hun katonával menjél a vár alá, ha bent vagy!, hallgassad ki, a hadi beszédüket a királynál. Ha lehaladtad a hadi tanácsot, hogyan fognak támadni a harcba, utána gyere vissza a hun táborba, Bendegúz fejedelem és két katonával elindultak a vár alá, felmásztak és a vár udvarára mentek, megvárták a vár őröket hogy elmenjenek, utána bementek egy szobába, ott hallották a beszélgetést, benyitottak az ajtón, ott látták a vár királyát, a csata beszélgetését. Nemsokára vége lett a beszélgetésnek és eltávoztak a vár királytól. Bendegúz hun fejedelem vissza ment a hun táborba, egyenest a hunok nagy urához ment, meghajolt a hunok nagy urának. Kérdezi a nagy úr, hogy ki hallgattad a vár királyát? igen ki! hallgattam a hadi tervüket nagy uram! kérdezi, és miről?

a vár katonák, több felé fognak támadni, először becsalják az ellen félt, utána megrohamozzák és leszerelik. és megadásra szólítsák. hunok nagy ura, ez nem rossz haditerv. Hunok nagy ura, mi ellenkezőleg! fogunk támadni, meglepjük az ellenségnek. A nagy úr mondja, most vége a beszélgetésünknek! elmehet, Bendegúz meghajolt és eltávozót a hunok nagy urától.

NYUGATI GÓT CSATA

Másnap reggel csata sor állásba álltak a hun sereg, és a
szövetségek, a nyugati gót vára elfoglalását. Sorba alí-
tották a katapultokat, szikla darabokat lövésre előké-
szítették. A vár nyugati királya Aurich hadba alította a
vár seregét, várták a hunok támadását, de egyből nem
támadták a várat, várták hogy a katapult ledönti a vár
falát, utána támadják meg a gyalogos katonák a várat,
bent a várba csata előkészület volt, íjászok készöltek csa-
tába és várták a támadást a hun ellenségnél. Hunok nagy
ura lövete a várat, éjjel nappal lőtték a hunok a nyuga-
ti gót várát. több napokon át lőtték a nyugati gót várát,
keleti vár fala, már nem bírta sokáig a katapult lövésze-
te. A vár fala egyszer csak ledőlt. A hun nagyfejedelem
megadta a támadási kürt szót, a hun gyalogosoknak és
a ázsiai gyalogosok a támadását, a vár fa ajtót elkezdték
kemény fából, neki lökni a fa ajtón. A szövetségi vezé-
rek harcra szólították a gyalogosaikat, a vár ledőlt falá-
ra, menjenek oda!, a gyalogos katonák, a vár katonáik-
kal meg ütköztek, pajzzsal lökték egymást, közbe kardal
szúrták egymást. a gyalogos harc kitolódót a vár falai-
kon kívül. A várból vissza vonuló kürt szó halat szót, a
gyalogos vár katonái vissza vonultak a várba, ugyan úgy
vissza vonultak a hun gyalogossereg és a nagy vezérek
gyalogosai, a hun táborba, hunok nagy ura, kint a tá-
borban beszédet mondót a hun seregnek, este megkell

rohamozni a várat, mire fel kell a nap, addigra elkell foglalni a várat és a várost, készülődjetek a vár elfoglalására. a lovasság majd én fogom kiadni a támadásra a parancsot. Eljött az este, gyalogos katonák gyors léptekkel menetelve mentek a vár kilőtt falaiba, bementek a vár belsejébe vár örök voltak csak el aludtak, az öröknek elvágták a nyakukat, tovább mentek, de nem talált vár katonákkal, szép csendben körülnéztek, de nem volt senki a vár belsejébe. Bementek a lakosztályukba. o t elvágták a nyakukat, az alvó embereknek, a királyhoz bementek és elfogták, kést a nyakához tették. kivitek a vár terére, ott letérdepeltek. vele együt a többi vár tiszteket. az egyik vezér kinyitotta a vár ajtótóit, bejöttek az összes hun lovasság és a hunok nagy fejedelme. Bendegúz fejedelem kiáltozva mondja a vár Aurich királyának, hogy letérdepelni a hunok nagy urának, a vár királya letérdepelt, a nagy úr előtt és beoldót. Így harc nélkül elfoglalták a Airuch várát, hunok nagy urának átadta a várat. így nagy győzelemmel legyőzték, a nyugati gót királyát. Megint ugyan úgy lett, két fejedelem itt marat, a várba, hunok fennhatóság alatt lett. Hunok nagy ura és a hun sereg és szövetsége elhagyta a nyugat gótok birodalmát.

ETELE APJÁNAK ÉS ANYJÁNAK EMLÉKEZTETÉSE

Hun táborához érkezet Flavius légiós seregével, betért a hunok nagy urához, szí vessen fogata légiós tisztet. belépet és meghajolt a nagy úr előtt, kedves barátom, már régóta nem láttam, a mi óta nem láttam, amióta elhagyta a hun tábort. csak a fia és a fele légiós serege van itt. és harcol a hun seregbe. Flavius elkezdte mondani a régi emlékeket, amikor megölték apádat és anyádat, apád, Oter és feleségét, Ruha első nagy fejedelem, volt a hunok ura,. apád Mundzuk fejedelem és öccse OTAR éltek, amikor megszülettél nagy uram, apád elvittek a Ruha nagy bátyádhoz a hunok nagy urához. megvolt a szkíta névi szertartás, után ünnepséget rendezet a Ruha nagy fejedelem, a te névi szertartásod volt a fő terén, Mmindzuk apád és feleségével együtt eltávoztak a névi ünnepségen. már késő volt vissza menni a Mundzuk táborába, Oter öccsével elköszöntek, és a jurta sátorba mentek. Éjjel után, egy nagy zajt hala szót a hun táborból, egy idegen nép csoport folt, apád jurta sátrába, elakartak vinni tégedet nagy uram, de apád ellen ált, öccse jött segítségére, betért a jurta sátrába, de abban a pillanatba hátúról leszúrták apádat és anyádat, és öccsét annak feleségét. így elvittek a hun táborból. Etele nagyfejedelem kérdezi honnan tudod? nekem így mondták el, Ruha nagyfejedelem, Etele kérdezi mivolt a gyilkosokkal? elkapták és halára ítélték, hadi gyűlés. Ítéletet a fő téren az

emelvényen, a hun nép előtt, mind a hat idegen férfit le-
vágták a fejüket. a testüket elégedték. hát így történt! a
szüleidről, a hogyan elmondtam nagy uram, Flavius fel
ált és meghajolva eltávozót a nagy úr tol.

HUNOK NAGYFEJEDELEMÉNEK
MERÉNYLETE

Flavius bejelentette hunok uránál hogy merénylet készül ellene, hunok nagy ura kérdezi honnan tudja a merényletett ellenem? a mikor eltávoztam nagy úr tol, út közben láttam néhány embert halottam beszélgetni merényletről beszéltek. Hogyan tudták volna a merényletett elkövetni a nagy úr ellem megölésében, nagy úr kérdezi, szóval engemet akarnak megölni? Flavius igen nagy uram! Nagy úr kérdezi hogy néznek ki a merény lök? Flavius mondja hogy sajnos nem láttam, teljesen sötét volt a fő térten nagy uram! hunok, ki szolt az öröknek hogy kettős őrség legyen a sátram körül. igenis uram! hunok nagy ura, csapdát alított fel a sátra körül, hunok nagy ura köszönettel kézfogással köszönte meg, hunok batárjának hogy értesítette, merénylőt ellene. hunok barátja ó nagy uram! bármikor szolgálatba álok, a légiós gyalogos és lovagló seregemmel a harcba. Ezzel vége lett a beszélgetés Flavius eltávozott a nagy úr jurta sátrából, hun hírnők tudomásra jutatták hogy, hunok nagyfejedelemnek a merény lök a bizánci nép csoport, egyik embere a merénylő tervelte ki, a hunok nagy urát megölésében, Beglint hívják, azzal hogy ölje meg a hunok urát, megkörnyékezte volna, Ternyit nevű magas rangú, hogy ölje meg a hunok nagy urát. A hun katonák elfogták Beglint, egyenes elvitték a hunok nagy urához, hun katonák bementek a nagy úr sátrába, meghajoltak a nagy úr előtt, közölték, a hunok nagy urának hogy elfogták a merénylőt. Hunok nagy urának mondja az öröknek hogy hózzátok be a merénylőt! az örök behozták Beglint a hunok nagy urához, hunok nagy ura kérdezi hogy, te tervelted ki a merényletemet megölésemet? hogy haljak meg? ez igaz! BIglint igen én! terveltem ki! nagy uram a megölését!, hunok nagy urát, de nem én! halok meg! ha nem te fogsz meghalni! Beblinr szeretnék mondani nagy uram, akkor mondja! bizánci polgárok néhány pénzért. fel öltözve hun áruházba akarnak bejutni a hun táborba. És a hun őröket lefegyverezték volna, és a ön sátrába mentem volna, amikor alut késel elvágták volna a torkát. Ez lett volna a merénylet a hunok nagy úr ellen, hun nagyfejedelem szolt az öröknek, vigyétek a jurta sátor börtönébe! örök bejöttek a hun nagy urához, Beglint fogták és elvitték a jurta sátor börtönébe. Ott felváltva vigyáztak a merénylőre, addig ameddig a halálos ítéletet nem hoznak a hun hadi tanács, hunok nagy ura mondja, én el lovagolok Bendegúzzal és tíz hun lovasokkal Bizáncba, nagy Konstantinius császár hóz megyek. Utána vissza jövök a kor ítéletet hozatok a merénylőnek, addig vigyázatok rá hogy meg ne szökjön a merénylő, hunok nagyura, másnap reggel magához hívatta, bejött a nagy úr jurta sátrába, meghajolt és azt mondta Bendegúzt fejedelem, hivatott nagy uram! nagy úr azt mondta hogy ketten megyünk és tíz hun katonákkal Bizáncba, holnap reggel a Constantinius császár hóz, készüljön fel hosszú útra lovon. Másnap korra reggel hunok nagy úr, nehezen elköszönt a családjától, indulásnak készen álltak Bizáncba, elhagyták a fő terét és a hun tábort.

HUNOK NAGY URA BIZÁNCBAN

Hunok nagy ura ifjabbik Bendegúz és tíz hun lovas kato-
nákkal néhány nap lovaglással Bizáncba mentek., egye-
nest a nagy Konstantinius császár hóz mentek, sátor őrre
őr kérdezi hová mennek. Hunok nagy fejedelme mond-
ja hogy a császár hóz mennék, őr bement és elmondja a
Constantinius császárnak, kérdezi a császár, ki akar ve-
lem beszélni? kapu őr azt mondja, hunok nagy ura. Csá-
szár mondja hogy kéretem a hunok nagy fejedelmét, hu-
nok nagy ura mondja császárnak mi járatba van, nagy
fejedelem úr, azért jöttem hogy tudod hogy ellenem me-
rényletet akartak, a császár kérdezi nagy fejedelemtől,
ki az a merénylő? mi a neve? Biglárni a neve! császár
mondja ismerem az illetőt, én ellenem is akart merény-
letet tenni, de le bukót mert elkapták, katonai birokság
halálra ítélte, de meg logót ítélet előtt. Császár kérdezi
a hunok nagy fejedelmétől, hogy most hol van, hunok
nagy ura mondja, a kárpát medence, hun tudor börtö-
nébe van. Csak az ítéletet kell hózni, amikor a Kár pát
medence hun birodalom táborába leszünk. Akkor össze
gyűl a haditanács bírókság hoz ítéletet, lehet halálos íté-
let lesz. A merénylőnek, császár mondja a kor helyettem
is, kimondják a halálos ítéletet, honok nagy ura, most
vissza kell mennünk a Kár pát medence hun táborába,
császár is mondja!, holnap is eltudtok indulni a Kár pát
medence hun táborába. itt nálunk is megtudtok aludni.

Hunok nagy ura és ifjabbik Bendegúz, estére külön szobába meg ágyaztak, tíz hun lovas ok is találtak menedéket, az alvásnak. reggelre felöltöztek. és Hunok nagy ura és ifjabbik Bendegúz elköszöntek a Constantinius császár tol, elhagyták a bizánci birodalmat, elindultak a Kár pád medence huntáborába.

A KÁRPÁT MEDENCE HUN TÁBORÁBAN

Párnapi lovaglás után Kárpát medencében volt a hunok nagy ura, Bendegúz, és tíz lovasa.

Kora reggel megérkeztek a hun tábor fő terére, a hun népe még alut, nem volt senki a fő téren, a ki fogadná a hunok nagy urát a fő téren. Hunok nagy ura és Bendegúz elváltak a fő téren, Etele sietett a feleségéhez a jurta sátorba, benyitott és ott látta! a feleségét Ari kan, már felébredve, de a gyerekei még aludtak. Ari kan Etele felesége nagyon boldog volt, hogy meglátta férje urát, oda ment hozzá átkarolta és megcsókolta, öröm mosolylyal mondta hogy nagyon örülök hogy láthatlak kedvesem. Nemsokára fel ébretek a gyerekei, oda szaladtak apjukhoz, és így szóltak hozzá, drága apukám, jó hogy láthatunk tégedet, megcsókolták apjukat, Etele, hát átvagyok!, amúgy megígértem, hogy haza jövök hozzátok Etele kérdezi a feleségének hogy történt valami azóta? igen történt hát! mi? Etele bement a belső sátor szobájába és leült, a hun trón székbe, hu őr szolt hogy valaki akar beszélni a nagy ural. Eri kan bement a belső fogadó szobába és szolt a férje urának, valaki akar veled beszélni nagyon fontos, hunok nagy ura szolt hogy kéretem, addig a jurta sátor kívül volt a családja. hunok nagy ura szolt a sátor őrnek hogy vigyázón a családjára. A sátor őre beengedte, meghajoltak és azt mondták hogy, még két, merény lőtt kel elfogni nagy uram! kérdezi hogy látta a merénylöket? igen nagy uram! és hol látat, őket? hun tábor nem mesze telepetek le. És hányan vannak? nem sokan vannak, még ketten ? köztük van egy hun ember, ifjabbik Bendegúznak szolt a nagy úr, hogy amit kiderül hogy húsz emberről van szó, akiket elkel kapni,. nagy úr megszervezte a rajta ütést és elfogásukat. húsz lovasa katonákkal. Rajta ütést kel tenni, és bekeríteni kell, ne hogy eltudjanak szökni, szeretném hogy elfognák őket, és ide elém hoznák. Most mennyetek és kapjátok el őket, várom a jelentést önöktől. Bemutatom nagy uram Atenek a neve, ö fog velem menni, és megmutatja hogy hol tartózkodnak a húsz ember, néhány lovassággal rajta ütést kell tennem, a húsz embereken, és nagy úr elé fogom vinni. Ezzel eltávozót Bendegúz és Atenek a hunok nagy utol.

A BIZÁNCI MERÉNYLŐ ELFOGÁSA

Ifjabbik Bendegúz fejedelem és húsz lovas katonákkal
és Atanis el, elindultak a merénylő után lóháton. addig
mentek a meddig rá találtak Atanis oda vezette merény-
lők hőz Bendegúz fejedelmét. Bendegúz fejedelem a húsz
hun lovassal bekerítették a merénylő táborát. Parancs
szóra támadtak a hun lovasság, nem volt idejük fegyver-
hez, maguk hoz venni, így elfogták, mind a húsz bizánci
merénylőket. de egyiket nem tud ták elfogni a hun me-
rénylőt. bizánci merénylőket. A nagy hun fejedelem elé
vitték őket, hunok nagy ura hóz! hozzátok elém mind a
húsz merénylőket a nagy úr sátor fogadó szobájába ki-
hallgatásra.

A BIZÁNCI MERÉNYLŐK KIHALLGATÁSA

Hunok nagyfejedelme szolt az öröknek, hogy hozzátok fel Ateneket merénylőt a börtönből. Örök elmentek a börtönbe, elhozták a húsz merénylőket, a nagy úr hoz vitték, a fogadó sátorba fogadta a merénylőket, és Atenek, bejött a hunok nagy ura, a belső sátor szobájába. a merénylők meghajoltak a hunok nagy ura előtt. A hunok nagy ura megkérdezte hogy ki tervelte ki, a merényletet én ellenem? beszéljetek!, a húsz merénylő egymásra néztek, a nagy úr kérdezte te tervelted ki? a vallatáson mindenki halhatott, Hunok nagyfejedelme bekérette Enként a hun vallatót. Hunok nagyfejedelme, szeretném tudni hogy ki a megbízótok! haljam! mondjátok ki! ki a nevét!, hallani akarom! ki tervelte k! kinek volt a szándéka engem megölni! mondjátok meg a nevét! itt közületek. hunok nagy ura végig nézte a mind a húsz embernek a szemét, És Atanek is, hun hírnök hírt hozott hunok nagyfejedelmének elfogtuk a hun árulót, hun örök megkötözve be hozták a hun árulót. nagy úr elé hozták. nagy úr előtt fejet hajtott, nagy úr kérdezte mi a neved? hun áruló azt felelte, a hunok nagy urának, a nevem Atenek, nagy úr kérdezi, ki a megbízod? a nagy úr kérdezi, erre nem kapót választ, hunok nagy ura kiadta a parancsot Etének hogy verje ki belőlük, hogy ki a megbízójuk, Enke hun vallató egyesével ütötte verte a mind a hat embert. Atenek, nem bírta a vallatást, és elárulta a nevét. Atenek volt aki merényletre készült a hunok nagy urának, ő akarta megölni a hunok urát, hunok nagyfejedelem art mondta Bendegúznak, hogy hívják össze a hun tanácsot, ők fognak dönteni a sorsukról. vagy halállal lakolnak, a fő terén a hun nép előtt, ki fogják mondani a merénylőknek halálos ítéletét. a fő téren lesz a halálos ítélet végrehajtása, Bendegúz fejedelem, nagy uram! a mit mondót helyes döntést hozott, így döntött a merény lök fölöd, ezzel eltávozót a nagy úr tol, nagy úr szolt az öröknek hogy vigyétek jurta sátor börtönébe. A hun örök a merénylöket kivitték, a nagy úr jurta sátrából. A hun nép megtudták, hogy a hunok nagy urát megakarták ölni, kiabálva mondták hogy halál a merény löknek. halált kel hozni a hadi tanácsnak, majd nem nekimentek a megközözött merénylőknek. Hun örök útját állták a megvadult hun népnek, hogy ne lincseljék meg a merénylőket, gyors léptekkel elindulta a jurta sátor börtönébe, beléptek a börtönbe, két hun őr vigyázót rájuk, addig ameddig nem hoznak a haditanácsa halálos ítéletet.

ÍTÉLET A MERÉNYLŐK ELLEN

Hunok nagy ura össze hívta a hadi bíróságot hogy ítél-
kezzenek a merénylők ellen, hun nagy ura azt mondta a
fejedelmeknek hogy tik ítéljétek el a merénylőket, és a
Atenek ellen. A hun harminckét fejedelmek, Bendegúz
mondja a hunok nagy urának, a hun hadi birokság dön-
tést hozót, halálos ítélet hozót a fejükre, az észes merény-
lőknek, és a Atenek. A hunok nagy ura, holnap a fő téren,
a hun nép előtt e lőtt elmondja hogy végre hajtjuk a ha-
lálos ítéletet. a hun tanácsi birokság ítélete, ezért hozta
a halálos ítéletet, mert aki a hun népnek a nagy urát ha-
lálosan megfenyegetik és életére tőrt, a hun birodalmi
hun nagy urának halállal lakol. nagyfejedelem elfogatta
a hun tanács bírósági ítéletét végrehajtását, a hun bíró-
ságinak. vég ítéletét a hun tanácsnak a tárgyalása, min-
denki eltávozót. Nagy úr kérette Tibár hírnököt, nagy
uram! mondta hogy hirdessen a fő téren, hogy holnap a
kivégzik, a bizánci merény löket kivégzését. hírnők eltá-
vozót a nagy úr tol. A hun hírnők egyenest kiment a főté-
re, és elment az emelvényre, ott elmondta a hun népnek,
a nagy úr holnap kivégzést rendez a fő téren, bizánci me-
rénylőket, hun nép éljenzésbe kezdet, holnapi merénylők
kivégzését, ezzel vége tért a hirdetés a főtéren.

A BIZÁNCI MERÉNYLŐK KIVÉGZÉSE
A FŐTÉREN

Másnap reggel gyülekeztek a hun népe a fő téren, várták a hunok nagy urát, hogy megjelenjen a fő téren és az emelvényre, a nagy úr kiadta a parancsot hogy hozzák fel, a bizánci merénylőket a jurta sátor börtönéből, és egyenest a hozzák fel az emelvényre. A hun katonák elmentek értük, a jurta sátor börtönéből, és kihozták a bizánci merénylöket, egyenest a fő téren keresztül vitték a hun nép előtt. Össze gyűlt a hun népe, a főtéren, hunok nagyfejedelme megjelent testőrségével a fő térem, egyenest az emelvényre ment, felhozták a birodalmi hun trón széket, intet a Bendegúz fejedelemnek, hogy az ítéletet mondja el a hun népnek. Amit a hun bírósági tanácsa hozót. a bizánci merénylőknek hozót halálos ítéletet, mondja el a hun népnek. Bendegúz a hun népnek így szolt, a hun bírósági tanács, a harminckét hun fejedelmekkel együttessen megszavazták, a bizánci merénylőknek, a halálos ítéletet. A kik a hunok nagy urára életére törnek azoknak a fejét vétetik, azonnali halálával életével, nyilvános kivégzésre kerül a főtéren, bizánci merénylők, hunok nagy ura szeme láttára, letérdepeltették. Mi előtt kivégezték volna a bizánci merénylőket, a hun tanácsi bíróság, harminc kettő hun fejedelem kijöttek a hun főtére, Flavius Aentinus, és ifjabbik fia, Márcus Aurérius Aentinus. a bizánci merénylők kivégzésére. De ót voltak az többi szövetség ázsiai hun fejedelmek és ázsiai nagy vezérek, merénylők kivégzésűkön, a hun hó é r ók, végre hajtották a hun bírósági tanács halálos ítéletét. a hóhérok egyenként levágták a bizánci merénylőknek a fejét, a hun nép előtt. A hun nép a fő téren őrjöngőt amit láttak, a léhultak testükről a fejük, némelyik eszméletlenül sokkot kapót, a bizánci merénylők kivégzésének feje levágásánál, a húsz merénylőnek bizánci fejétől, sok vér lett az emelvényem. A halott testükről a főtéren két méter távolságba, égő tűzbe dob ták, hunok nagy ura a fő téren, a hun népet szét oszlatta, vége lett a kivégzésnek mindenki eltávozót a főtéről. A hunok nagy ura már régóta eltávozót az emelvényről, és a fő térről a feleségével együt.

179

ETELE NAGYFEJEDELEM FIA

Etele nagy fejedelme gyermekeit több mint tíz év telt el,
felnőtté váltak Etele hunok nagy ura, gyermekei magá-
hoz hívatta, jurta sátrába. Így szolt Etele fiai hóz, fiaim!
azért hívattalak titeket, mert a hun birodalmat felosztom
veletek, a fiuk, kérdezi apjától, ezért hívattál minket ide?
Etele mondja, mert tik vagytok az utódom és örökösöm,
mert tik fogjátok irányi tani a nagy hun birodalmat, még
mindig nem foglaltam el az északi föld területeket, tik
fogjátok, helyettem elfoglalni, az északi földet, erős kéz
kell a hun birodalom irányításhoz, a hun népnek. Etele
nagy fejedelem mondja a fiaiknak, én rátok merem bíz-
ni a hun birodalom irányítását, és a hun lovassá seregét,
már kész felnőtté és férfivá váltatok. Etele fiai köszönjük
az apám ajánlatát, ezzel vége lett apjuk fia között családi
beszéde. Ezzel eltávoztak apjuk jurta sátrából.

NYUGAT RÓMA KÖVETEI A HUN TÁBORBAN

Hun hírnökök üzenetet hoztak a hunok nagy urának, bejelentkeztek nagy úr hoz, meghajoltak, a nagy úr kérdezi, milyen hírt hoztak? azt mondták hogy nyugat roma követek szeretnék a cézáruk üzenetét átadni a honok nagy urának. A nagy úr kérdezi, hol vannak a nyugat roma követek? a hírnökök azt felelték a nagyúrnak, a sátor ellőt vannak, akkor kéretem a nyugat romai követeket. örök kimentek a sátor elé, közölték velük, hogy várja a hunok ura. Romai követek beléptek a hunok nagy úr hóz, meghajoltak a nagy úr előtt, és azt mondták a nagyfejedelem úrnak, Valentinius cézár üzenetét hoztam, Hunok nagy ura, kor mondjátok hogy mit üzent ti uratok nekem! azt üzente hogy csatlakozatok a romai csatához hunok nagy ura, a nagy úr kérdezi hogy miért csatlakozunk a ti csatáihoz? nagy bajba van cézárunk. Nyugati vizigótok betörtek romába, kevés romai légiós hadsereg védi romát. mert a többi légiós sereg roma birodalomét védi. ezért kevés légiós sereg, van romának nyugati vizigót ok szembe szállni velük. Cézárúnk ara kéri a nagy hun fejedelmet hogy segítsen csatából kiűzni a nyugati vizigótokat roma birodalomból, hunok nagyfejedelme azt üzenem hogy a hun seregemmel és a szövetségeseimmel elindulok romába.

A HADITANÁCS SÜRGŐS ÖSSZEJÖVETELE

Hunok nagy fejedelme összehívta rendkívüli haditanács gyűlését. Harminc két hun fejedelem és a szövetségesei eljöttek a nagy úr, rendkívüli hadi gyűlésére. hunok nagy ura, megvitatjuk nyugat roma cézára üzenetét. Vagy segítünk Valentinius cézár nyugat romának a közös csatájába, nyugati vizigótok kiűzése nyugat romából. a többi hun fejedelmek tiltakoztak a csatára. Miért harcoljunk nyugat romáért, nem mi harcolónk!, ha lenne értelme mi harcolnánk, és elfoglalnánk nyugat romát, hunok nagyfejedelme azt mondja a hun tanácsnak, de ne feledjétek, hogy bele egyeztetek hogy felem mint a hunok nagy urával, vérszerződést kötöttem a Valentinius nyugat roma cézárával. Ifjabbik Bendegúz, igaz hogy vérszerződést kötőt a mi ura, és tik követnétek nagy hun fejedelmét. az egyik hun fejedelem is! Tárkány mondja, én támogatom, a nagy úr beszédjét, fogadjátok el, ti is fejedelmek, a nagyfejedelemi beszédjét. A többi hun fejedelmek, nincs más tenni elfogadjuk a nagy úr nyugat romát közös harcát, hunok nagyfejedelme valamelyiknek elkel vinni a hadi tanács üzenetét, nyugat roma cézárának már két fejedelem jelenkezet. Ifjabbik Bendegúz Tárkány fejedelmek, nagy uram mi elvisszük a hadi tanács üzenetét, holnap reggel útnak indultok nyugat roma Cenova városába. Végretért a hadi tanács.

NYUGAT RÓMA, KÉT HUN FEJEDELMI KÖVET NYUGAT ROMÁBAN

Másnap reggel elindult két hun fejedelem, húsz hun lovas katonákkal nyugatromába indultak, néhány nap lovaglással, nyugat roma Rerona városában érkeztek, egyenest a cézárhoz mentek. Veronai örök bejelentették Placidius Valentinius cézárnak, hogy két idegen emberek akar beszélni cézárral. A cézár kérette a két ideken embereket, belépet a két hun fejedelem a cézár hóz, meghajoltak a cézárnak, Tárkány fejedelem előadta a nagy hun fejedelmének üzenetét, a mi nagy urunk, és a hun tanács segít a nyugat roma cézárának, a nyugat vizigótokat kiűzni a csatába. A cézár azt üzeni hogy két nap múlva jöjjön seregével a Renovai völgyébe, ott lesz a csata, a vizigótok ellen, valaki jött a cézárhoz, kapu őr be engedte, cézár családja felesége Gizela jött a cézárhoz. vele jött öccse Klaudius, meg szolitota teljes nevén Placidius Valentinius cézár mondja, Klaudius hogy én! nemszeretem az első kettő nevemen szólítanak engemet, inkább Valentiniusnak hívjanak. A két hun fejedelem halotta a beszélgetést, ezzel elköszöntek cézártól. elindultak a húsz lovas katonával, Kár pát medence hun táborába.

CSALÁDI BÚCSÚZÁS NÉLKÜL

Etele hunok nagy ura, a hun seregével és szövetségeseivel, korra reggel nyugat roma segítségére sietet, a hun népe fel ébret a nagy zajtól, kimentek a fő térre hogy mi ez a zaj. Ott látták hogy hunok nagy ura, csatába indul a hun lovasával, és hun gyalogos katonákkal a szövetségeivel, felesége Ari kan is kiment a nagy zajra, a fő térre, ott látta férjét és a hun sereget és szövetségeseit indulásra készen által a fő térre. Nagyon aggodva nézte férje urát, egy szer csak lása elhagyja szeretet feleségét, gondolja hogy nem lát hasa többé kedves urát. Ari kan futásnak eret a fő téren kiabálva szolt Etele urának, még el sem köszöntél és a fiainak, lerogyót a föld re és sírni kezdet, kiabálva mondta hogy látlak még valamikor, imádót kedves férjem Etelém, könny csepp hullt szeméből, a sátrukból Etele gyermekei látták anyuk térden ült a földön, és nagy zokogással sírt, oda futottak hozzá és felemelték anyukat, az idősebbik fia Ellák átkarolta szeretet édes anyát, és elindulta a jurta sátruk felé.

NYUGAT RÓMA, RENOVAI VÖLGYI CSATA

Nyugat Róma, Renova völgyében vonultak a hunok nagy
ura serege és a szövetségesei a harctéren. Valentinius
már várta a seregével a harc téren, roma légiós sereg
már várták a harci kürt szót indítását nyugati vizigótok
ellen. Hunok nagy ura és gyalogos serege és a hun sere-
gei és szövetségesei megjelentek a harc téren, nagyvezé-
rek gyalogos seregei, Gepidák serege, Osztrogok, serege,
Turginek serege, Frangok serege, Rugiák serege, Hrtutok
serege. Szkirhet serege. Aánok serege, Szarmaták sere-
ge, Renova völgyébe harcra felzárkóztak csatába, táma-
dásra a nyugati vizigótok ellen, cézár romai légiós sere-
gei, ö kis felzárkóztak a harcra, a kürt szóra támadásra,
romai gyalogos sereg előremeneteltek. Nyugati vizigó-
tok támadásra indított, mind két gyalogos sereg ellen,
már közel voltak a romai sereghez, mind két támadót, a
nagy vezérek gyalogosai pajzs ütögetéssel, négy felé tá-
madtak vizigótok seregeire addig ameddig az egyikük
lenem győz i a másikat a harctéren, nyugati vizigótok
Atharik király kürt szó vissza vonulást fujtatót. Utána
a lovassága támadásra indított a hun lovasságra, a hun
lovasság és a ázsiai szövetségi hun lovasság több harci
támadást indítót, nyugati vizigótok ellen, Flavius légiós
gyalogos sereg, be avatkozót a harc téren Ezzel nagy csa-
pást mért a nyugati vizigótok gyalogos seregére Atharik
nyugati vizigót királya már csak a lovasságra támaszkodót

hogy megnyerje a csatát, Valentinius cézár ellen. De a vizigótok gyalogosai nem győztek támadni, mert mindenki őket támadták mindenfelől már aki élni akart az elfutott a harc téren, így szét eset nyugati vizigót Atharik király gyalogos serege, a hun lovasság és a szövetségi lovas sok csellel elcsalták a harc réről Atharik király lovasságát, nyugati vizigótok lovassága azt hiték hogy a hunok megfutamodtak a harc térő, utánuk eredtek a nyugati vizigót lovasai de ők nem tudták ez egy harci csel a hun lovasságnak, az ellenség megsemmisítésére, hirtelen hun lovasság és a szövetségi lovasok nyílzápor lőttek ki, a lovassági vizigótokra de ők pajzzsal már nem tudtak védekezni mert, hirtelen nyíl zápor lepte meg az eget, egy más után nyíl ki lövéssel, akit ért a nyíl veszsző az meghalt azon nyomban. senki nem élte túl a hunok nyíl kilövés nem mindenki marad meg a harc téren, a hun lovasság és a szövetségi lovasok nagy győzelemmel legyőzték Atharik nyugati vizigótok királya, ahogy tudót néhány gyalogos és lovassággal elmenekült a harc térről. Így nagy győzelmet arattak hunok nagy ura és nyugat roma cézára, a Renova völgy csatába, éljenezték a hunok nagy fejedelmét és cézárt győzelméért.

NYUGAT RÓMA, MEGHÍVÁS RÓMÁBA

Valentinius meghívta a hunok nagyfejedelmét és a sere-
gét, Rómába győzelemére, az ünnepségre, Hunok nagy
ura, na mit szoltok hozza! seregeim! elfogadjuk a cézár
ünnepi meghívását a cézár tol? a hun fejedelmek és a
szövetségiek. azt mondták úgy se voltunk, cézár ünne-
pi meghíváson, hát fogadjuk el! győzelmi ünnepségén,
romába ügy sem voltunk, most leszünk, egyik nagy ve-
zér, romába ügy sem voltún, de most leszünk. A másik
nagy vezér legalább megnézem a romai nőket, megszólal
a többi, te csak a nőkre gondolsz! nincs családom akire
gondolnék! ere mindenki nevetésbe kezdet, már kezdő-
dőt a harag egymás köz őt. a hunok nagy fejedelme köz-
be szolt, már elég! Atharik király fél év múlva, nagy se-
reget toboroz és megint nyugat roma ellen fog támadni,
de mi megfogjuk akadályozni a nyugat vizigótokat hogy
roma ellem támadjanak.

GYŐZELMI MEGHÍVÁS NYUGAT RÓMÁBA

Csata után győzelem nyugati vizigótok legyőzése után
Valentinius cézár, nyugat roma győzelmi nagy diadala be-
vonulás lett roma népe, nagy örömmel ujjongva éljenezték
bejövő Valentinius cézárunkat, és vele együt Etele hunok
nagy fejedelmét és a hunsereg és szövetségeit romába. Vi-
rág szirmokkal dobálták romai gyermekek a roma fő terét.
cézára emelvényre fel ment, és roma népéhez szolt, cézár
így szolt, roma népe! nagy győzelmet aratunk és a, hunok
nagy fejedelmével, ki űztük idegen nép csoport betolako-
dó vizigót annak Atharik királyát. és annak seregét nyugat
romából. roma népe éljenezték Valentinius cézárát, cézár
befejezte a beszédét a romai népnek. Befejezés után cézár
és Etelével bementek az ünnepi szobába, ót az ünnepséget
rendezet győzelmi tiszteletet, Etele szövetségesei ettek it-
tak és zene szolt, rabszolgák harci mutatványt mutatat-
tak be, nők kiszolgálták és magukat ajánlottak fel az nap
este, a nagy_ vezéreknek, és hun szövetségeseinek. Ete-
le nagyfejedelem körbe nézet az ünnepségen mindent lá-
tott, nagy pajzánkodást a romai urak és a rabszolga nők
között, bemutatták táncukat és fegyver forgatást. Etele
nagyfejedelem végig ment a cézár palotáján, benyitott az
egyik szobába, látott egy nagy medencét a szoba köze-
pén csodálkozva nézte a medencét. megnézte a medence
vizét, meleg víz volt benne, csodálkozott hogy lehet me-
leg víz a medencébe, egy fiatal lány benyitott a szobába,

és levette a ruháját és nesztelenül bement a medencébe, Etele nagyfejedelem csak ált és nézte, hogy úszkál a fiatal romai lány. A lány észre vette hogy valaki nézte öt, fiatál lány kiment a medencéből, és felvette a ruháját, oda ment Eteléhez latin nyelven szolt hozzá Etele csak nézte öt mert nem értette mit mondót latinul a romai lány, megfogta a kezét Etelének és a medencébe vezette belenyomta a kezét a meleg víz be, Etele már értette hogy a medencébe meleg víz van, a lány újból levette a ruháját és Etelét kezdte a ruháját levetni, és bevezette a medence meleg vizébe, Újból kezdet beszélni Eteléhez. Etele megszólalt hun nyelven, a romai lány valahogy vissza válaszolt Etelének, nagyot nézet hogy hun nyelven beszélt hozzá romai lány. Valahogy a végén meg érették egymást, Etelét a romai lány a medencébe csalta, Etele levetkőzőt és bement a medencébe. A romai lány megfogta a kezét és közelebb ment hozzá, nagyon nézte Etelét, kiment a vízből és felvette a ruháját, a romai lány is kiment a medencéből és felöltözködőt, egy pár szolt latinul mondót Etelének és utána kiment a medence szobából. Etele is utána ment de már vége lett az ünnepségnek. Valentinius cézár kereste Etelét, cézár mondja, na végre! megtaláltalak, azt mondta hogy az egyik szobába meg alhat Etele nagyfejedelem bement a szobába levette a ruháját és lefeküdt, a többi hun fejedelmek is szobát kaptak Valentinius, a nagy vezérek nem kaptak szobát, így kénytelenek lettek keresni menedéket, Másnap reggel Etele nagy fejedelem felkelt az ágyból és felöltözőt, egyenes a cézár hóz ment, megköszönte az ünnepi meghívást, a hun sereg és a szövetségei már várták az induláshoz, Etele nagy fejedelem fel ült a lovára, és jelzet az indulásnak, a hun seregének és roma főteréről nagy ügetéssel elhagyták a romát.

ÉRKEZÉS A KÁRPÁT MEDENCE HUN TÁBORÁBA

Egy pár nap lovaglással Kár pát medence hun táborába
érkezel hunok nagy ura, és seregével és szövetségeivel
késő este vissza tértek a fő térre, fő téren senki sem volt
kint üdvözölni, a hunok urát. a hun fejedelmek eltávoz-
tak a fő tér ö, hunok ura is elment a juta sátrába, ahogy
benyitott felesége, már lefekvés előtt ált, amikor meglát-
ta férje urát. Ott látta a sátor közepén ált, könnyes sze-
mekkel meglátta öt, odament hozzá és így szolt hozzá,
mindig rád gondolta amikor elmentél, így hagytad a csa-
ládot köszönet nélkül! Tudod hogy! Nagyon fájt nekem,
hogy el sem Bucsuztál Etele kedvesem, Etele mondja fe-
leségének gyere ide hozzá, odament és átkarolta férje
urát Etelét Ari kan. megcsókolta Etelét. Ari kán mondja
Etelének hogy menjünk feküdni, mert nagyon fárad va-
gyok. együt mentek feküdni,

ETELE, HUNOK NAGYURA BESZÉDE
AZ ÚJ HAZÁRÓL

Másnap reggel hun lovasság serege és a szövetsége a fő téren a hun néppel várták a hunok nagy urát végre megérkezet a hunok ura a fő tér e, felment az emelvényre, hunok nagy ura üdvözölte a hun népet. Hunok nagy ura mondja a hun népnek, most nagyon fontos bejelentést fogok bejelenteni a hun népnek, Kár pát medence már nem a végleges hun népnek a végleges hazája, mert van egy csodálatos új haza, én vezetem a hu népet új hazába, a hun lovasság serege és a szövetség sereg, most elindulnak az új haza felderítésével. Ha ott más népcsoport él és ott lakik, ki űzzük a hazájukból, a hun lovasság és a szövetség foglalja el az új hazát, a hun népnek Ezzel a hun nép nagy örömébe éljenzi a nagyfejedelmét végleges új hazájukat.

AZ ÚJ HAZA ELFOGLALÁSA

Hunok nagy ura hun lovassággal és szövetségeseivel
együt, elindultak a új haza elfoglalása, letáboroztak a
besenyők föld határán, Kártány fejedelem jelenkezet a
néhány hun lovassal felderítésre. Etele nagy úrnál este
bejött egy fejedelem új haza felderítésre, hogy kik lakják
kik azok a nép csoport, megtudták a nép csoport nevü-
ket, besenyők hívják ennek fejedelme Tager Kártány fe-
jedelme és a húsz lovassága vissza mentek a nagy úr tá-
borába. másnap reggel a nagy úr hadat üzent besenyők
Tager fejedelmének, a hun gyalogosok felkészültek táma-
dásra a besenyők gyalogosok ellen, megkezdődőt a pilisi
völgyi harca, kardal és lándzsával mentek egymásnak,
hunok nagy úr serege támadásra kört szóra, a nagy ve-
zérek gyalogosai támadásba lendültek a besenyők gyalo-
gosa ellen. már majd nem el dőlt a gyalogos csata. hogy
kinyeri meg a gyalogos csatát. besenyők fejedelme beve-
tette a lovasságát hogy segítsenek a gyalogosoknak, de
Hunok nagy ura ész re vette a besenyők lovasság táma-
dása, a hun gyalogosok ellen. Hunok nagy ura, hun se-
rege és a szövetségi lovasság, ő kis beavatkoztak a csa-
tába, nyíl záporral nyilazták le a besenyők lovasságát,
legnagyobb lovas hadseregét megsémisítették a hun lo-
vassága, aki tudót elmenekült, a csata térről, Tager be-
senyők fejedelme végül megadta magát, hunok nagyfe-
jedelme elfoglalta szittya közép föld HUNIÁT. Hunok

nagy fejedelme megérkezet Kár pát medence hun táborába felment az emelvényre így szolt a hun népének, hogy mindenki pakoljon, mert van egy végleges új haza. ami biztonságba lehet élni. a hun nép elkezdet pakolni. és várta, az indulást. a nagy úr, kiadta a parancsot. minden hun lovas katonának és szövetségeseinek hogy pakoljanak össze, bontsák le a jurta sátrukat, és bontsák le az emelvényt is, és mindenki indulásra készen álljanak a fő téren. Hunok nagyfejedelem elhagyta az emelvényt, egyenest a jurta sátrukba ment, Etele a feleségéhez benyitott. Ari kánnak feleségének azt mondta! hogy kedvesem pakoljál! mert már lesz új végleges hazánk, ugyan úgy gyermekeinek mondta hogy pakoljanak öszsze, sátrat bontsátok le. Ari kan kezdet pakolni, mindent elpapolt, végül a nagyfejedelmi jurta sátrát is lebontották, a lovas szegére tették minden cuccukat utána elindult, Etele családjával a fő térre mentek, ott már várták a hun népe és a hun lovassága és szövetségesei, elhagyták hun táborát 451 be a Kár pát medencét, elhagyatott lett az üres a fő tere.

SZITTYA KÖZÉPFÖLD, PANNONIA
BEVONULÁSA A VÉGLEGES ÚJ HAZÁBA

451-ben hunok ura csata után bevonult a hun népével szittya középföld Pannoniába. Hun nép csodálkozva állt, ez lenne végleges az új hazánk! mert a Kár pát medence nem! igen volt tavak és nagy folyok. Hunok nagy ura, a folyó másik oldalán ott állt és elnevezte unoka öccse néven buda, mert ezzel emlékezik unoka öccsére. a hun népe elfoglalta a helyüket és sátrat vertek, Hunok nagy ura, lefoglalt egy sátor helyet, ott emeltette a jurta sátor helyét és a három fiai részére is, hunok nagy ura behívatta a hun építészeket. A hun építészek bejöttek nagy úr jurta sátorába, ugyan úgy meghajoltak nagy úr előtt, építész Kornel kérdezte mit parancsol nagy uram?, hunok ura azt mondta hogy nem mesze van jurta sátornál van hej, pilis völgy be volt csata, ott kikel tisztítani a völgyet. Oda szeretném építeni a fa váramat, és elé városomat Sicambria nagy városát lesz a neve, a fő építész igen nagy uram! fa várat oda fogjuk építeni ahová óhajtja. Hunok nagy úr kiadta a parancsot az építészeknek hogy kezdjék építeni a fa várat, minél előbb betudjak költözni feleségemmel és a fiaimmal a fa várba, és utána a várost kezdjék építeni. hun ácsok felállították a nagy úr emelvényét. a nagy úr felment az emelvényre és a hun népéjez így szolt hozzájuk, most nagyon sürgős beszédet akarok mondani, a hun népe össze gyűlt, és hallgatták a hunok urát. a nagy úr elkezdet beszélni a hun népeihez, hun népeim!azért gyűltünk össze, hogy tudjátok hogy a új haza, nem mint más! mint a neve! mától kezdve, mi a nevünket viseli, és nem romai néven! hanem Hunnia! lesz a neve!, mától fogva! felépítjük a hunok nagy városát Sicambeia! a hun népe éljenzése áljenezték, hunok nagyfejedelmét. mert hun népét elvezette a végleges új hazába, és végleg letelepítette, Eddig csak vándoroltunk, de nem a végleges volt az igazi új hazába, sosem volt hunoknak, végleges hazája csak vándoroltunk. Az egyik helyről másik helyre, de most megtalálták az igai végleges új hazát. Örömökbe táncoltak és énekeltek a hun népe.

SICAMBRIA NAGY VÁROSA

Etele nagyfejedelem kiadta a parancsot, hogy a Duna folyó Buda másik oldalán, legyen ott épüljön fel SICAMBRIS nagy városa, ott legyen a fa vára.

A HUN FAVÁR

Hun ácsok és a többi emberek elkezdték építeni a hun palotát, az alapját kiásták, a többi hun emberek megtisztították a környékét, a hol fog állni város és a nagy úr fa vára. Hunok nagy ura és felesége nézték az emberek, hogyan készül a fa palota. A hun emberek az erdőből hozták a fa rönkök köt és lehántották, egyes fákat be hasították, ezeket össze élesztették fa enyve bekenték. fa vár alapját össze alították. oldalát szintén össze alították, fa lápcsőt is készítettek, több szobát is elkészítettek. A leg végén befedték az emeleti szobákat, utoljára a földszinti szobákat is befedték, lépcsőt is össze szerelték. ezzel készlet a hunok nagy urának a fa vára. Hunok nagy ura és feleségével és fiaikkal és a hun szolga asszonyokkal beköltöztek.

A HUN MESTEREK MEDENCE KÉSZÍTŐJE

Hun mesterek másnap elkészítették a medence tervét, neki is látták, a medence elkészítésének palota egyik föld szín ti szobájába, a hun mesterek három tagja kezdtek padlót ki ásni a medence alapján. a többi hun mesterek, a hegyre mentek körül nézni. hogy van gyógy forrás víz. Találtak meleg gyógy forrás vizet, agyakból készítettek csöveket, ezzel elterelték a gyógy forrás vizet, erdőn keresztű ment a gyógy víz a hunok táborába terelték a gyógy vizet Etele nagy úr fa vára, szoba medencébe fog folyni a gyógy víz. Ki ásót medencét agyaggal kenték be, utána színes kövekkel végig körbe tették, virág szirmokat tettek a medence vizébe, hun mesterek, egy nap után szóltak, a hunok nagy urának, nagy uram! elkészült a medence meglehet nézni, hunok nagy úrra megnézte a medence vizét melegnek találta, nagyon megörült a meleg vizes medencének, hun pénzt adót a munkájukért, ezzel eltávoztak a medence szobából, Etele nagy úr, szolt a feleségének Ari kan, odament hozzá, és azt mondta hogy van a meglepetésem neked! csuk huny be a szemedet, Etele megfogta a kezét és bevezette a medencés szóbába, most már kinyithatod a szemedet. Ari kan kinyitotta a szemét és meglátta a medencét, csak csodálkozót a medencén. Etele azt mondta Ari kanak hogy próbáljuk ki a medencét, és menjük bele a medence a meleg vizébe, Etele és Ari kan levetkőzőt és meztelenül és bementek a medence gyógy meleg vízébe, Etele átkarolta feleségét Ari kant és azt mondta szeretlek nagyon, megcsókolták egymást és utána gyümölcsöt ettek, és ittak és fürödtek, addig ameddig meg nem unták az úszkálást, később ki jöttek a medencéből, egyenest a szobájukból mentek, és lefeküdtek, átkarolták egymást és szeretkeztek, addig ameddig el nem aludtak.

CÉZÁR VÉRSZERZŐDÉSÉNEK MEGSZEGÉSE

451-ben, Hun hírnök hírt hozott a nagyfejedelemnek, egyenest nagy úr fa farához ment, meghajolt a nagy úr előtt, nagy uram! megtámadták a hun nyugati birodalmát, az egyik hun fejedelmi területét. Hunok nagy ura, kérdezi kik! támadták meg? felelte a hírnők, a nyugat romaiak légiós serege, nagy úr mondja nem értem! hiszen vérszerződést kötöttünk! a nyugat római cézárral, és a hun birodalommal, nem támadhatják meg!. és mi sem támadjuk a romai birodalmat. Azét kötöttünk meg nyugat romái cézárral, hogy megszegjék a vérszerződést egységét, a hun népeimet megtámadták az asszonyainkat és meg gyalázzák, a férfiak ellen álak megölték. össze hívom a hun tanácsot. Hunok nagy ura, hírnöke meny és szól j a hun fejedelmeknek! és szövetségeseinknek, hun hírnök, igen nagy uram! ahogyan parancsolja szolok a hun fejedelmeknek és a szövetségeiknek. Megérkeztek a fogadótanács szobába, hunok nagy urához, a nagy úr mondja azért hívtam össze mindenkit, hogy rossz hírt kaptam a hírnöktől, nyugat rámaiak megszegték a vérszerződés szerződését a mit vele, kötöttem a cézárjaikkal. mert a romai légiós többi tisztjei. a nyugat hun birodalom egyik fejedelmi területén, behatoltak a romai légiós tisztek légiós katonával. a hun asszonyokat megygyalázták, a hun férfiakat akik ellenálltak azokat megölték. Hunok nagy ura, mondja, hun fejedelmeknek! most tik fogjátok! eldönteni hogy csata legyen a Valentinius-cézár ellen igen vagy nem! a döntés a ti kezetek be van, a döntés. Kártány hun fejedelem, én azt aj álom hogy csata legyen nyugat romai ellem. a többi hun fejedelmek és a szövetségei elfogadták a Kártány hun fejedelem harci ajánlatát. Hunok nagy ura, akkor valamelyik fejedelem jelenezését várom, ezzel vége _ lett a hadi gyűlésnek mindenki eltávozót a nagy úr jurta sátrából. a nagy úr mondja hogy ketten maradjatok, az egyik lemondta a követett, csak egy megy el nyugat romába. Nagy úr mondja hogy Bendegúz fejedelem korra reggel induljon húsz hun lovas katonával a nyugat romába a cézár hoz. Bendegúz fejedelem meghajolt a nagy úr előtt, ezzel eltávozót a nagy úr tol.

HUNNIA SZITTYA KÖZÉP FÖLDI ELHAGYÁSA

Másnap kora reggel Bendegúz hun fejedelem húsz hun lovas katonával elhagyja szittya Hunnia közép földet és Sicambria nagyvárosát.

HUN FEJEDELEM NYUGAT RÓMÁBAN

Háromnapi lovaglás után nyugat Rómában volt Bend-
egúz fejedelem, már a romai hírnök mondta a cézárnak
hogy jönni fog egy ember aki akar beszélni cézárom. cézár
mondja akkor jöjjön!. Be is jött a cézár hóz, meghajolt,
üdvözölte a cézár Bendegúzt fejedelmet, cézár kérde-
zi hogy mi járatba van? Bendegúz azt felelte hogy a hu-
nok nagy fejedelme, üzent hogy megszegték a vérszer-
ződést, a mit a hunok nagy urával kötőt, cézár mondja
hogy nem értem, én nem szegtem meg a vérszerződést!
nem tudom hogy a hunok ura honén veszi, az hogy meg-
szegtem a vérszerződést. Megtámadtátok a hun nyugati
birodalmi egyik fejedelem táborát, a romai légiós tisztek
és a légiós katonák, a hun férfiak a ki ellen ált azt megöl-
ték a légiós tisztek, katonák, a hun nőket meggyalázták.
ezért a vérszerződési megszegése iránt csatát követel.
A hunok nagy ura erre nagy haragra gerjedt. ere a rósz
híre, a mit a hun tanács határozót hogy csata legyen ere
a vérszerződés megszegésért. Cézár jó elfogadom a csata
kihívását, három nap múlva a csata síkságon lesz. Ezzel
vége lett a beszélgetésnek, Bendegúz fejedelem elhagy-
ta a cézár rezidenciáját, fel ült a lovára, és nagy vágtá-
val elhagyta romát.

VISSZATÉRÉS SZITTYA HUNNIA KÖZÉP FÖLDRE

Három lovaglás után vissza tértek szittya Hunnia a közép földre, Bendegúz hun fejedelem, késő este volt a mikor megérkezet húsz hun lovassággal Hunniába, mindenki elment a saját jurta sátrába, Bendegúz is elment a saját jurta sátrába. Majd holnap jelentést tesz a hunok nagy uránál.

JELENTÉS A HUNOK ÚRNÁL

Másnap reggel Bendegúz fejedelem megjelent hunok nagy úrnál, a fa vár fogadó szobájába. Addig ált Bendegúz ameddig a nagy úr fogadná, hun őr kijött a nagy úr fogadó szobából. a hunok ura mondja az őrnek hogy fogadja a nagy úr, Bendegúz belépet a nagy úr fogadó szobába, meghajolt a nagy úr előtt. Hunok ura kérdezi a Bendegúztól hogy átadtad az üzenetemet amint üzentem? Bendegúz azt felelte, igen nagy uram! átadtam az üzenetét. nyugat romai cézárnak, nagyon meglepődőt az üzeneten, a mit küldőt nagy uram, Valentinius cézár, semmit nem tudót mondani az egészről, hogy a romai tisztek és a romai légiós katonák betörtek nyugat hun birodalom fejedelem területére. a hun nőket meg erőszakolták, és a hun férfiak sietek segítségükre a hun asszonyoknak. látták a romai légiós katonákat és annak tisztjeit, a hun asszonyokat megerőszakolták, és a hun férfiak nekimentek a romai légiós katonáknak, tisztek kiadták a parancsot hogy támadják meg a hu férfiakat. a hun férfiak ellen álltak a romai légiós katonáknak, harc kezdődőt, de a romai légiós katonák jöttek ki győztesnek. leverték a hun férfiakat, a ki ellem ált meghalt a támadásnak. így lett vége a Valentinius cézár vérszerződése, a mit kötöttek egymásnak, hogy nem támadják meg egymást, de ez nem tartott sokáig a vérszerződési egyezményt, mert megszegték a romaiak, és cézár, Bendegúz ezért csata kihívás lett elfogadta a csata kihívást a cézár m csata lesz három nap múlva Catalaunumi síkságon lesz. Hunok nagy ura megalgatta Bendegúz fejedelmet, a mit elmondása szerint, a hunok nagy urának mondót, a nagy úr azt mondta a Bendegúz fejedelemnek hogy, össze kel hívnom a hun hadi tanácsot megbeszélésre a csatát a rómaiakkal szemben. Most meny el! majd értesítelek hogy mikor lest a hadi tanács össze jövetele, Bendegúz meghajolt és eltávozót a hunok nagy uránál.

CSATA JÓSLATOK

Hunok nagy ura behívta szkíta keresztény sámán papokat, mert újabb háború csatába megyek a nyugat romai cézár ellen, hun lovassággal és a szövetségesekkel, a jósolják meg nekem vagy győzelem vagy verességgel jön vissza a hunok nagy ura Hunniába a Sicambria városába. Sicambria szkíta sámán főpap kiment a hunok úr jurta sátrából, felnézet a csillagos esti égre, feldobót egy érmét, ahogyan le eset fényesebbik oldalára, csillag istenei csillag jelképébe, megjelent a hunok csoda szarvasa az égbolton, ezzel jelezte hogy a csata a hunok győzelemmel lesz vége, nagy uram! győzelmet mutat a csillag istenek az égen. Hunok ura ezzel megjutalmazta a szkíta keresztény sámán papokat, a jóslásukkal. Skándá fő pap és a többi papok eltávoztak a hunok urától a fa vár fogadó szobából.

NYUGAT RÓMA,
HAT RÓMAI LÉGIÓS TISZT HIBÁJA

Valentinius cézár behívatta hat légiós tiszteket, bejöttek a cézárhoz, üdv cézár! cézár kérdezi, tik voltatok a nyugat hun birodalomba? betörtetek? és hun asszonyokat meg erőszakoltátok?. a hun férfiakat a kik ellen álltak, azokat megöltétek?, a romai tisztek egy másba néztek, és lehajtott fejel halhattak, Valentinius cézár előtt, cézár nagyon mérges lett, kiabálni kezdet a légiós tisztekkel. Tudjátok hogy milyen bajba hóztatok engemet! és az egész romai népét! hunok nagy urával, békés szerződést kötöttem, a hun ősi szokás szerint, vérszerződést kötöttem velük, hogy nem! támadjuk meg egy mást, se nyugat romát, se hun birodalmat én aj álltam fel magamat a hun nagy fejedelmének béke szerződés re, de most úgy néz ki, hogy én szegtem meg a hunok ősi szkíta vérszerződését, a hunok nagy ura, csatára szólítót fel engemet, mind én nyugat roma cézára. én azt üzentem egy hun követnek, hogy három nap múlva a Catalaunumi síkságon lesz a csata, magunk hibájából lett a csata kihívás. légiós tisztek la hajtott fejel azt mondták, cézárom belátjuk nagy hibát követünk el, mert mi nem tudtuk, hogy cézárunk elment a hunok nagy fejedelméhez béke ajánlatot tenni, mert mi nem voltunk romába, senki nem mondta el a béke szerződés kötött, a nagy cézárunk, ha! tudtuk volna a kor nem! támadtuk volna meg a Hunbirodalmat, és a hun asszonyokat nem erőszakoljuk meg és a hun férfiakat a kik ellenéltek, nem öltük volna meg, hogy ha! már harcra szólítottak, a nagy cézárunkat, akkor nincs már te end ö, akkor harcolnunk kell, cézár azt üzente a hun követnek, hogy három nap múlva Catalaunumi síkságon csata lesz. cézár kérdezi a légiós tiszteket hány légiós gyalogos és lovasság sereg van romába? Ászpárius tiszt azt mondta hat légiós katonák van romába. Holnap reggel hadi légiós tanács gyűlés lesz, a hadi fogadó teremébe, cézár mondja a tiszteknek, most elmehetnek, légiós tisztek eltávoztak a cézártól.

NAGY BÚCSUZÁS

Elmúlt három map, másnap reggel a főtéren a hun népe, Etele nagy úr fejedelmét, Etele nagy fejedelem nehezen vált el Ari kan feleségétől, átkarolta Ari kan, és azt mondta hogy nem sokára itt, leszek melletted kedvesem. Ari kan azt mondja Etelének, ne meny el! kedvesem, mert nem látlak soha többé édesem, össze vissza csókolta Etele urát, bejöttek az apjukhoz gyerekei és azt mondták apjuknak, mi is akarunk menni! a csatába veled. Apukám már mindent! megtanultunk harcolni, kérlek vigyél minket magaddal, Etele nagy fejedelem, na akkor csak! úgy jöhetek velem a csatába, ha! az oldalamon lesztek. Ari kan mondja kedves férjének, kérlek ne Vid el! a fiaimat a csatába. félek hogy bajuk lesznek a csatába, és én nem látom soha többé, csak halott testüket, sírva kérlelte Etelét kedves urát, ne vidd el! őket! Etele nem tudom hogy mit tejek most. Ari kan ne hagyd hogy a fiaid a mit mondanak, úgy legyen a mit mondanak, Etele azt mondta a feleségének hogy már megígértem, gyermekeimnek hogy ha lesz még csata, a kor elviszem őket csatába, már nem szegem meg, amit meg ígértem gyermekeimnek, Etele nagyfejedelem, most már menünk kell, Etele elbúcsúzót Eri kan, feleségétől, nagyon sírt, kiléptek a szobából és elhagyják a fa várat és Sicambria városét és egyenesen a fő térre mentek.

A HUNOK NAGY URA CSATÁBA INDUL

Etele hun nagyfejedelem gyermekeivel a fő térre ment, a hun nép aggodva várták a nagy urukat, fel ált az emelvényre, a hun nép várta a nagy urát beszédét. Hun népeim ! el kel manünk egy csatát meg kell nyernünk, mert a nyugat romaiak be törtek, nyugati hun birodalmába. és megszegték a vérszerződést a mit kötőt a nyugat romai cézár a hunok urával. Ezért csatába hívtam a nyugat romai cézárt, hunok nagyfejedelme, kiabálták a hun népe, szerencsés jó csatát!, a hunok nagy urának. Hunok nagy ura elindult a hun sereg csatába.

CATALAUNUMI CSATA FELZÁRKÓZÁSRA

Hunok nagy ura készen állt a gyalogos és lovassága és a szövetséges serege, csatába nyugat romai ellen. A hunok nagy ura készen álltak a támadásra, azt vette észre hogy, nem volt ót a nyugat romai sereg, késet a nyugat romai sereg, cézár helyet Komodus irányit ja és vezeti le a csatát a légiós romai sereget Catalaunumi csatát, a csata helye síkságon van.

204

CATALAUNUMI CSATA

Nyugat romai sereg és a hun sereg gyalogosai szembe álltak és várták a kört szó támadását. kürt szóra kezdték meg a gyalogos nyugat romaiak támadást a hunok ellen, nyomultak előre, hunok nagy ura gyalogos seregei álltak a nyugat romai gyalogos sereg ellen. Mind ketten egymás támadásba lendültek, utána a nagy vezérek gyalogos seregei pajzs, ütöketésel harci kiabálással megindultak a nyugat romai gyalogos sereg ellen a csatába, a csata téren egy mást nyomták pajzsukkal, és kardal kardoztak, lándzsával szurkálták egy mást, a csata téren nagy vezérek kiáltással, gyalogos sereg több féle váltak, és úgy támadtak gyalogos romai gyalogos sereg ellen. Nagy vezérek gyalogosai sereg taktikát váltottak a harc téren, nyugatromai gyalogosai ellen, a romai gyalogossereg nem tudták hirtelen hogy honén támadnak a nagy vezérek gyalogosai. Hirtelen több helyről támadnak a romai gyalogos sereg ellen, mire felzároztak harcra addigra a nagy vezérek gyalogosai, romai gyalogos sereget lemészárolták. Romaiak kapitánya harci kürt szóra romai lovasságot vetettek be, nagy vezérek gyalogosai ellen, ifjabbik Márciánus Aurélius Aentinius gyalogos sereg is be indult a csata téri harcra. Hunok nagy ura a hun lovasságot és a szövetségi lovaságát harci kürt szóra támadásba lendültek a csata téren négy felé vált, a szövetségi lovasság, a csatatéren, ezzel elcsalták a romai légiós lovasságát, mind ha úgy csinálták volna hogy megfutamodtak a légiós lovasság sereg ellen. romai légiós lovasság utánuk eredtek, de nem számítottak erre hogy a hun lovasság és szövetségi lovasság, harci lovas taktikát használtak, romai légiós lovasságra ellen. egy tisztásra csalták a légiós lovasságot, a hun lovasság és a szövetségi lovasság, a hun ló vak előre vágtáztak, a hun lovasok előre ülve, megfordulva kezükbe több nyíl veszsző, egy más után kilő vésel lőtték ki a nyílveszőket a légiós lovasságra, nem tudták pajzsukkal védekezni hirtelen támadásra, több nyíl kilövésre, a hun lovasság és a lovassági szövetség a nyugat romaiak ellen. A ki tudót elmenekült a harc térről, Valentinius cézár légiós serege elveszette, a Catalaunumi csatát, nyugat romai cézár, a harmadik légiós serege lovasság és tisztjei megmaradtak. Este bevonultak romába vesztesként, cézár irt Emánuel testvérének, hogy jöjjön nyugat romába megvédeni romát és polgárait. Hunok nagy fejedelme megint nagy győzelmet aratott nyugat roma felet. Hun lovasság és szövetségei éljenezték a hunok nagy urát.

GYŐZELEM A CATALAUNUMI CSATA UTÁN

Catalaunumi csata után hunok nagy fejedelem közép föld Hunnia birodalmába Sicambria város fő terén, hun lovasság és szövetségesei érkeztek. Hun nép nagyon várták hunok nagy urát érkezését. A hun hírnők kiabálva mondta el, hogy itt van urunk nagyfejedelme éljenzésbe üdvözölték a hun nép, hunok nagyfejedelmét a fő téren. Hun nép néma csendbe várták a hunok nagy urát beszédét. szolgák kihozták a hun birodalmi kettő hun trón széket, Hunok nagy urának. A nagyfejedelem né felment az emelvényre, a hun népe megláták a hunok nagyfejedelem né t csendbe az emelvényen meghajolva letérdepeltek előtte. Etele férje, hunok nagy ura, megérkezet a fő tere. Látta hogy Ari kan felesége, ót volt az emelvényen, a hun trón székbe, ülve várta a hitves urát. a hun népe még mindig letérdepelve voltak a fő térem. A nagy úr le szállt a lováról, és felment az emelvényre, oda ment Ari kan felesége közé, és leült a birodalmi trón székbe, a hun nép még mindig csendbe voltak a fő téren. Várták hogy a hunok nagy ura, intésével fel ál hassanak. A hunok nagy ura, fel ált a trón székből, kitárt karra, hun népe csendbe fel ált a, hun népe kiáltozva éljenezték hunok nagy urát, a hun népe öröm ujjongással tört ki a főtéren, énekelték a hun himnuszt és a hun indulót. éljenezték a nagy úr Catalaunumi győzelmet.

HUNOK NAGY URA ESTI BESZÉDE
A HUN NÉPHEZ

Végetért az esti üdvözlés a fő téren, hunok nagy ura esti
beszédet mond a hun népének, a hun nép lelkesen hall-
gatta nagy úr beszédét, a mit mondana a hun népnek. Ari
kan még egyszer kiment a fő térre és felment az emel-
vényre, a férje urát ott látta, beszédet mondót a Catala-
unumi csatáról. Legyőztük a nagy hatalmú nyugat romai
légiós seregét, megbosszultuk a hun lovassági serege és
a szövetségeimmel. A hun nép serelmét, a mi történt!
nincs kegyelem! senkinek nem kegyelmezünk! a ki hun
népre tör! az meg semmisül, a kár ki legyen! más nép
csoportok a csatára felkészülünk, nagyobb csatára, ha
kell még egyszer megtámadjuk, a nyugat romát elfoglal-
juk és más nép csoportot hadba szoliasuk őket, elfoglal-
juk! a föld területeiket, a hun birodalomba tesszük. Ez-
zel növeljük a hun birodalmat, mi leszünk a villák nagy
ura!, és a hun népe egész föld kerekségbe!, hun lovas-
ság és szövetségeseink legyőzhetetlen csatába!, Hunok
nagy ura, hiszen, hiszen ezért jöttünk ide! szittya közép
föld hunimba, hogy közel legyünk nyugat romába, és el-
foglaljuk nyugat romát, és végleg városait, és hun biro-
dalmába tesszük. Hun nép éljenezték hunok nagy urát
és fejedelmét. Ezzel vége lett a nagyfejedelmi beszéde.
Ari kan ott volt a férje Etele beszédjén, Etele már látta
feleségét a főtéren, gyerekeivel odamentek hozzá. Ari
kan nagyon örült, amikor meg látta gyermekei épségbe

megjött apjuk oldalán, nagyon meg őrült, sírva átkarolta és megcsókolta egyenként őket. Etele mondta Ari kannak, hogy megmondtam neked! hogy épségbe haza hozom éket, nagy öröm találkozásnak mond ja! Etele Ari kannak hogy menjünk haza.

A NAGY ÚR VADÁSZNI MEGY
A GYERMEKEIVEL

Másnap reggel Etele nagy úr vadászni indul gyermeke-
ivel az erdővel Elák és Ernák Csingizgi, Ceba negyedik
fiú nem ment vadász ni, ezért hárman mentek vadászni
az erdőbe apjukkal, fiuk szét széletek, Csaba az apjával
volt, Elák nagy zajt csapot az erdőbe, vadak behajtására
területére irányította, nagy vadak riadtan futottak a cél-
pont felé, lövésére, egy kan bika bukkan elő a bokorból,
riadtan támadót feléjük. Etele nagy fejedelem mérgezet
nyílveszővel lőtte ki a vadkanra, megtorpant és össze
eset Elák Ernák és Cseba megijedtek a látványtól, az ap-
juk gyors nyíl kilövésének leterítette a vad kant. Etele,
nagy fejedelem, így szolt! nagy fiaikhoz, hát így kell! le-
lőni egy vad kant, vagy a csatába az ellenségre gyors nyíl
kilövés egymás után, bármilyen állatott lehet kilőni, a
csatába az ellenségre is. Jött megint egy szarvas, Elák
idősebbik fiú, gyors nyíl kilövése sikerült leteríteni egy
szarvast. apjuk és többi fiúk ujjongva fogadták idősseb-
bik fiút Elákot szarvas gyors kilövés elejtését, fogták a
vadkant haza felé indultak.

EBÉD NAGY A NAGYFEJEDELEMNÉL

Az erdőbe haza érkeztek nagy zsákmány nyal Sicambria városába, Etele hunok nagyfejedelem fa várába érkeztek. Ari kan nagyoz nézet hogy az idősebbik fia Elák lőtte ki szarvast. Etele utasítására a szolgáknak elvitték a vadkan t és a ki lőtt szarvast, a szolga férfiak meg nyúzták a kilőtt álatokat. A szolga asszonyok sütésre tették a megnyúzót álatokat, később szóltak a szolga asszonyok hogy kész van az ebéd, Elákot megdicsérte Ari kan anya fiát, hogy ilyen ügyes fiam van. Ebédhez ültek Etele családja, szolgák kihózták a sült vadkant és a szarvast, ebédnél ott volt az egyik Bendegúz fejedelem egyűt ettek Etele családjával. Ebéd után egy férfi szolga bort hózott Etele nagy úr asztalához, fiai elköszöntek eltávoztak szüleitől, csak Bendegúz fejedelem marat ót, ö is eltávozót a nagy úrtól. már csak ketten maradtak az asztalnál Etele és Ari kan, Etele mondja Ari kan a feleségének hogy már késő van! ideje lefeküdni kedves feleségem. Átkarolva egymást és lefekvésnek mentek.

NYUGAT RÓMA,
VISSZATÉRÉS NYUGAT RÓMÁBA

Comodus visszatért légiós seregével Nyugat Rómába, Valentinius össze hívta a romai szenátorokat a parlamentbe, cézár mondja azért hívtam össze a hadi gyűlést! elvesztettük Catalaunumi csatát. Comodus helyettem bíztam hogy ő vezesse a csatát, mert nem tudtam! ót leni a csatába, Comodus elmondása szerint, a csata, váratlanul támadtak a romai légiós katonákra, a hun sereg. Azt látta a csatát, a hun lovasok, és más lovassági seregek, a hun gyalogos sereg, többen voltak a csata téren, emiatt nem számított romai légiós sereg kapitányai, a hunoknak nagyon jó csata szervezése volt a csata téren. Légiós sereget váratlanul támadták minden felöl, Comodus jó magam néztem a hunok támadásaikat a hunoknak, a romai légiós tisztek nem győztek változtatni a csata rendet. hunok mindig a csatatér más hogy támadtak. a légiós gyalogos romai seregre, a hun gyalogos sereg kezdték támadni, a romai gyalogos légiós sereget, csak, elterelő harc volt a hunoknál. Be avatkoztak egy másik gyalogos sereg, de ők ketté váltak a csata téren, mindenűt támadásba lendültek a hun lovasság, és a többi lovassággal el csalták a romai lovasságot a csata térről, utána eltűntek, a légiós lovasság, csak azt vetem észre hogy a romai lovasságból senki nem jött viszsza! a csata tértől mindenki meghalt, Valentinius cézár mondja a szenátoroknak hogy, romai légiós tisztek által megszegték a vérszerződést, ezért csatáztunk de vesztetünk!ezért mi vagyunk a hibásak. Ezért ellenségek lettünk a hunoknál, Ojdipus szenátor kérdezte cézártól, akkor ki volt a légiós fő parancsnok? cézár mondja Ojdipus. Antonius légiós parancsnokot bíztam meg a légiós hadseregének irányítását, a csatába Lufulus romai szenátor által volt a hun vérszerződés megszegése, ö okozta a csatát Lufulus szenátor Ojdipus kérdezte, akkor mos mi lesz cézárom? Valentinius cézár azt mondja a romai szenátusnak hogy, a fő parancsnokot had biroksághoz vitetem, ezzel vége lett szenátusi tárgyalásnak,

NYUGAT RÓMA, A RÓMAI BIRODALOM ÖSSZES HELYTARTÓJA ÉS TISZTJE CÉZÁRNÁL

Róma hírnöke hírt hozott a cézárhoz, meghajolt és azt mondta hogy, minden tartományból helytartók és minden tisztek, romába vannak, üzent a cézár ahogyan kérette őket. cézár mondja! mindenki itt van ! cézár mondja, azért kéretem, mert roma veszélybe van, Tipikus helytartó, kérdezte. Kik azok! akik! veszélyt hoznának romának, Valentinius cézár, hát nem tudjátok! a hun lovas sereg és szövetségesei annak nagyfejedelme Etele meg akarja támadni romát, és elfoglalni, Terenius és a többi helytartó, mi nem tudjuk, a hunok nagyfejedelmével megromlót a hun kapcsolat. és a hun vérszerződés romával, senki nem közölte velünk, hogy veszélybe van roma. Cézár már hadba alt a hunokkal, de vereséget szenvedünk roma légiós serege, hat légiós seregből már három légiós sereg maradt meg, mert megsémisítették a többi légiós lovassági sereget, ezáltal üzentem minden roma birodalmi tartomány helytartójának. hogy roma veszélybe van megvédésért. üzenem minden helytartónak!, hogy jöjjenek romába!, roma népét védjék meg!, legfontosabb mindenkinek, mert ha roma elbukik! a kor roma birodalma is elbukik

NYUGAT RÓMA, RÓMAI HELYTARTÓK

Sorakoznak a cézárnál a helytartók, cézárnak bemutat-
koznak Glevédius nyolcadik roma helytartója vagyok, el-
hoztam a légiós hadsereget, hogy roma népét és romát,
megvédjem, cézár, mondja mi nap össze hívom a hadi ta-
nácsot, ez lesz a haditanács megbeszélése, hogyan tud-
nánk megalítani hunok nagyfejedelmét roma elfoglalása.
Kleptus helytartó, cézárom! halottam hogy valaki van a
börtönbe, van! Glabius volt a harmadik helytartó Klep-
titus mondja cézárnak, van egy jó ötletem, cézár akkor
hajúk az ötletet. küldjük a hun táborba álruhába Clabius.
és szerezzen információt a hun hadi tanácstól a beszél-
getésükről, cézár kérdezi ez jó ötlet? igen! Cézár kérde-
zi beválik, ? Kleptitus mondja cézárnak, mért ne válna
be. Ha beválna akkor megtudjuk hogy mire készülnek a
hunok, cézár mondja Kleotitus akkor úgy fog felkészül-
ni a romai légiós serege, ha újból! megtámadják a hunok
romát. Cézár elfogadom a hadi ötletét KLEPTINUSNAK,
cézár kiadta a parancsot az öröknek hogy hozzátok Cla-
bius a börtönből.

232

NYUGAT RÓMA, VALENTINIUS CÉZÁR ÖSSZEHÍVTA A HADITANÁCSOT

Valentinius cézár összehívta a haditanácsot, és légiós sereg tiszteket a hunok ellen. Cézár mondja a tiszteknek, haditervet kell készíteni a hun sereg ellen. Reténus légiós tiszt mondja a cézárnak, csapdát kel alítania hun sereg ellen, ha ketté! választjuk, a hun sereget. Ezzel csapdába csaljuk a hun sereget, innen! nem! tudnak kijönni, romából a hun sereg, mert a légiós sereg el álja útját, menekülésbe közbe Etelét és a hun seregét, könnyedén eltudjuk fogni, mert körbe zárjuk útjukat, mindenűt romai légiós katonák lesznek, túl erőbe leszünk. Így eltudjuk fogni hunok nagyfejedelmét Etelét és a hun seregét, a szövetségeseit rá vesszük, hogy tegyék Le a fegyvert, mert a nem a kor megöljük, a nagyfejedelmét. Mi kényszerítsük megadásra a szövetségi hun lovasokat, és a ázsiai szövetségeseket megadásra. így megmenekül roma és népe, a hunok nagyfejedelmétől, így roma újból erős lesz. Valentinius cézár kiadta a parancsot hogy erősítsék meg romát, romai haditanács beszélgetésének vége tért,

CLAUDIUS A HUNOK TÁBORÁBAN

VALENTINIUS cézár szolt az öröknek hozzátok elém Claudius a börtönből, igen cézárom! örök elmentek a börtönbe ki hozták a Claudius, a cézár elé alították. Hun örök mondják cézárnak felhoztuk Cladiust a börtönből!, cézár mondja kéretem!, Claudius bement a cézárhoz ű d! a cézár előtt, cézár mondja Claudiusnak hogy van egy lehetőséged, jóvá teheted, Claudius mondja cézárom! mi az! a mit kell tennem? meny! öltözz át! hun ruhába! holnap hunruhába mész a hun táborba, van egy gazdag romai család, a neve Seuzo, keresed fel őket, mert ők tudják, hol van Etele fa vára. Mert ők tudnak segíteni neked, hogy bejussál fa várba, Etele hunok nagyfejedelméhez. Ma este lovas katonákkal Hunnia hunok birodalmába mész, hunok északi részére meny, ott látták ott lakik a S e u z o család. Ma este katonákkal ki lovagolsz, Hunniába, Claudius és a katonákkal elhagyták romát.

CLAUDIUS HUNNIA HUN BIRODALOM

Claudius néhány nap múlva Hunniába érkeztek, kérdezősködtek az ottani polgárokat hogy hol lakik a, Seuzo család, polgárok mondták hogy ismerjük a Seuzo családot északi részen lakik. Claudius katonával elindult észak Hunniába, már este volt amikor oda érkeztek, a hun fő téren a hun polgár ált, Claudius oda ment hozzá, és megkérdezte hun fi utol, hogy meg tudná mondani hogy hol lakik Seuzo család. Egy romai lakos befogadták Claudius éjszakára, a katonáknak sikerült szálást találni, az éjszakára, a romai család kérdezte hogy van! Claudius elmondta hogy romából jöttem. Valentinius cézár parancsára küldetésbe vagyok itt. Eternikus kérdezte hogy milyen küldetésbe jöttek? Claudius mondja ezt nem! mondhatom el, mert hadi titok, Eternikus családja mondja van még egy fogadó szoba, ott meg alhat, Másnap reggel felkelt Claudius, a romai család reggelivel megterítették az asztalon Eternikus felesége Gritis, mondta nem jönnek asztalhoz enni, üljenek le! friss tej és sütemény volt az asztalon, Eternikus kérésére elfogadták reggelit Claudius, ettek ittak utána elköszöntek és elhagyták Eternikus családját. Tovább mentek addig ameddig, rá találtak Zeuso családra, Claudius be kopogót az ajtón, ki jött egy férfi és kérdezte hogy kit keresnek. Claudius, Zeuso családot keresem? épen jó helyen jár, mert én vagyok! Zeuzo, Claidius romából jöttem kiköltetésbe, Valentinius cézár parancsára, Zeuso kérdezte milyen küldetésbe jötte ide? egy nagyon fontos küldetésbe vagyok itt. cézár parancsára, Zeuso mondja hátha tudok segíteni, Claudius elmondja amit a cézár parancsára jöttem, cézár engemet bízót meg hogy halkasam ki, a hunok hadi tanácskozás, mert harcra készülnek a hunok nagyfejedelme. roma elfoglalására, Zeuso mondja most már értem, segítek Sicambriába menni, a fa várába bejutni, roma megakadályozásában hogy ne foglalják el romát a hunok, csak este van hadi tanács beszélés, a hunok nagy uránál, Claudiu kérdezi hogy jutok a hunok nagyfejedelem közelébe? Zeuso még nem voltam a hunok nagyfejedelem közelébe.

HUNOK HADITANÁCSÁNAK LEHALLGATÁSA

Cladius és Zeuso katona kísérőkkel elmentek a hun várba körül. hun örök, őrizték a várat, hogy ne menjenek be senki a várba, hun fejedelmek jöttek és a ázsiai hun fejedelmek, és a hun barát, hunok nagyfejedelem fogadta őket a hadi tárgyaló szobába. Claudius nem is tudta hogy más szövetségek vannak hunok nagyfejedelem, né ha jó látom, egy nyugat romai légiós kapitánya is velük van. Flavius Aetinius, ez mit keres itt a hunoknál! Claudius Zeusonak mondja, ez egy áruló! mert elárulta cézárt. és nyugat roma hazáját, Cladius mondja ne foglalkozunk vele most! a cézárnak a parancsát kell végre hajtani, most azért vagyunk itt! hogy bejussunk a várba hogy megtudjuk a hunok hadi tervét. Majd rá érünk vele foglalkozni, ha a csata téren legyőzők a hunokat, és elkapjuk Flavius Aentinius árulót, Cladius figyelte hogy van e még váron kívül valaki, aki most jönne a hadi tanácsra. Utolsó ember meg érkezet a haditanácsra, és bement a tárgyaló szobába. Az ajtó nem csukódót be, Cladius az ajtón felmentek a löncsön, oda mentek, a hunok hadi szobájába, hangok halat szót, félig nyitva volt az ajtó, valaki jött fel a lépcsőn meg zavarták, CLadius és Zeuzo hogy hallgatóznak amit beszélnek. a hadi szobából, valaki rájuk kiabált Cladius és Zeuzo egyenest a lépcsőn lerohantak, és ki mentek a várból és elfutottak. Hun emberek kiabáltak hogy fogjátok el őket, le ált a hadi tárgyalás, mindenki ki ment a hadi tanács szobából. Hunok nagy ura vissza terelte a fejedelmeket és szövetségeseit a hadi tárgyaló szobába. A hun örök jelentették a hunok nagy urának!, valaki halgazozót!, Hunok nagy ura, ki ment a hadi szobából, de nem látott senkit a ki hallgatózna, vissza ment a hadi tárgyaló szobába.

GERTID HUN HADITANÁCS MEGMENTÉSE

Hun őr, nagy uram! elfogtuk egy embert, nagy úr elé vezeték és meghajolt nagy úr ellőt, nagy uram! nem tetem semmi bajt mondja ! hunok nagy ura mondja, áj fel! jöjj hozam! mi a neved! Gertid a nevem! nagy uram! te jöttél fel a lépcsőn? igen! nagy uram! de mivel, megzavartad az idegenek lehalhatását ! te menteted ment a hadi tanácsot, hogy ne hallgassák le a hadi beszélgetéseket, de mivel megzavartad, a mikor jöttél fel a lépcsőn, te kiabáltál fele, így megmenteted a hadi tanács beszélgetéseit. Így nem tudót meg semmit a hadi beszédből, ezért jutalom jár neked, adjanak élelmiszert neki, lehet hogy éhes, Gertid, ó ! nagy uram köszönöm! hunok nagy ura kérdezi hogy nem akarsz nálam szolgálni? Gertid mondja a nagy úrnak. de akarnék szolgálni, a nagy úrnak kérdezi hogy tudsz lovagolni? igen tudok! lovagolni nagy uram, íjjal nyilazni tudsz e, igen tudok! nagy uram, akkor felveszlek a hun lovasság seregébe. Gertid köszönöm nagy uram jóságodért. csillag istenek csoda szervas védjem meg nagy uram, Ezzel vége eltávozót a hunok nagy urától.

CLADIUS KATONA RÓMÁBAN

Claudius katona kíséretével pár napi lovaglással után roma fővárosba volt, roma cézárhoz sietve ment. a romai őr bejelentette Claudius cézárnak, hogy a hun táborból jött a nagy cézára akar beszélni. Cézár mondja hogy fogadom a Claudius, Claudius belépet a cézárhoz meghajolt, cézár kérdezi hogy jó szerencséd volt a hunok táborába? nem mert! valaki jött fel a lépcsőn, és megzavart minket, hogy hogy! hát nem egyedül volt! a hunok nagy ura váránál! Zeus volt velem, mert ö mutatta meg, hogy hol van a fa vár, nem tudtam lehalhatni a hunok hadi tevét, mert valaki megzavart minket, ránk szolt hogy mit keresünk itt. sarkon fordultunk, nagy lépte kel elindultunk lépcső felé, a hun férfi mondta hogy álljanak meg! de mi a lépcsőn leszaladtunk, a vár udvarán szaladtunk a lovúnk hóz. Gyorsan felültünk a lovainkra, és gyors vágtával el lovagöltünk a hunok főteréről, a hun őrség kiáltott hogy áj, hiába jöttek a hun katonák, mi már meszsze jártunk. Claudius, hát így történt cézárom, cézárnak mondja Claudius, akkor nekünk kell, megvédenünk romát, hunok támadásain ellen, cézár mondja hogy, akkor hívom minden tartományból légiós helytartókat Claudius eltávozót cézártól.

NAGY FEJEDELEMNÉ ARI KAN BETEGSÉGE

Etele nagy fejedelem feleségéhez ment a szobájába, ót
látta feleségét Ari kan az ágy mellet feküt eszméletlenül, kiabálva rohant oda hozzá. Felkapta Ari kan feleségét, Etele mondja drágám! néz rám édesem! és átkarolta és megcsókolta Ari kan. Halas engem! ébred fel!
a hun örök oda mentek a nagy úr hóz, Etele kiáltozva!
hun öröknek hogy menjenek! az orvos hoz. hozzátok ide
gyorsan! mert a fejedelem né rosszul van! Etele fiai jöttek a hír hala tára, meglátták apjuk karjaiba anyukat,
oda mentek hozzá, látták hogy nem lélegzik, fiai rá borultak és sírva zokogva mondták hogy drága anyukám
nem meny el!, Etele férje is sírni kezdet. Fiai megsimogatták és csókolgatták anyukat, mondják hogy ne hagy
el minket, Etele nagyfejedelem sírva zokogva. Ari kan
mozdulatlanul feküdt az ágyon. Még meg nem jött Kerenit hun sámán orvos, mondták a cseléd hun asszonyok
hogy úrnőjük elájult. a szobába nagyfejedelem né, és a
fiai a szobába vannak, elővetek egy acél kést, és a szájához tette hogy lélegzik e vagy már meghalt, a késlehelete ki mutatta a leheletét, hogy nem halt meg. Mert a tükör kés kimutatta hogy megváltozót a tükör kés színe.
Így csak elájult, mondta Kerenit sámán hun orvos, Etele
nagyfejedelem fia meg nyugodtak, nem halt meg az Etele felesége Ari kan anyuk. Alove lehántott kaktusz levét,
ezzel itatta meg Ari kan hunok nagyfejedelmét, Kernit

sámán orvos azt mondta Etelének ami még marat Ali-
ve ital, azt majd később kell meginnia a nagyfejedelem
ménnek, még feküdnie kell, addig ameddig meg nem erő-
södik a nagyfejedelemné ezzel meg fog gyógyulni mond-
ja. Kerenit orvos Vége tért a vizsgálata és a beszélgetése,
utána elhagyta a nagy fejedelemét.

ARI KAN NAGY FEJEDELEMNÉ ÜDVÖZLÉSE

Etele nagyfejedelem minden távoli nagy követeket le-
mondtak, mert Ari kan felesége beteg ágyánál van, a sá-
mán orvosok utasítására Alove kaktusz növénynek leve-
léből itatták Etele feleségét. Nem is engedte más ápolják
a feleségét. Ari kan pár napra. egyre jobban lett.

Nagyon
örült Etele nagyfejedelem fiai is megjelentek anyuknál,
meglátogatták hogy jobban van anyuk, oda mennek és
át ölelték anyukat és megpuszilták édes anyukat. Ari
kan nagyfejedelem né beteg ágyánál, Etele férje és fia
mindenki örült hogy jobban van, a fő téren. Hu nép na-
gyon nyugtalan voltak, a nagyfejedelem né betegeske-
dése, hun örök kijöttek a várból, és a azt mondták hogy
a nagyfejedelem né, már jobban van. Hun nép nagy ör-
vendezve éljenezték a hun nagyfejedelem né hogy job-
ban van, nagy örömmel lett a hun népe, egy hét eltelt
téve, már jobban lett és felöltözve kiment Etele férjével
a fő térre, a hun nép meglátta a nagyfejedelem né, min-
denki kiabálva éljenezték a hunok nagy úrnőjüket. Etele
és Ari kan az emelvényre felmentek, hun örök kihozták
a hun trón széket, fa vára előtt az emelvényre vitték és
letették, a hunok nagy ura elé. Etele és felesége Ari kan
hunok nagy úrnője leültek a hun birodalmi trón szék-
be. Hun népe letérdepelt és a kezüket előre tették, a fő
téren, Etele és Ari kan hunok nagyura és úrnője előtt,
egy kis időre csen lett a fő téren, Etele nagy úr, fel ált a

trón székből, ki tárt karral fel ált a hun népe, és népéhez szolt, köszönöm nektek hogy ennyire aggódtok, a nagy úrnő égésségi állapotára, úrnő nagyon köszöni nektek hogy nagyok aggódtatok értem, a mikor beteg voltam. Beszéd után éljenezték újból hunok nagy urát és úrnőjét, a hun népe, legvégén elénekelték a hun himnuszt és az hun indul ott, Etele hunok nagy ura és felesége Ari kan hunok nagy úrnőjét, vége tért az hun népe üdvözlése a hun fő téren. Hunok nagy ura és hunok úrnője lementek az emelvényről, és a fejedelmi jurta sátrába mentek,

240

ARI KAN NAGY BETEGSÉGBŐL VISSZATÉRT A CSALÁDJÁHOZ

Etele hunok nagy ura mondta a feleségének Ari kannak, nagyon örülök hogy vissza tértél hozzánk. Fiaink nagyon örülnének anyuk felépülésének, még nincsenek itt! de! majd ide jönnek, az első nagy fiú Elák jött az anyuk hoz látogatni, Elák meglátta az anyát, oda ment hozzá és át ölelte örömébe, így szolt hozzá, drága édes anyám, hát meggyógyultál! Ari kan mondja igen édes fiam! meggyógyultam! Ari kan odament fiához és át karolta és megcsókolta fiát, később többi fiai meglátogatták, mindegyik oda ment hozzá átölelték és megcsókolták anyukat, örömükbe el eret a könyv csepp az arcukon, mikor meglátták anyukat. így szólt hozzá! édes anyák alig vártunk hogy vissza tért hozzánk, még egyszer átölelték és megcsókolták anyukat. Ari kan átölelte fiukat és azt mondta édes fiaim! már jobban vagyok Etele nagy úr bejött a feleségéhez a szobájába és látta hogy, még jobban van felesége Ari kan, fiai körbe állták édes anyukat, nagy örömet lett Etele nagy úr családjánál, Etele és fiai kivitték a szobából anyukat a fő térre levegőzni, üdvözölték és éljenezték hun népe nagyfejedelmét és a hunok nagy úrnőjét.

VALENTINIUS VISSZAVÁG ETELE NAGYFEJEDELMÉNEK

Valentinius néhány éve csatáztak romai légiós sereg a hunok ellen, elvesztették Catalaunumi csatát, cézár romai légiós sereg fel erősödőt, ezért vissza akar vágni csata veresége vége ellen, csatára szólította Etele hunok nagyfejedelmét.

ETELE HADITANÁCS

Etele nagyfejedelem újból össze hívta a hun hadi tanácsot, elmondja a hun tanácsnak, újból csatázni kell nyugat romával, újból megtámadjuk nyugat roma összes tartományát és városait. A hadi tanács támogatja a hunok nagy urát, újból csatázunk nyugat roma ellen, ifjabbik Bendegúz hunok nagy urának mondja, este elhagyjuk Hunniát, és nyugat romába megyünk, a hun lovas hadsereg és a szövetségeseik gyalogosai és lovassága seregei, este kell menni a nyugat roma városába. Akkor lecsendesedik roma városai, nincs a ki ébren lenne, akkor kell támadni, és elfoglalni roma városait. Így tudnánk győzni roma felet, és nem kell ugyan azt a csatát megvívni, a mi eddig volt a csata téren. A cézár megadja magát csata nélkül, és a légiós tisztek is, és a légiós gyalogság, és a lovassága együt. Etele hunok nagyfejedelme, szövetségi húsz gyalogos katonát küld késő este portyázásra a városokba, hogy megtudjuk hogy hányad vannak Örségbe a városokba. A város Örségét megkel ölni, utána kinyissátok a város nagy kapuját, és jeleztek hogy tiszta, belehet menni a városokba, ha netán tán romai katonákkal ütközünk, jelzünk hogy, katapultokkal. a városokat kezdjétek lőni. addig kell jönni ameddig a városok vallóit őszenem omlik., Ez volt a hadi tanács. holnap reggel készüljenek a katapulttal lőni a város falait. utána ostromolni a városok falait szétkell lőni. holnap korra reggel készüljenek a harcra, mert egyenest a ellenég torkába megyünk, mindenki a fő térre legyen itt, hun hadi tanácsnak vége, mindenki elment a hunok nagy urától.

243

SZKÍTA KERESZTÉNY SÁMÁN PAPOK
A NAGYFEJEDELEMNÉL

Szkíta keresztény sámán papok a hunok nagy uránál, Etele nagy úr mondta a keresztény sámán papoknak, most utoljára indul csatába, szeretném tudni! hogy a nyugat roma csata győzelem lesz! vagy vereség! Skándá keresztény sámán fő pap elővet egy érmét és feldobta, és ahogyan le eset a érme, a nagyfejedelem önarcképét mutatta. Így eldőlt hogy szerencsés csata lesz a hunok nagy_ fejedelmének a romaiak ellen. A csillag istenei, és szent csoda szarvas csillag jelképében mutatkozva hogy nagy győzelem lesz a romai csata. így a szkíta keresztény sámán fő pap jóslata szerencsés csata a nyugat romaiak ellen győzelem lesz a csata téren. Etele nagyfejedelem nagyon örvendezve, Skándá szkíta keresztény sámán főpap jóslatának. Etele hunok nagy fejedelme, a hunok nagy ura.

BÚCSÚ A NAGYFEJEDELEMNÉTŐL

Etele nagyfejedelem harci tanács után, feleségéhez ment, a szobájába, Etele feleségének mondja, drága Ari kan újból csatázni megyek a nyugat romaiak ellen, nyugat romai cézár hadat üzent nekem holnap reggel indulok a csatába, a seregemmel és szövetségeseim mell. A szkíta keresztény sámán fő paptól ki kértem a jóslását, hogy győzelem vagy vereség a csatába, de a jóslás azt mutatta hogy szerencsét csatát mutatót, de a csillag istene csoda szarvas csillag jelképében szerencsét mutatót a csatáról, nagy győzelmet a nyugat romai ellen. Fiai is bejöttek anyuk hóz a szobájába hogy lássák ő tett. Ari kan mondja a férjének és a gyerekeinek, hogy félek hogy nem! jöttök vissza a csatából. és nem! látlak titeket kedveseim, Etele férje azt mondja hogy ne! a gód, vissza jövünk hozzád édesem,.Fiai mondják a szüleinek hogy késő van, megyünk feküdni, holnap ott leszünk a fő téren a hun lovas sereg be, elbúcsúztak a szüleiktől, Etele mondja a feleségének, velem lesznek a fiaim, nem lesznek elöl a csatába, inkább hátul lesznek. Ari kan megnyugodót, amit a férje ura mondót. Egy kisebbik fiú marad Ceba, Etele mondja a kisebbik fiának te! itt marad c!, vigyázol az anyádra, és a hun népre, itt hagyom! neked kétszáz hun lovas katonát és száz gyalogos katonákat. Szitya Hunnia közép föld megvédése, ne hogy más népcsoport megtámadja Hunniát a hun népet, Ceba mondja apjának, nagy uram! apám! nagy megtiszteltetést amit rám bízót, hogy én védjem meg! Szitya közép föld Hunnia, Ceba mondja ha! idegen népcsoport megtámadnák a hu népet, és a hun tábor falfainkat, a kor te fogod megvédeni anyádat, és a hu népet. és a hun birodalmát. Etele hunok nagy fejedelme mondja Cebábak, én ezt várom tőled fiam, !hogy véd meg Hunniát és a hun népet, ezért hagyom rád Szitya közép föld Hunnia védelmét. holnap reggel indulunk nyugat roma lerohanását, Etele nagy úr fia eltávozót szülei szobájából, késő este nagy úr, felesége szobájába ment, oda ment hozzá átkarolta és megcsókolta lefekvés előtt Ari kant feleségét. Etele nagy úr mondja Ari kánt na, gyere feküdjünk le, átkarolta és megcsókolták egymást, és lefeküdtek átkarolva egy kis idő múlva elaludtak.

245

NYUGAT RÓMA ÚJBÓLI CSATÁJA
A HUNOK ELLEN

Kora reggel a fő téren Etele elbúcsúzót Ari kan és legkisebb fiától Ceba tol, a fő téren ott várták a hun lovassági sereg és hun gyalogos sereg, és a szövetségi seregei a fő téren. nem folt kint a hun népe, aki lelkesítette volna hunok nagy ura seregét, hunok nagy ura elindult a seregével, nyugat romába, újból másodszorra Catalumuni les a csata roma egyik birodalmi területén sivatagába. ót várták a nyugat roma Valenzinius cézár légiós seregével a csatába, Hun hadi tanács megbeszélték hogy ki hol fog támadni a csata téren, a megbeszélés alapján, a nyugat roma légiós sereg ellen. A csata téren a Catalumuni sivatagába, a hun sereg felzárkózót a csatára, a romai légiós sereg ellen. romai gyalogos sereg kürt szóra támadást indítót a hunok nagyfejedelem, a hun gyalogosok sereg ellen, a hun gyalogosok támadásba lendültek szintén a romai légiós gyalogosok ellen, a csata kiabálás és zajától pajzs ütöketésel mentek a hun sereg romai légiós gyalogos seregnek, amikor közel voltajk, ketté vált a hun gyalogos sereg, bekerítették a romai légiós gyalogos sereget. A hungyalogos sereg ót ahol kardal vágtak, és lándzsával szúrtak, akit értek megölték a romai gyalogos seregét, pajzzsal lökték a romai légiós gyalogosokat. Romai kürt szó halat szót a táborukba, vissza vonulást jeleztek. A romai gyalogosoknak, már nem sok gyalogos sereg marat, életbe, mert a hun gyalogos sereg akit értek azokat leszúrták és megölték. A romai gyalogosok a fele megölték a csatába. Cézár elveszette a fele gyalogos seregét. Támadási kürt szó halasszó a romai táborba, még egy szer a gyalogos romai sereg támadót a hun gyalogos seregre, de cézár nem számitok a hunok nagy urának, erősítés jött a csata térre, hunok nagy ura bevetette az ázsiai gyalogos sereget a csata térre, még többen voltak a csata téren, csapdába csalták a romai gyalogos sereget. Ere nem számit ott cézár, még többen volta, a hunok nagy ura gyalogos serege, utoljára bevetették ifjabbik Flavius gyalogos seregét, eldőlt másodszorra Catalumuni csata a sivatagba, Bese tudta a cézár bevetni a romai légiós lovasságot, a csatába. Ami magmaradt! gyalogos légiós seregből az elmenekült cézárral, és lovasaival együt romába menekültek. Nem jött meg a segítség, azért vesztet cézár a Catalumuni sivatagba másodszorra csatát nyert hunok nagy ura, a nyugat romaiak ellem, vissza Hunniába.

ROMA MAJDNEM ELVESZETT

Hunok nagyura hun serege és a szövetségei megállnak
haza mentén, mondják a hunok nagy urának. kérdezi
Bendegúz fejedelem, miért megyünk haza? hiszen győz-
tünk! a nyugat rómaiakkal szemben, Catalumuni csatá-
ba. Miért nem rohanjuk le és foglaljuk el romát? a töb-
bi hun fejedelmek és a szövetségiek is mondja, a hunok
nagy urának, mi is est akarjuk hogy roma hun biroda-
lomba legyen. Hunok nagy ura, mondja ha ezt akarjátok!
hunok nagy ura hangos kiáltással, mindenki ezt akarja!
a hun sereg és szövetség egyszerre igen! akarjuk! Bend-
egúz fejedelem mondja a hunok nagy urának, hiszen
azért harcoltunk, több éveken át! hogy roma hun biro-
dalmába legyen. Hunok nagy ura, mondja a többi hun fe-
jedelmeknek és a szövetségeseinknek, hangosan mond-
ja vissza nyugat romába határára!, a hun lovassereg és a
hun fejedelmek lovassága és szövetségeseik vissza for-
dultak lovaikkal, egyenest a nyugat roma felé, gyors ló
ügetéssel, a lovassági sereg, gyalogos sereg romába 451
évében. Valentinius cézár tudomásul jutott, hogy a hun
sereg nem ment ki roma határáról, ott vannak, bármi-
kor betörhetnek romába, a kor nagy bajba lehet a roma
népe. Cézár mondja hírnöknek, kéreti első romai pápát,
a hírnöke elment az első romai pápához, a hírnök be-
ment a Vatikánba és meghajolt, az első roma pápának
közli vele hogy a cézár kéreti eminenciát. A roma első

pápa azt mondja cézár hírnökének, akkor megyünk a cézárhoz! roma hírnöke követe első le ó pápát a cézárhoz, Leó pápa betért a cézárhoz és meghajolt a cézárnak. és azt kérdezi első Leó pápa cézártól? miért kérettél? ó nagy cézárom!, Valentinus cézár igen kérettelek! nagy bajba vagyok! a hunok harcoltunk de nem! nyertünk! a hunok ellen, cézár elmondta az első Leó pápának, hunok gyalogoskatonái többen voltak, mire nem számítottam. a légiós seregnek Clavius kapitány mondta, többen voltak a hunok gyalogos sereg, a hunok harci ereje nagyobb volt mint valaha, más gyalogos hadsereg, támadó légiós gyalogosoknak. így ki éleződőt jobban gyalogos támadó harca, a hunoknál, így beszorították a légiós romai gyalogos sereget, ezért keletet bevetnünk a légiós lovasságot, ö k is bevetették a hun lovasságát, a szövetségi lovasságok közöttük volt egy romai légiós kapitánya annak lovassági serege. így együt támadták a romai lovasságot. Nagyon jó harci taktikával támadót, majd nem az egész romai légiós lovasság hadseregét megsémisítették, a hunok lovassága és a szövetsége. Most vissza jöttek hogy lerohanják és elfoglalják romát, Leó pápa mondja cézárnak, nem rohanják le romát, és nem jönnek be roma elfoglalását, Leó pápa. majd én! elmegyek a hunok táborába, és beszélek a hunok nagyfejedelmével. cézár kíséretet adót Leó pápának, ezzel eltávozott Leó pápa cézártól, néhány lovas légiós katonával, elindult a hunok táborába.

LEÓ PÁPA A HUNOK TÁBORÁBAN

451-ben Leo pápa néhány légiós lovassal elment a hunok táborába, hun örök kiáltoztak hogy egy fura embert jön, és néhány romai légiós lovassággal. Egyenes nagy úr a jurta sátrába ment a Leo pápa, egyenest a hunok nagy urához ment, a jurta sátor előtt állt, a hun őr belépet a nagy úr hóz, mondta hogy egy fura alak van odakint. és várja a nagy urat hogy fogadja. Hunok nagy ura mondta hogy fogadom, a Leo pápa belépet a hunok nagy urához, Leo pápa bemutatkozót, a hunok nagy urának. hunok nagy ura mondja hogy foglaljon helyet, Leo pápa elfoglalta a helyét. Hunok nagy ura elkezdte mondani gyerek korát, amikor kicsi voltam Bledahunok nagyfejedelem, bátyám mondta hogy romába van egy pápa, de nem tudtam hogy romába kereszténység, és félig pogány van romába. Leo pápa mondja a hunok nagy urának, én! ismertem az apádat, Mundzuk vagy Berze Bub, a neve Ruha, Ote, három nagy bátyádat, Mundzuk vagy Berze Bub, a te apád, annak apját Uldin fejedelme. hunok nagy ura kérdezi Leo pápát, hogyan ismerted meg a család fámat? hiszen te ! Leo pápa vagy! igen Leo pápa vagyok! roma pápája, Leo mondja, én félig keresztény vagyok, pogány. a romaiak, és a cézár félig keresztények. én nekik félig keresztény pápa vagyok. Én amikor fiatal voltam, Ázsiába el kellet mennem küldetésbe, ót jártam dél Kínába a hunok királyságba, ott hirdetem kereszténységet hun királyságnak és annak családjának, emlékszem rá ott volt egy ULDIN nevezetes hun ember, három hun gyermekével, a hun királynál ott voltak, ULDIN és a családja, már félig keresztény volt, átvette a kereszténységet, ön apja félig keresztény volt, mond ön hunok nagy ura, gondolom ara hogy cézár lenne és magának kell megvédeni, a romai összes polgárait, ugyan úgy mint a családját a kor mit! szólna, hogy családját megölnék értelmetlenül gondol gózón el, hunok nagyfejedelme, ebben igaza van! holnap vissza vonulok seregemmel, és elhagyjuk nyugat romát. vissza megyek seregemmel Hunniába. Leo romai pápa megköszönte hunok nagy urának, hogy nem vonul be romába. Leo pápa most igazán keresztény módra határozót hunok nagy ura, Leo pápa, ezzel hunok nagyura fejedelemi jurta sátrát elhagyta, kísérő katonákkal elhagyták hunok táborát.

HAZATÉRÉS SZITTYA
KÖZÉP FÖLDI HUNNIÁBA

Hunok nagy ura és a hun lovasság és szövetségeseivel,
késő este megérkeztek a Hunniába, fő térre mentek a
hun fejedelmek seregei és a szövetségesei, mindenki a
saját jurta sátrukba mentek, hun nagy ura és a fiaival
Sicambria a favárba a mentek, Etele és fiai ahogyan be-
léptek a favárba, Etele feleségéhez menta, betért a szo-
bájában, ót látta Ari kan feleségét. Nagy örömmel átka-
rolta és megcsókolta férje urát, azt mondta hogy, nagyon
örülök hogy látlak édes Etelém. azt hitem hogy a csatába
nem térsz hozzám. Fel nőt gyermekem is látom életbe
vannak?, a fenőt fiai oda mentek anyukhoz. egyen ként
átkarolták édes anyukat és megcsókolták, fiai mondják
anyuknak, amit látod életbe vagyunk. Nemsokára meg-
jött a legkisebbik fia Ceba, testvérek egymásnak örül-
tek, Ceba látta a testvérüket hogy életbe maradtak, Ceba
mondta apjának hogy semmi sem történt, a mi óta el-
mentetek és a bátyám ím hol vannak?, nagyon vigyáz-
tam anyámra, fő térre mindig kimentem, nehogy vala-
mi történjen, de kikérdezem az őröket, hogy nem látták
gyanús idegen nép törzs népcsoportot. szerencsére nem
volt se mi olyan, ami katonákat kellet volna mozgósíta-
ni őket, Etele apja megdicsérte Cebát a legkisebbik fiát,
és azt mondta Cebának, nagyon örülök hogy semmi baj
nem történt a hun birodalomba.

ARI KAN ROSSZULLÉTE

Etele nagy úr reggel felébredt az ágyából és a feleségét
nézte hogy mikor kell fel az ágyból, fel ébret és kinyittat
a szemét, látta reggel bejött Polimer társalgó asszonya a
szobába. Ari kan nagyfejedelem né he z, Polimer társal-
gó asszony meghajolt, és jó reggelt kívánt a nagy úrnak
és nagyfejedelemének. Etele mondja, drága Ari kan! örü-
lök hogy jobban vagy, mert nagyon aggódtam érted! mert
azt hitem hogy komoly bajod van, hogy elveszi telek ked-
vesem. Ari kan mondja ne aggódj kedves hát itt vagyok !
még nem haltam meg Etele na! nem! beszély ilyent. ne-
kem, reménykedtem hogy nem! lesz komolyabb baj ve-
led, egy szer csak jöttek Etele fiai meglátták anyukat fiai,
kérdezte jobban van édes anyám? odamentek hozzá és
átölelték és megcsókolták és annyit mondtak, drága édes
anyám örülünk hogy jobban vagy, Elák nagy fia mondta,
édes anyának! ha valami baj van, akkor értesíts minket
és mi jövünk. Ari kan nagy fejedelem né mondja, ó nincs!
semmi baj kedveseim, csak egy kis szédülés volt, ELÁK
és a többi fiuk most mi elmegyünk majd később vissza
jövünk édes anyánk, Etele kérette Polimer felesége tár-
salgó asszonyát, Polimer asszony bejött a nagyfejedelem
kérésére, meghajolta nagy úr előtt, Polimer asszony, igen-
is nagy uram! a nagy úr mondja ha a! feleségem rosszul
lesz! akkor engemet értesítsen a nagy urat, igen nagy
uram, ! értesíteni fogom, Polimer asszony meghajolt és

eltávozót a nagy úr tol. a fejedelem né szobájából. Ete-
le mondja a feleségének akkor megyek! kedvesem akkor
vissza jövök hozzád, és megcsókolta Ari kan, Etele hu-
nok nagy ura eltávozót feleségétől.

A NAGYFEJEDELEMNÉ BETEGSÉGE

Estére megint rosszullett a nagyfejedelemné, Polimer
társalgó asszony meg itatta a love itallal, a mit a sámán
orvos adott, értesítette nagyfejedelmet Etele hunok nagy
urát. Sietve Sicambria a fa várába ment, hogy lása Ari kan
feleségét, belépet a felesége szobájába, látta hogy Ari kan
felesége nagyon rosszul van, polimer asszony mondta a
nagy úrnak, hogy megitatta, amit a sámán doktor ké-
szítet a lóvé itallal, Etele kihívta a hun sámán doktort.
A doktor bejött Ari kan nagyfejedelem né szobájába, és
meghajolt a nagy úr előtt, hogy megvizsgálja Ari kant,
nagyfejedelme feleségét. mert nagyon rosszul van, sámán
doktor rossz hírt közölt a nagy urának, már nem lehet
megmenteni nagy úrnőt. Nagy betegség be van, a mit a
szervezetébe nem lehet megszüntetni, ezért nem tudom
meggyógyítani az úrnőt, Etele idősebbik fia meg érkezet
Sicambria a fa várába, ment, kérdezte apjától az anyuk
állapotáról, Etele nagy úr mondja idősebbik fiának saj-
nos az anyád nagyon beteg. mondja sámán doktor, nem
sok reményt mondót anyád tokról, Etele nagyobbik fia
ELÁK odament beteg anyához és megcsókolta a kezét, és
azt mondta síró szemel, anyukám meg fókusz gyógyulni.
nagyon szeretlek, téged és átkarolta édes anyát, a hír hala
tára többi fiuk is megérkeztek, Sicambria a hun fejedel-
mi várába, gyorsan anyukhoz sietek a szobájába, apjuk
is ott volt a felesége ágyánál, látták apjuk könyv csepp a

szeméből hullót. Etele nagy úr mondta hogy gyertek ide fiaim, az anyátok ágyához, oda mentek és letérdepeltek és ráborultak anyuknak, nagyon zokogtak, nagy sírár lett, anyuk rá nézet, és könyv csepp hullott a szeméből, és azt mondta hogy drága fiaim. ne sírjatok, a fiai Simó g adták édes anyuk arcát és megcsókolták a kezét, és azt mondták, nagyon szeretünk édes anyám. Etele és fiai halálos ágyánál virrasztottak egész reggelig.

HALDOKLÓ ARI KAN ÉS HALÁLA

Másnap reggel fel ébre Ari kan kinyitotta szenét, látta hogy férje és a fiai ót vannak körülötte. Etele nagy úr és fiai is fel ébretek, és látták hogy fent van édes anyuk, Etele nagy fejedelem és a fiai nagyon örültek. Fejedelem né anyuk felült az ágyból, de nem sokáig örültek, vissza eset az ágyba, Etele magához hívatta SATALUS sámán orvost a fa palotába, hogy vizsgálja meg Ari kan. sámán orvos egyenes a nagyfejedelem né szobájába ment. Bement a szobába ott látta nagy fejedelmet és fiait, meghajolt a nagy úr előtt, a hun orvos mondja, hívattál nagy uram! Etele nagy úr igen! hívattalak, vizsgáld meg a nagy úrnőt, hun orvos, igen nagy uram! odament Ari kan hoz nagy úr nőhöz, orvos mondja Ari kannak nyissa ki a száját! a tükör által de nem talált semmit, hun orvos kérdezte, most jó érzi magát. ? Ari _kan igen jól érzem magam, ?de feküdnie kell, a hun orvos megfogta a homlokát, forró t érzet a homloka és az egész teste, a hun orvos, azt mondja hogy lázas, nagyon forró a homloka és a teste, hideg vízies borogatást kell lehűteni, lekell a testét hűteni, tovább is kell adni a love italt, csak ezt tudom mondani. feküdni kell, addig ameddig lenem megy a láza, vizes borogatást kell adni, ha valami történik, nagy uram akkor itt vagyok. A hun orvos meghajolt és elment, a fa várból. Etele szolt Polimer asszonynak, hogy vizezze be a vászon, Polimer asszonyt bevizezte a vászon. Etele és fiai kimentek a szobából, Polimer asszony levette a bemelegedet vászon. Ari kan ró, a másik vizes vászon Ari kan becsavarta a meleg testét, hogy a láz lehűljön, Polimer asszony szolt a nagy úrnak és a fiaiknak, hogy már bejöhetnek a szobába. Polimer asszony meg itatta a love itala a nagy úrnőt. Nagyon Gyönkén látta fiait.

Szemét alig tudta kinyitni, Etele és fiai látták anyukat, hogy rosszul van, Eri kan mondja fiaiknak hogy ne sírjatok drága fiaim. Ari kan meglátta Etelét férjét hogy egy könny csepp hullott a szeméből, azt mondta hogy te sem sírj én mindent látok, látni fogok drága férjem, titeket a túlvilágon és én ott leszek, mellet ettek, mindig és öröké látni foglak titeket, fiai borultak anyukra zokogva mondták ne hagy itt minket drága édes anyánk, már nem hajuk az énekedet amikor énekeltél nekünk, fiai szeretettel, simogatták és csókolgatták az arcát. Etele nagyúr átkarolva zokogva sírni kezdet, a szeméből könny csepp hullt, üvöltöző a felesége haldokló ágyánál borult és sírt, Polimer társalgó asszony és a többi asszony a ki ott dolgozót, megsiratták a nagyfejedelmét. Ari kén lassan mondja Etele férje uránnak, hogy a utolsó kívánsága lenne, Etele kérdezi Ari kán a mi az! a! utolsó kívánságod drága feleségem, ? Ari kan mondja, jó lenne ha! kivinél a folyóra, utójára szeretném látni a folyót. Etele és fiai utoljára kivitték Ari kant szekérrel a folyóra, Etele szekérre levette és ölébe vette feleségét Eri kant, gyorsan vette a levegőt. és halkan mondta fiainak és Etele férjének, hogy most elmegyek, mindig látni foglak titeket és mindig veletek leszek mindenhol. Egy madár repülni fog, és leszáll az ablakon, az én vagyok. így fogok látni titeket édes fiaim, ezután lehunyta a szemét, és meghalt apjuk és fiai egymást átkarolva sírva zokogva halott anyuk, Etele nagyfejedelem felesége Ari kan, nagyfejedelmét meghalt 453ba Etele nagy úr feleségét Ari kan, becsavarba a szekérre tette, és vissza mentek SICANBRIA fa várába, Etele nagy úr halott feleségét felvitte a szobájába az ágyába lette, őröket behívta és kiadta a parancsot, hogy másnap hozzák tudatára az fő téren az emelvényem a hun népnek. A nagyfejedelem né eltávozót az életből, Másnap a hun katonák kimentek a fő térre. az egyik katona közülte a hun népnek, a nagy úr né vagy nagyfejedelem né eltávozót az életből, a hun nép teljesen megroppant, a mint közölte egy hun katona. Az egyik hun katona jajveszékelt, majd a hun népe is jajveszékeltek és, kiáltoztak tört ki a fő téren. A hun férfiak és nők megviselték, a hun nagyfejedelem né halála, a hun nép oda akart menni, a halott, nagyfejedelem né szobájába, hogy megnéznék. A fa várhoz mentek de nem engedték be a hun népet, Hunok nagy ura, azt mondta hogy majd kihirdetjük a fő téren, az emelvényen, hogy mikor lehet megnézni a hun nagyfejedelemét. Hunok nagyfejedelem ki ment a fő térre, és felment az emelvényre, hun néphez szolt, közölte hogy amikor lesz a nagyfejedelem né ravatalozója, mindenki megnézheti a nagyfejedelemét, utána szkíta keresztény sámán szertartás szerint lesz eltemetve, de oda nem mehetnek a hun népe, mert csak család lesz ott. Ezzel vége tért a beszéd a hunok nagy ura, Hunok nagy ura lement az emelvényről. és eltávozót t a fő térről.

NAGYFEJEDELEMNÉ SÁMÁN HALOTTI SZERTARTÁSA

Szkíta keresztény sámán papok, megkezdték az ősi szkíta szertartás előkészületét, a halott nagyfejedelemnét, a hun férfiak kivitték a szobából, és egy másik szobából vitték. Egy asztalra fektették hallott nagy úrnőt, szkíta ősi szertartással kezdték el, a szertartást, a sámán papok este csillag isten csoda szarvas imával imádkoztak. hogy a hunok nagyfejedelem né t fogadják be csillag istene országába. Polimer társalgó asszony és a többi vár szolgáló asszonyokkal együtt, megmosdatták a halott vár úrnőjét. Az orvos csinálta meg a halotti boncolást, a mit kelletet kiszedték belőle, és só vall feltőtlenítették a testét. Etele hívta a szolgáló asszonyokat, és fel öltöztették, hunok nagy úr asszonyát. Átvitték a halott vár úrnőjét, egy másik szobába, erős illatú liliom várággal szórták szét, a Polimer szolga asszony, a ravatalozó szobát. Etele szolt az öröknek hogy engedjék be a hun népet a halott úrnő hőz. az örök be engedték a hun népet hogy megnézzék a halott úrnőjükön. a hun nép egyenest a halott úrnő ravatalozó szobájába menni. De a hun örök csak egyesével vagy párba engedték hogy meg nézi a halott úrnőjüket, a hun asszonyok halotti énekeket k sírtató énekeket énekeltek, a hun férfiak a hatúkat rozsa tövissel ütögették. Ez a régi hun ősi halotti szokás, hun népi szerint, tiszte letett adnak a halott úrnőjének. Három fa koporsó elkészült az egyik fa koporsóba belették a halott nagyfejedelmemét, és kivitték a fa várból, halott nagyfejedelme né tiszteletére körbe vitték szekérre a Sicambria város körül, a Etele hunok ura ás a család és hun fejedelmek és a hun barát, hun néppel együt, a fő térre vitték a halott hunok úrnőjét, a fa koporsót felvitték az emelvényre, asz tara letették. Közbe jöttek a halott táncosok, és eltáncolták a halott ti táncot a halott nagy úrnőjének szisztelenére, a táncnak vége lett elmentek a táncosok a fő térről, vége kelet a halott nagy őrnő halotti szertartása, a fa koporsót vissza vitték SICAMBRIA városa fa várába,

ARI KAN NAGYFEJEDELEMNÉ TEMETÉSE

Másnap reggel Etele nagyfejedelem és fiai készültek anyuk temetésére, apjuk hunok nagyfejedelme, együt mentek ki a hun fa várából, várták a fa koporsót, hogy mikor viszik ki, mi ellőt kivitték volna a sámán hun papok, és a Skándá fő pap imáival imádkoztak a lelki üdvözlését, a halott hun nagy fejedelem né tiszteletére, a hun szolgák fogták a fa koporsókat és kivitték a fa vár b o, rá tették a fa koporsókat szekérre. És együt ment a hun fejedelmi család, a fő térre a temetésre, a Tisza partján. Már kivolt ásva a három sir helye, a hun nagyfejedelem né, már belevolt téve a fa koporsó sírjába, a másik koporsóba, is bele volt rakva ruhája és ékszereik, egy nagy gödör volt kiásva, a fa koporsót amibe folt a nagyfejedelem né ruhája, azt bele rakták a kiásott fa koporsót a sírba, a harmadik fa koporsót tetejére tették, így volt a ékszerei eltemették, a szolgák rászórták a homokot teljesen a sírra, és így temették el a hunok nagy fejedelem né t. a fej fát, a mi rovás írással volt írva leszúrták a sírra. Eltemették hunok nagy fejedelem né. Etele fiai nézték hogy temették el anyukat. fiai néma csendbe álltak, és néma szemekkel nézték eltemetet anyukat, fiai zokogva sírásra eret a szemük. Az utolsó szó hang szó, édes anyánk soha nem feledjük el téged, mi nagyon szeretjük tégedet drága édes anyánk, a szívünk be leszel mind öröké mind ameddig élünk. Mindig teleszel leg drágább édes anyánk, a fiuk még egy szer ráborultak a betemetet anyuk sírjára, Etele apjuk zokogva jajveszékelése együt sírtak fiai nehéz vájó búcsúzással váltak el édes anyuk tol. Etele nagyfejedelem volt felesége nehezen vált el sírja előtt. Szkíta hun szokás szerint, azok akik jelentkeztek eltemetni, a hun nagyfejedelem né t, azok tudták hogy a temetés végén, azok akik látták, hogy hova temették el, a hun nagyfejedelem né t. Szkíta ősi szokás szerint, messziről le nyilazták le. Etele nagyfejedelem megbízta két katonát, hogy vigyázzon Ari kan hunok nagyfejedelem né sírját, Etele és fiai vissza mentek ló háton ügetve Sicabriába.

ELTEMETTÉK ARI KANT, A HUNOK NAGY FEJEDELEMNÉJÉT

Etele és fiai családja eltemették Ari kan nagyfejedelem né t szkíta ősi hun szertartása szerint, Etele és fiai szívűk emlékére maradt édes anyuknak, apjuk felesége Ari kan hun nemzet népének. Is nagyfejedelemné, Etele a fő téren megrendezte felesége Ari kan hunok nagyfejedelemének tiszteletére. Hun ősi megemlékezése. Ugyan úgy mint a többi nagy fejedelmét, Etele megadta a hun népnek a megemlékezést a Ari kan tiszteletére a hun népnek a csendes halotti tor rendeztek a fő téren,. Asztalokat és székeket hoztak a fő tere, ettek ittak a hun nemzet népe. Ari kan hunok nagyfejedelemné. A táncosok megjelentek a fő térre, felmentek az emelvényre, meghajoltak a nagy fejedelemnek és fiaiknak, eltáncolták a halotti táncot még egy szer, a halott úrnő nagyfejedelem né. A hun nép síró énekeket énekelték a halott úrnő nagyfejedelemné megemlékezésére, nem sokáig tartót a Ari kan halotti tor, vége lett a Ari kan hunok nagy úrnő, hunok nagy fejedelem né tiszteletére, Etele és fiai eltávoztak emelvényről és a fő térről, vissza mentek Sicambria fa várába.

A HUNOK NAGYFEJEDELEMNÉJÉNEK EGY ÉVES GYÁSZA

Etele hunok nagy ura kihirdette az egy éves gyászt, a hun birodalomba, a hun nép tudomásul vették egy éves gyászt. Hunok nagy ura nem! fogadott más nemzeti népcsoportját a gyász alatt, Etele fiával reggel elmentek vadászni az erdőbe, a fiuk azért mentek apjukkal vadászni. hogy eltereljék a gyászolt, halott anyukat, de nem! felejtjük el édes anyukat mosolyát, nevetését énekét. a mikor lefek vés előtt egyenként megsimogatta a fiukat, és édes csókot adót homlokukra, énekelve aludtunk el édes almokat mondót nekünk el aludtunk. édes apám ezt sosem felejtjük el, az édes anyánkat jelenlétét, ameddig élünk. Etele hunok nagy ura mondja fiainak, most én vagyok az anyátokat helyet, Etele hunok nagy ura mondja fiainak, nekem is nagyon hiányzik anyátok. A mikor megismertem anyátokat vissza gondolok azokra az évekre, Etele fiai látták apjuk szeme megkönnyezet. Ari kan feleségem volt nagy fejedelem né, Most nincs itt! közözünk, Etele és fiai vadászat után vissza lovagoltak Sicambria, meg érkeztek a fa várban, Polimer házi asszony, és a többi házi asszonyok mondták, a hunok nagy urának, nekünk is! hiányzik, a nagy úr nő, hogy nincs itt közözünk könyv csepp, az arcokon megsírták úr nőjüket. Etele nagy úr mondja a házi asszonyoknak, tudom hogy nehéz elfogadni azt hogy nincs közözünk vár úrnője, a hun nép a fő téren, mély gyászba borították a nagy fejedelem né halálát.

VÉGETÉRT ARI KAN NAGYFEJEDELEMNÉ HALLOTTI GYÁSZA

Végetért Ari kan nagyfejedelemné szittya a közép földi Hunnia Sicambria nagy város gyásza. Etele hunok nagy úr már fogadja, a távoli népcsoport földi uraikat, egyik szövetség meghívta germán földre a császár, Etele nagyfejedelemét, hunok nagy ura elfogogatta a meghívást, Etele nagy úr és fiaival, néhány lovassal elindultak Germán földre, germán földön fogadta hunok nagy urát. germán Odoker császár leszármazottja, Etele nagy úr mondja Odoler császárnak, rég nem jártam germán földre és nem beszéltem volt császára. de amit látok te vagy az, egyszer csak a lánya jött az apjához, Odoker császár mondja! Etele nagy úrnak, hogy bemutatom a lányomat I, Etele nagy úr és a fiai, tá tót szájal meglepődve nézték a császár lányát, mert nagyon hasonlított Ari kan feleségére. Etele nagy úr kérdezte Odoker császártól hogy hívják a lányodat, ? császár azt felelte Ildiko a neve, Etele nagy úr azt felelte nagyon szép a neve. És nagyon szép a lányod, Odoker azt mondta igen! mások is azt mondták, de kérője nem akad, Etele nagy úr beszélgetés közbe, mindig rá nézet Ildikora, de fiai észre vették hogy apjuk teszik ILDIKO, már a császár is észrevette hogy a lányának is tetszik Etele nagyfejedelem. Látogatásnak beszélgetésnek vége lett, Etele nagy úr és fiai elköszöntek és eltávoztak Odoker császártól, és elhagyják germán földet. Vissza lovagoltak Hunnia Sicambriába.

VISSZATÉRÉS SZITTYA KÖZÉ FÖLDI
HUNNIA SICAMBRIÁBA

Germán föld után visszatértek Etele és fiai a szittya közép földi Hunniába, egyenest Sicambriába mentek a favárba.

HUN HADITANÁCS

Etele nagyfejedelem és fiainak, a hogy megérkeztek a fa várába, azt mondta hogy össze hívom a hadi tanácsa l megbeszéljük nyugat roma támadását és elfoglalását, hunok nagy ura össze hívta szövetségesei megjelentek a hadi tanácson. Mindenki meghajolt a hunok nagy úr előtt. Etele nagy úr azt mondja a szövetségeseinek, azért hívattam össze a hadi tanácsot, mert nyugat romát fogjuk megtámadni és elfoglalni, a hun tanács, igent mondtak nyugat roma megtámadását. és elfoglalását. amit mondót hunok nagy ura, csatát kell indítani nyugat roma ellen, Flavius mondta hunok nagy urának, bosszú vágyam van, hogy elfoglaljuk nyugat romát. Ifjabbik Bendegúz fejedelem azt mondta hadi hun tanácsnak hogy alig várom, hogy meg ostromoljuk nyugat romát, hunok nagy úr azt mondta hogy, hun hadi tanácsnak, most amit látom hogy mindenki egyet értet, csatába elfoglaljuk nyugat romát, hunok nagy ura mondja, én értesítem önöket, hogy mikorra fogom megint össze hívni, a hun hadi tanácsot, és megvitatjuk, mikor lesz a csata nyugat roma ellen, vége tért a hadi tanács.

NYUGAT RÓMA, RÓMAI SZENÁTOROK TANÁCSKOZÁSA

Valentinius cézár mondja fiaiknak hogy össze hívom a
romai szenátorokat, a szenátusba hogy megvitatják roma
és polgárok megmentését a hunok ellen, cézár parancsára
a szenátorok a szenátusba össze jövetelét. Romai szená-
torok várták Valentibius cézárt eljövetelét a szenátusba,
cézár megjelent szenátusba és mindenki meghajolt cézár
előtt. cézár mondja szenátoroknak, azért hoztam össze
a szenátori gyűlést a szenátusba hogy nagyon fontos a
mit megkel vitatnunk. romát és polgárok megvédését a
hunok tol, Luvulus szenátor, szót kért a cézártól, cézár
megadta szót Luvulus szenátornak, Luvulusszenátor
mondja cézárnak, össze kell hívni a hadi légiós hadse-
reg kapitányát. összes roma birodalmi tartomány hely-
tartóját, csak így tudjuk megmenteni roma és lakóságát,
utána fel ált Octáviánus szenátor szót kért a cézártól,
cézár megadta szót, a Octáviánusnak szenátornak, Oc-
táviánus mondja a szenátusnak van valaki, aki nagyon
jó ismeri, a hunokat. Cézár kérdezi Octáviánus ki az aki
börtönbe van? cézár szólt az öröknek. hózzátok fel a ra-
bot a börtönből! igen cézárom! örök felhozták a börtön-
ből Anomius, egyenest a szenátusba vitték, a cézár elé
állították. Anomius meghajolt és így beszélt cézárhoz, én
nagyon jól ismerem a hunokat. Cézár kérdezi honén is-
meri a hunokat? Anomius mondja cézárnak, már régóta
ismerem a mikor kicsi voltam, az apám megbarátkozót

velük, engemet is vitt magával a hun táborba. jó pár évet éltem közötűk. Össze barátkoztam a hun gyerekekkel, mégis tanultam hunul beszélni, később romába költöztünk, a nevelt anyámmal. Hát ennyit tudok mondani cézárom magamról és a hunokról. Anomius mondja, kész vagyok mindent jóvátenni, ha kell! életemet áldoznám fel romáért. kérdezi cézár Oktáviánus szenátor tol, milyen javaslatot mondasz a szenátoroknak és nekem cézárodnak? küldjük ki Hunniába Anomius álruhába, hogy ki tudakolja, a hunok hadi tervét, mi úgy fogunk felkészülni, a hunok támadása ellen, cézár kérdezi szenátorokat, elfogadjuk Oktáviánus ajánlatát? szenátorok mondják elfogadjuk ajánlatát, végül azt mondták a cézárnak elfogadja a szenátus. Ezzel mindenki egyet értett, cézár mondja, csak akkor bocsájtok meg és a szenátus, ha elmész álruhába Hunniába, és a hunok közel el vegyülsz, ki hallgatod a hadi támadási a hunok tervét. most megy átöltözni hun ruhába, vége tért a szenátus hadi tanácsa.

NYUGAT RÓMA, VALENTINIUS CÉZÁR SZABADSÁG AJÁNLATA

Valentinius cézár mondja Anomiusnak ha! teljesíted a kor elfelejtek mindent amit tettél roma ellen. Újból viszsza kapod a harmadik légiós parancsnoksági rangot. Ha végre hajtod a rád bízok romáért és roma népért, cézár mondja öltőz át szegény ruhába, kérdezzél hun emberektől. a mi eszedbe jut. azt mondjad a hunoknak hogy szeretnél gyalogos katona lenni a seregben. Úgy helyez k e d, hogy a füled ót legyen, hogy megtudod a hadi tervüket. Utána gyere hun ruhába vissza romába, és beszámolsz nekem, most ered öltőz át hun szegényes ruhába, Valentinius cézár beszéde vége tért.

ANOMIUS HUNNIA SICAMBRIÁBAN

Anomius Rómából elindult Hunniába, pár napig ló já-
rással, szittya közép föld Hunniába érkezett. Senkisen
gyanakodott hogy nyugat romából, érkezett egy légiós
kapitány, be lovagolt a hun fő térre. Mindenki nézte az
idegent embert, öltözete szegényes volt, nem volt fel-
tűnő, egy hun ember megszólította és kérdezte szálást
keresel? Anomius mondja igen!, szálást keresek! hun
emberel felajánlotta neki a lakását hogy aludhat nála.
Anomius megköszönte a szálás felajánlását, elment a
hun emberel a szálására, közbe kérdezős ködöt i tenni
ügyekről, bemutatkozót a nevem Gerzénius! hun em-
ber, Gertlnius kérdezi tőle neked mi a neved? Terkéni-
us, Gerténus mondja elég fura neved van. Anomius nem
mondta meg az igazi nevét, Gerténus, hun ember, in-
kán álnéven mutatkozót be, Gerténus mondja Tirkenus
most lesz újból hadi tanács, nagyfejedelemnél, ót lesz
a fiaival hun fejedelmekkel és a szövetségeseivel, Ter-
kénius kérdezi Gerténius, ki az a ember, ki hunok ba-
rátja? Gerténius elmesélte. Tirkenus régebben az első
nagy hun fejedelem és a hun népe, befogadta a hun bi-
rodalomba egy romai légiós tisztet. Tirken kérdezte mi
a neve, Flavius Aentikus a neve, Tirken mondja Gertlés
az a neve? Gertlés mondja igen ez a neve, ! Tirkene, hát
csodálkozom! hogy befogadták ez a az romai embert,
hun népe, ezt a romai! Gertlés mondja Tirkene, na jó

feküdjünk le, holnap Sicambria viszlek, hunok nagy fejedelem fa várába, mikor lesz a hun tanács, ezzel vége lett a beszélgetésnek és aludjunk el.

A HUN HADI TANÁCS KIHALLGATÁSA

Másnap reggel felébb retek Anomius és a Gertlés és családja Gertlés felesége megkínáltak reggelivel Anomius, utána férjét Gertlés, reggeli után Gertlés és Anomius a hun térre mentek. hun népe árultak mindenféle élelmiszert és más árukat. Anomius vet egy hun asszonyoktól egy faragott állatot, dél elölt ebéd idő volt vissza mentek Gertlés házába, Gertlés mondta hogy este lesz, a hadi tanács fa várba össze gyűlnek, a hun fejedelmek és a szövetségesei a haditanácsra. közeledik az este a fő téren elnéptelenedet. Anomius egyedül elment a fő térre, és Sicambria a hun fa várba ment, a hun favárba senki nem ált őrt, belopakodót egy hun őr jött ki a vár hadi terméből, ajtó termet nyitva hagyta az ajtót. Anomius belopakodót a külső hadi terem szóbájába, mindent halott amit beszélgetek a roma lerohanásáról és elfoglalásáról. Anomius gyorsan kiment a külső szobából és a várból, lóháton ügetve elhagyta szittya közép földet.

NYUGAT RÓMA, ANOMIUS VISSZATÉRT NYUGAT RÓMÁBA

Anomius nyugat roma városába lovagolt, cézár magához hívatta Anomiust, cézár kérdezte Anomiustol hogy kihaladtad hunok hadi tervét? Anomius azt felelte, igen! nagy uram! megtudtam a hunok hadi tervét, hunok hirtelen akarják lerohanni romát és elfoglalni. Anomius mondja, a hunok nagyfejedelme, gyalogos katonákkal akarják támadni és bevenni. de van valami más gyalogos katonákkal együt akarnak támadásba csatázni. Valentiniustol cézár kérdezi, kik azok a kik akarják bevetni romát. Animius mondja cézárnak, van egy romai közötűk, akinek van gyalogos és lovasság van a hunoknál. Cézár kérdezi ki az! Anomius mondja cézárnak, tizedig légiós kapitánya annak serege a hunoknál, cézár kérdezi Animiustol hogy hívják a légiós kapitányt? Favius Aantinius hívják. most már tudom ki az a kapitány romai a légiós seregbe harcolt, ő vezette a légiós gyalogos, nyugati vizigótok ellen a harcba. Anomius kérdezte cézártól, miért ált! át! a hunok oda lára? cézár mondja, amikor a hunokkal együt harcoltunk, a kor még légiós seregbe tiszt ként volt, cézár mondja. most már tudom! hogy miért hagyta ott, a légiós romai sereget. Anomius kérdezi hogy, ! miért? cézár azt mondta hogy a mikor vissza tért romába, FLAVIUS tiszt egyenest szenátusba ment. Ott elmondta a hadi támadást a hunok ellen, Flavius tiszt volt egy hadi terve, de nem fogadták el a hadi tervét Flavijustol a szenátus, így össze veszet a hadi tanács csal, Cézár mondja Anomiusnak, békét kötöttem a hunok nagyfejedelmével, a roma és a hunokkal nem támadjunk egymást, így megvolt a béke hunokkal, vérszerződéssel megerősítettük a hunok és a romaiakk a, Romai légiós tisztek jöttek haza romába. útjukba eret a hun birodalom, bementek a hun birodalomba, területére, ott megtámadták a hun asszonyokat és hun férfiakat. aki ellen ált azt megölték. így megszegtük a hunokkal vérszerződését, újból ellenségé vált szemben. Anomius elmondta a hunok hadi tervét. A hunok nagy _fejedelem mondja. nem a lovasságot fogja támadni roma ellen, hanem a szövetségi gyalogosok fognak támadni, először utána a hun lovasságot és a szövetségi lovasságot vetik be a romai ellen. cézár mondja Anomiusnak van valami hadi tervet? Anomius mondja cézárnak a légiós lovasság ne támadja a hun lovasságra. meg kell várni katonai gyalogosokat, míg bemennek a csata téren, utána légiós gyalogosoknak kell elhárítani a hun gyalogos seregét, közbe lehet támadás indítani a légiós lovasságot három oldalról, így betudjuk szorítani a hun lovasságot. és így bezárul a kör a csata térről, így megmenekül roma népe. így letudjuk győzni hunokat, így megadásra szólítsuk hun nagy fejedelemért így megmenekül roma népe. Cézár mondja Anomiusnak, holnap össze hívom a romai haditanácsot, szeretném ha ön elmondja a hadi tervét a többi légiós tiszteknek, így jobban kiterveljük a hadi tervét, Cézár jó! vége lett a hadi beszédnek Anomius elhagyta cézár palotáját

NYUGAT RÓMA FELKÉSZÜLT A CSATÁRA
A HUNOK ELLEN

Valentinius cézár magához hívatta a romai tartomány-
ból kapitányait, roma minden tartományából jöttek cézár
parancsára, a hadi tanácsra, cézár mondja a tartomány
tiszteknek, azért hívattam önöket sürgős hadi megbe-
szélésre, mert roma veszélybe van. Hunok romát akar-
ják, elfoglalni minden áron, cézár mondja, elküldtem egy
embert Hunniába hogy kihalhatja hunok hadi tervét,
Sektus, Árius romai légiós kapitány mondja cézárnak,
ki ez! a romai ember, cézár mondja Sectus Áriusnak ez
a ember aljinus Anomius hívják. Aki börtönbe zártam,
kihozattam! mert nagyon jól ismeri hunokat, én azért
küldtem Hunniába öt, hogy lehallgassa a hunoknak a
haditervüket, cézár mondja a többi romai légiós tisz-
teknek, én biztos vagyok benne, Gajius anomius mond-
ja hogy igazán mondót, cézár mondja, erre fogjuk romát
megvédeni, és a romai népet, csak hadi tervet kell készí-
tenünk, a hunok leverésér. Cézár mondja, a csata roma
kívül lesz, a hunokkal szemben, Gajius Anomius hozót
egy romai térképet, cézár bejelölte a roma tiszteknek ki
hol fognak támadni a hun sereg ellen. Fel sorakoztas-
suk a romai összes sereg a csatára. Nem mind az egész
sereg fog támadni a hunok ellen, csak a fele! tartalék-
nak kell romát megvédeni, többit elosztjuk a csata té-
ren, akkor fog támadni amikor legkedvezőbb lesz a tá-
madás, a többi légiós tisztek közül Kambitus kérdezi a

cézártól. A csata melyik kedvező lesz? cézár mondja Zeusnak, a hunok gyalogos seregét, akit később fognak támadni hunok gyalogos seregre. Végül bekerítjük a hun gyalogos sereget, utána romai lovasosság fog támadni, hunok is bevetik a hun lovasságot, hun szokás szerint, mi, is elcsaljuk a hun lovasságot a csata térről. Több oldalon fogunk támadni, és be beszorítsuk a hun lovasságot, és megadásra kényszerítjük a hun nagy fejedelmét, nagy győzelmet fogunk aratni. így roma népe fog menekülni, a hunok támadása ellen. Cézár a hadi tervet elfogadták, a többi romai légió tisztek, ezzel befejeződőt a roma hadi tanácsa.

NYUGAT RÓMA,
VALENTINIUS CÉZÁR CSALÁDJA

Valentinius cézár hadi gyűlés után, családjához ment, benyitott a hál lójuk szobájába, ott látta gyönyörű feleségét, Ceciliárt mondja férje urának, ó! drága férj uram! nagyon vártalak téged, cézár mondja a feleségének. Én is vártalak szerelmem hogy találkozunk, odament hozzá átölelte és megcsókolta férje urát, cézár kérdezi feleségét, fiam Komodusalszik? felesége mondja, igen alszik! korán lefektette Gertudos dadus a fiadat, cézár kérdezi a feleségének, itthon van a lányunk Gertnédes, felesége igen! itthon van! a lányunk, már ö, is le feküt, cézár mondja a feleségének mind jár jövök kedvesem! Valentinius cézár benézet a fiai szobájába, fia ott alut, fölé hajolt és megsimogatta homlokát és megcsókolta fiát, és kiment a szobájából, oda ment feleségének, cézár és felesége átmentek a medence szobájába, a szoba lány a medencébe rozsa szirmot tett a uszoda vizébe, mire jött cézár és feleségével. Rozsa illatú volt az úszó medence, gyümölcsöt is tett kívül szélére. cézár és feleségével lepedővel csavarva mentek az úszó medence szobába. Levették magukról a fürdő lepedőt, és bementek együtt meleg vízbe, a mit fűtenek. cézár és felesége együt fürödtek, egymás szájába gyümölcsöt tették, egymás átkarolva szeretkeztek, egy idő múlva, le hűl a medence vize. Cézár és feleségével kimentek a medence vízéből, megtörölköztek és elhagyták a fürdő medencét szobát, hálószobába mentek és lefeküdtek, megint szeretkeztek utána elaludtak.

ODOKER GERMÁN CSÁSZÁR LÁNYA, ILDIKO

Etele fiai kérték apjukat hogy találkozón Ildikoval, mert édes anyukat látnák bene. Etele nagy fejedelem üzent a germán császár leányával szeretne találkozni. Futár elvitte az üzenetét germán császárnak, hogy leányával szeretne találkozni, germán császár üzenete hunok nagyfejedelmének, lányával találkozása lehetőség van. Három nap múlva találkozhat lányommal, hun futár vissza lovagolt szittya közép föld re Hunniába, futár egyenest vissza ment Sicambria, ott a hol a hunok nagyfejedelme fa vára van lakik, ott várja a germán császár üzenetét. A hun futár egyenest a hunok nagyfejedelemhez ment. Hunok nagy ura fogata hun futárt, belépet a hunok nagyfejedelméhez, meghajolt a nagy úr előtt, ó nagy uram! germán császár azt üzente mondta, három nap múlva fogadja lánya, hunok nagy urát. Etele és a fiai, örvendezve örültek apjuk találkozásának Ildikoval, három nap múlva Etele kora reggel kiment a istállóba, és a kedvenclovát fel kengyel tette, és elvágtatót germán föld re, ldikoval találkozón vele. Odoker germán császár fogata a hunok nagyfejedelmét, germán császár Etele beszélgetésbe kezdtek, egy szer csak megjelent Ildikoval fogadó szobába germán császárlánya, Ildiko rá mosolygót és így üdvözölte Etelét nagy fejedelem viszonyozta a mosolyát Ildikonak. Találkozásuk során egymást nézték. Ildiko mosollyal nézte Etelét, Etele úgy nézte Ildiko mint ha már

Ari kánt feleségét látná, mint ha nem halt volna meg, Etele hozót egy szál piros rozsa virágot és át adta Ildikonak a szál rozsát, nagy örömmel megköszönte Ildiko a szép rozsát. úgy látszik szimpatikusnak látták egy mást. Germán király látta hogy lányának tetszik Etele, hunok nagy fejedelme mondja hogy már késő van, két nap múlva találkozunk ugyan itt. Etele elköszönt germán király tol, ellovagolt Hunniába szittya közép föld re Sicambria, Ildiko mondja apjának hogy nagyon tetszik Etele hunok nagyfejedelme. Etele megérkezik testőr katonákkal Hunniába, Sicambria városába s fa várába lovagolt, egyenest a vár szobájába ment, ott várták fiai Etele apjukat, idősebbik fia Elák, és a többi fiai kérdezték apjukat, na mi volt! apám! találkoztál germán király lányával Ildikova? tetszik neked Ildikpo? Etele nagy fejedelem, hát igen fiaim tetszik Ildiko? fiuk mondák apjuknak tényleg olyan mint az édes anyánk. nagyon hasonlít rá, Ceba legkisebbik Etele fia mondja apjának, majd megszeretem öt, Etele mondja fiaiknak már megszeretem Ildiko. Nem merem! mondani neki hogy szeretem, Etele mondja fiaiknak, ár késő van! fáradt vagyok! majd holnap beszélgetünk, Etele fiai elköszöntek apjuktól.

ETELE ÉS ILDIKO TALÁLKOZÁSA

Etele nagyfejedelem újból találkozóra megy a germán király lányához, két nap múlva. másnap reggel, Etele kilovagolt a germán földre hogy találkozón Ildikoval. germán király lánya, ott várta a hol találkoztak először, megérkezet Etele találkozóra, Etele odament hozzá Ildikohoz és megfogta a kezét és megcsókolta arcát. Etele nagy fejedelem mondja Ildiko, már alig várta hogy találkozunk. Ildiko elmondta Etelének már sok kérője volt, de egyik se tetszet, így egyedül marat. Amikor megláttalak, mindjárt tudtam hogy te vagy az aki, megtudnálak szeretni. és férjemnek tekintenélek. Etele hunok nagy ura mondja ó drága Ildiko nagyon megkedveltelek. Etele kérdezi Ildiko, leszel a feleségem? Ildiko örömmel átkarolta igent mondót. Etele hunok nagy ura, két nap múlva eljövök és megkérem az apádat, hogy hozzám adja lányát, de egy a fontos ügyet szeretném beszélni vele, kéz a kézbe mentek, egy kicsit negáltak, és megcsókolták egymást. Ildiko egy kedves mosolyt nézet rá Etelére, mondja hogy szeretlek. Ildiko mondja már késő van már, mennem kell, Etele mondja, a kor várlak Ildiko itt! a kor együt megyünk apádhoz, és bejelentjük az házasságot, Ezzel Ildiko lóháton elment Etelétől. lóháton vissza tért Hunniába Szicambria Etele a fa várába.

A NAGYFEJEDELEM FIAI

Már késő volt amikor Etele a várba sietet, ott várta Etele fiai a fogadó szobába, a nagyobbik fia Elák és a többi fiuk üdvözölték apjukat, apjukat fiai kérdezték, na mi volt! apám! találkoztál Ildikoval? Etele apjuk azt felelte fiainak, igen találkoztam Ildikoval! megkértem a kezét. Etele fiai nagyon örültek, akkor lesz! édes anyánk, fiuk kérdezték apjuktól, mikor találkozol újból apám Ildikoval? Etele azt mondta fiaiknak két nap múlva találkozom vele. Elákés a többi fiuk mondják, akkor megkéred az apja előtt Ildiko kezét?de még fontosat szeretnék beszélni Ooker germán királya. ELÁK nagyobbik fia kérdezi apjától, miről beszélnétek? apám! Etele mondja Elűk, ak és a többi fiuknak, azt beszéljük meg hogy újból megtámadjuk nyugat romát. Erről fogunk tárgyak ni Odoker germán királya, mert ö is szövetségesem a hun hadseregnek, de előbb össze hívom a hun hadi tanácsot. de megbeszélem a nyugat roma lerohanását és elfoglalom romát, Etele mondja fiainak, most én fárad vagyok, sokat lovagoltam lóháton, mennyetek fiaim! fiuk mondják jó apám! elmegyünk, majd holnap találkozónk a hadi tanácson. fiuk ezzel elköszöntek apjuktól, és ezzel, eltávoztak fogadó szobából.

HUN HADITANÁCS GYŰLÉSE

Másnap reggel Etele felébredt és kiment a hallá szobából, szoba asszonyok asz tara reggelit tetté, nagyfejedelemnek és fiaiknak, Etele fiai kérdezték apjuk tol, mikor lesz a hadi gyűlés? Etele nagy úr, nap sütötte a vár udvarát, leszúrt egy lándzsát és azt mondta fiaiknak, a lándzsa eléri az árnyéknak a dél vonalát, a kor lesz hadi gyűlés, Etele bement a hadi szobába és leült a hun trón birodalmi székbe, fiai igyekeztek a hadi tanács szobába elsőként ott lenni, többi hun szövetség fejedelmei, és szövetségesei megjelentek a hadi tanács gyűlésén és meghajoltak, a hunok nagyfejedelem előtt. Etele nagyfejedelemét üdvözölték, hunok nagyfejedelme megnyitotta a hadi tanács gyűlést. Ifjabbik Bendegúz fejedelem javaslat ott tett, a nagyfejedelemnek, és a hadi tanácsnak, hadi harc modort megkel! változtatni amikor harcolunk, ugyan úgy menjenek elörre a gyalogos katonák a harctérre, ugyan úgy, amikor harcoltunk, hirtelen ketté válás csak akkor kell, a, amikor közelebb állnak az ellenség a csatatéren, így betudjuk keríteni az ellenséget. Később a nagy vezérek gyalogosai megindulnak támadó állásból a támadás, a gyalogos romai légiós ellen. így beszorítjuk a romai gyalogos seregét a csata téren. majd akkor kell támadni a lovas hun katonáknak és a lovas szövetségnek mikor a romai légiós lovassereg bevetik, akkor támadni fog. utána az ázsiai hun szövetségi lovasság támadjanak, a Flavius lovassága négy felé támadjanak, a romai légiós lovasság seregére, megkell zavarni a romai légiós seregét a csata téren. megkel akadályozni a romai sereget hogy felzárkózzanak a csata téren. Így könnyedén tudnánk a romai sereget szét zúzni a csata téren, így nem tudják hogy honén jön a támadás, a hun lovasság és a hun szövetségi lovasság és ázsiai hun lovasok, minden felöl nyíl záporral kell nyilazni. Vagy megadja magát Valentinius cézár vagy megsémisítjük a romai légós hadseregét, így ilyen harcmodorral győztesként bevonulunk romába, és elfoglaljuk romát. Etele nagyfejedelem mondja a hadi tanácsnak hogy elfogadjuk ezt a hadi harc modort a Bendegúz fejedelemnek az harci ajánlást. A hun fejedelmek és a hun ázsiai hun fejedelmek és szövetségesei, együttesen igent mondtak mindenki, Ezzel vége lett a hadi tanács gyűlésének.

A SZKÍTA KERESZTÉNY PAPOK NEM TÁMOGATJÁK AZ ESKÜVŐT

Hunok nagy ura magához hívatta a szkíta keresztény sámán papokat, bejöttek a sámán papok és meghajoltak a nagy úr előtt, nagy úr közli sámán papoknak, hogy feleségül veszi Odoker germán király lányát Ildiko. szkíta sámán fő pap Szkándá és a többi sámán papok. mondják a nagy úrnak, nem támogatjuk az esküvőt, hunok nagy úr kérdezte hogy mi ért nem támogatjátok az esküvőmet, igám azt javaslom a nagy úrnak, először foglalja el romát és utána lehet az követ tartani, vegye el germán király lányát. De ha kell nagy uram! megcsinálom a jóslatot, hogy mit! mondanak a csillagi istenek és elő jönne a csoda szarvas csillag isten jelképébe, megcsinálta a jóslatot a nagy úr esküvőjére, de nem mutatta meg a esküvőjén sem itt, mert nem jött elöl a csoda szarvas, Szándá fő pap mondja jós la tát, ez már nagy baj lesz nagy uram, nem jót mutat, halált is mutat az esküvőn. Hunok nagy úr most nem hisz a sámán papoknak, inkább a fiaira halkat, megparancsolta a sámán papoknak hogy lesz es kövön, hunok nagy ura majd szolok hogy mikorra legyen a esküvői szertartás készen. majd ha haza jövök akkor legyen kész a szertartás. nagy úr mondja mos távozatok, a papok eltávoztak a nagy úr előtt.

ETELE NAGYÚR A GERMÁN KIRÁLYNÁL

Etele hunok nagy vissza lovagolt germánjába a Odoker germán királyhoz, hogy megkérje lánya kezét mondja hunok nagy fejedelme, utána másról is akar beszélni, hunok nagy ura néhány lovaglás után germánjába érkezet. egyenest a Odoker germán király hoz ment, bebocsájtás kért a király tol, a király fogadta hunok nagy urát, várta a király hogy megjelenje, így fogadta hunok nagy urát. már vártam önt! mondja a király, jó kedvel fogadta a hunok nagy urát, hunok nagy ura mondja a királynak, két okból jöttem, az egyik hogy megkérjem a lányod kezét, hogy hozzám a dód a lányod kezét?, igen hozzá a dóm a lányomat!, király kérdezi a mások okot, szövetséges vagy a hunoknál amikor harcba indulok a hun lovasság és a szövetségeseimmel a kor germán király sereg csatlakozik a hun sereghez a harcba, Odoker germán király, mondja nincs kifogásom ellene, mert azt vetem észre hogy a lányom szeret téged. és te szereted a lányomat? jó elfogadom a lányomnak megkérted a kezét, de a másik fontos ügy, hogy hadba állok a nyugat romával, és ezért kellene seregemmel a hunok seregének felzárkózni a csatába, király kérdezi a hunok nagy urának, nekem a seregemmel. melyik oldalról fogok felzárkózni a nyugat romai ellen a csatába? hunok nagy ura azt felelte, sereged, egyelőre nem fognak támadni, majd megadom a támadási kürt szót, együt fognak támadni ázsiai hun lovassági seregével, a nyugat romai légiós lovasság sereg ellen, ez elterelés lesz az ellenség szemben, a többi hun lovasság és a szövetség lovassága később fog beavatkozni, először a gyalogos katonák fognak támadni nyugat romai gyalogosok ellen. hunok nagy ura, én már a hun hadi tanács, már megtár csalták a hadi felzárkózást, ki hol fog hadi állásba a sereg állni, király kérdezi, hunok nagyfejedelemtől, mikor akarod az esküvőt a lányommal? a hunok nagyfejedelem azt mondta, majd üzenek hogy melyik napon lesz az esküvő, akkor megtartjuk, Ezzel vége lett a beszélgetés a germán királlyal. Hunok nagy ura eltávozót a germán király tol. vissza lovagolt hunok nagy ura, a szittya közép föld hunniaiba,

ÜZENET A GERMÁN KIRÁLYNAK
LÁNYA ESKÜVŐJÉRE

Hunok nagy ura futárt küldőt Odoler germán király hoz, lóháton ügetve vitte az üzenetét hunok nagy urától. Hogy adja át germán királynak a hun futár, az üzenetét. holnap házságra lép Ildikoval, germán király csodálkozót, hogy nem a nyugat roma támadják meg, hanem helyette! a lányát veszi feleségül. Odoker germán király azt üzente, a hun futárnak hogy holnap ott legyen a lányával a hun esküvő szertartásánál, a hun futár máris vissza lovagolt germánjába, és elmondta a germán királynak, amit üzent a hunok ura, a király, azt üzenem a hun nagy úrnak hogy holnap ót leszek a lányommal az esküvőt szertartáson. a hun futár vissza fordul tával Hunniába ügetve lóháton ment. SICAMBRIA hunok nagy úr fa várába ment. A z örök bejelentették a nagy úrnak hogy megérkezet a futár, a hunok nagy ura, mondja hogy kéretem a futárt, belépet a hun futár, meghajolt. és azt mondta, hogy, ó! nagy uram, már át adtam! az üzenetért, a germán királynak. a hogy mondta nagy uram az üzenetében. germán király azt üzente hogy ott lesz a lányával, holnap esküvői szertartáson, hunok nagy ura elküldte a hun futárt, a futár meghajolt a nagy úr előtt eltávozót.

A HUNOK NAGY URA ÉS ILDIKO ESKÜVŐJE

Eljött az este szkíta keresztény sámán papok előkészítették a hunok nagy ura és Ildiko hazaságát szertartását a Sicambria fő téren az emelvényen. Hun nép gyülekeztek és várták a hunok nagy urát és Ildiko szertartását, a hun gyerekek virágszirmokat szórtak szét a fő téren germán király és feleségével Odera és Ildiko lányával, meg érkeztek háza sági estéjére a Sicambria fő terére. hun katonák a germán király és feleségét vitték egyenes a hunok nagy urához a fa várába. ott várták Ildiko a hun asszonyok, az egyik szobából kijöttek, Ildikot elkísérték és bevitték a öltözőszobába, amibe jött levetették a ruháját, és át öltöztették, egy mások selyem hosszú ruhába öltözőt át. Ildikonak hosszú haját megfésülték és egy szita frizurát készítetek, egy ősi szkíta esküvői fej díszt tettek a fejére. Hun asszonyok Ildikora ékszereket tettek, így elkészült Ildiko az esküvőre, Odoker germán király és felesége Odera nagy fogadó szobába várták Ildiko lányukat, hunok nagyura bejött a fogadó szobába és fogadta a germán királyt és feleségét, addig ameddig a lányuk fel nem öltözik, esküvői ruhába, Hozatott bort a szolga asszonyokkal, ott ültek addig ameddig a lányuk fel nem jött a felöltözve ki nem jött a szobából esküvői ruhában. A hun asszonyokkal a lépcsőn lement és a nagy fogadó szobába mentek, Odokor germán király és felesége Odera meglátta Ildiko csoda szép esküvői ruhába germán király mondja lányom! nagyon szép és gyönyörű vagy, ebben az esküvői ruhába. és megcsókolta az arcát, germán király és felesége és lányával, ló háton, előre mentek a fő térre. Hunok nagy ura, szürkés kék selyem ruhát vet fel az esküvőjén, nem sokára kiment a szobából és a fiaival, néhány hun lovas katonával a fő térre mentek, a hun nép nagyon várta hogy, hunok nagyfejedelme és menyasszonya megjelenje az emelvényen, meg érkeztek a menyaszón és szülei, felmentek az emelvényre és leültek. Utána nemsokára megérkezet fiával és a hunok nagy ura a fő térem, hunok nagy ura és fiai felmentek a emelvényen hun nép éljenzésbe kezdet. Hunok nagy ura kéz fel emelések, a hun nép elhalhatót, késő este volt, a szkíta keresztény sámán fő papok elkezdték az esküvői hun szertartást, Skándá sámán fő pap, és s többi sámán papok fohászkodtak csillag istenei szent csoda szarvas csillag képében, megjelentek csillag istenei. A Skádá sámán fő pap fohászkodót, hogy hunok nagy ura Etel és felesége Iédiko fogadják el mint házasok, csillag istenei szent csoda szarvas csillag isteneibe, állat vérébe bekenték kezüket, előbújt az északi csillag fénye, rávilágítót friss házaspárral Etele és Ildikora, Így össze adták a csillag istenei örök hűségére Etelét és Ildiko. Szertartás után, megszólalt a zene, táncra perdültek, a hun asszonyok víg énekel énekelt a hun asszonyok, a hunok nagy úr esküvőjén, Ildiko szülei nagyón tetszet a hunnép éneklése ás tánca a fő téren. Addig táncoltak ameddig el nem fáradtak a hun népe. Germán király és felesége elfáradtak a hun nép táncára. szóltak hunok nagyfejedelmének hogy elfáradtak Ildiko mondja kedves férje urának hogy mentjük haza, hunok nagy ura és felesége Ildiko és szülei elhagyták a fő teret, Lóháton vissza mentek a fa várba.

ETELE ÉJSZAKÁJA, ROSSZULLÉT

A hun asszonyok, nagy úr háló szobájába friss virágot tettek mindenűt hogy jó í lat legyen, Etele és ILDIKO a háza sági szertartási után, ellovagoltak Sicambria a fa vár hóz, felmentek a szobájukba, éhesek voltak Ettek ittak, utána lefeküdtek, jó sokáig szeretkeztek utána elaludtak, Etele nem tudót elaludni mert nagyon fájt a feje felesége már el alut, Etele ót ült az ágyon nagyon szédült, kiment a szobából, megmosta az arcát, hátha elmúlik a fej fájás, egy kicsit elmúlt a fej fájás. Oda feküdt felesége mellé, de utána egyre fájt a feje, szédült de nem tudót mit csinálni. egyre Jobban fájt a feje, felkelt és kiment sétálni a fa vár körül. A fejfájás elmúlt Etele felment a szobába és lefeküt és elaludt.

ETELE 453-BAN BEKÖVETKEZŐ HALÁLA

Etele ahogyan elaludt később megint fájt a feje, felkelt az ágyból megint szédülés fogta el. Egyszercsak nagyot ordított és összeesett, ordított a fájdalomtól. Felesége fel ébredt így szolt hozzá Eteléhez, mi a baj édes uram! Etele így szolt, válaszolt feleségének, nem tudom hogy mitől fáj a fejem édes Ildiko, másnap reggel felkelt az ágyból Ildiko, férje urát szolitota de a feleségéhez nem szolt hozzá. Nem kelt fel az ágyból, felesége látta tiszta fér lett maga körül, a szeme fel akadt, órából és szájából fojt a vér, Felesége megrémült kirohant a háló szobából, síró jajveselkedésbe kiáltotta Ildiko, az Etele az édes uram, hunok nagyfejedelme meghalt, 453 B napján lelte halálát. A hun asszonyok és a Polimer asszony bejöttek a nagy úr szobájába, látták nagyfejedelmét halva, a nagyfejedelem né magához hívatta Etele nagyfejedelem fiait, fiuk látták halott apjukat a szobába, nagyon megrémültek látvány tol, síró jajveselkedésbe az apjuk halálát. hun nagyfejedelem fiai mondják miért haltál meg drága jó apánk?, ne had el minket! te voltál nekünk a védelmünk, fiuk kérdezi most mi lest velünk? kik fogják vezetni a hun birodalmat? ha te nem vagy itt velünk, édes apánk. bejöttek a szobába a hun test örök, hun test örök, nagyfejedelmet látták holtan az ágyon. lefelé lógva a feje és a szeme felakadva, vér tócsa az ágy alatt. fogták a halott nagy hunfejedelmét, kivitték a szobából. és bevitték

egy másik szobába, ágyra fektetek, Ildiko nagyfejedelem
né átkarolva Etele fiait, nevelt anyukkal együt sírták ha-
lott apjukat, egyik hun testőre kiment a fő térre, és fel-
ment az emelvényre. a hun nép oda nézet és figyelt, ott
által a testőr, közli szomorú hírt a hun népnek. lehajtott
fejel, nagyon nehezen mondta el, megrázó hírt a hun
népnek, hogy a nagy úr elhalálozod meghalt. hun nép
mintha eszeveszetten kiáltozták jajveselkedésbe, kezd-
tek a hun népe, a hun asszonyok hangos sírással sírtak
a fő téren, szkíta ősi szokás szerint, a hun férfiak bevag-
dosták arcukat, és hátukat tuskés kajakkal verték, a hun
nemzetnek meghalt a hunok nagy ura, nincs egyenlőre
férfi aki irányítaná, a huj birodalmat, gyászba borult a
hun birodalom a nagy fejedelem halálával.

A HUN NÉP FOHÁSZKODÁSA A CSILLAG
ISTENEI SZENT CSODA SZARVASÁHOZ

Nagyfejedelmi család össze roppant, Etele fiai csak a nevelt anyuk támaszkodhatnak, egyedül maradt Etele nagyfejedelem né, a hun nemzet és a hun birodalom irányi tása, Sicambria mentek Etele fa várához, a hun nemzet népe. megtudták hogy a hunok nagy uram a fa várába egy szobába van, nagy lármát csaptak a fő téren, megzavarodót a hun népe. sikoltozás kedély lett, össze vissza rohantak a hun népe, hun asszonyok fok ták fejüket, és égbe kiáltoztak, kinyúlt karokkal csillag istenekhez szent csoda szarvas fohászkodnak. Hogy segítsenek a hun nemzet népének, és a hunok nagyfejedelem né és fiainak, a hun birodalom megakadályozásának szétesésének segítséget kérik, a csillag isten szentcsoda szervas isteneinek védésében. este van tiszta csillagos az égbolt, egy erős vényű isteni csillag a rávilágítót a Sicandria volt nagy úr, fa várára. Ki jött a fa várból a hunok nagy űrnője, a nagyfejedelem né Ildiko és fiai, a hun nép várták a csillag istenei, csoda szarvas istene jelképébe megjelent az égen. Égő fény áramlót az égen, bevilágította Sicambria csoda szarvas csillagi istenei fénye. csillag isten jelezték, hogy elfogadták a hun nép fohászkodó kérését, ezután letérdepelt a hun nemzet népe. Csend lett a fa vár körül, a nagyfejedelem né és a halót nagy úr fiai letérdepeltek a csillagok istenei szent csodaszarvas csillag jelképébe. Csillag istenei és szent csoda szervas fényei elhomályosodót a fény és eltűntek az égen. A hun népnek vége lett a fohászkodás, mindenki eltávozót a fa vár körül,

NYUGAT RÓMA,
MENEKÜLÉS A HUN HÁBORÚTÓL

Anomius tudomásul jutott hogy a hun birodalom, Etele nagyfejedelem váratlan halálát vesztette, nászé szakáján. Anomius elment nyugat romába cézár hoz, nagyhírt hozót Valentinius cézárnak. hogy elmondja a jó hírt, hogy hunok nagyfejedelme meghalt, cézár őrei bejelentették Anomiusz a cézárnál. Valentinius cézár fogadta. Anomius cézárt üdvözölte, ÜD cézárom! Anomius mondja cézárnak, jó hírt hóztam cézárom, ! kérdezi cézár mi az a jó hír? hunok nagy ura elvette germán császár lányát, a nagy esküvők ünnepelték a hunok nagy urát, ünnep után nászé szakán, elaludtak, nagyon rosszul lett a hunok nagy ura, annyira hogy rosszul lett, hogy nem kapót levegőt, elvágódót és meghalt, cézár ürült hogy meghalt a hunok nagy ura, ezzel meg úszta a csatát roma. cézár mondja, meny vissza a Hunniába! tudakold meg hogy ki lesz a hunok nagyfejedelme, hun hadi tanács tol, hogy kik fogad el, Etele nagyfejedelem utódaként, cézár mondja Anomiusnak ha megtudod, hogy kilesz a hunok nagyfejedelme, Etele nagyfejedelem utódja, a kor gyere vissza romába, és jelents nekem, most megint öltőz át hun ruhába, és meny! Anomius eltávozót cézár tol, kilovagolt romából, és egyenest Hunniába lovagolt.

A HALOTT HUNOK NAGYFEJEDELMÉNEK
ŐSI SZKÍTA SZERTARTÁSA

A hun nagyfejedelem né kérette a hun orvost hogy vizsgálja meg a halott nagyfejedelmét. a hun orvos megvizsgálta a halott hunok nagyfejedelmét, azt mondta a hunok nagyfejedelemének, már régóta mérgezték a hunok nagy urát, méregagy rögöt agyvérzést idézet elő, ebbe halt bele a hunok nagy ura, után eltávozót a fa várból, nemsokára megjelentek a Szkíta keresztény sámán papok a fő térre, mentek, a hunok nagyfejedelem né kérésére. Hun nagyfejedelem né és a nevelt fiaival a fő térre mentek kísérettel, hozatatta a birodalmi hun trón széket a fő térre, megjelentek a fő térre, a hun nép éljenzésbe kezdtek, hun nagyfejedelem né t és a nevelt fajait, felmentek az emelvényre, Ildiko hunok nagyfejedelem né leült a birodalmi hun trón székbe fiai is leültek, a szkíta keresztény sámán papok és a fő pap elkezdték halót hunok nagyfejedelem szertartását, esteledet a hun népe gyülekeztek a hunok nagy ura szertartása. megjelentek a csillag istene és a szent csoda szarva csillag jelképébe az égen, ezért a hun nép letérdepelt a hunok nagyfejedelem nagyúr né előtt. A szkíta keresztény sámán hun papok és a Skándá szkíta keresztény sámán fő pap, jelenlétükbe megkezdték a halott hunok nagyfejedelemnek a szertartását a keresztény sámán papok, és a Skándá hun fő pap, csillag isteneknek fohászkodtak, a hunok szent csoda szarvas csillag jelképébe, északi isten csillaga megjelent az égen, nagy fényt áradozót a fő terén, szkíta keresztény hun sámán papok és a SKÁNDÁ fő pap imádkoztak a hallót hunok nagy ura, hogy fogadják be a lelkét az csillag istenek és a hunok csoda szarvas csillag jelképébe. A hun nagyfejedelem né fel ált és azt mondta hogy a hun népnek, álja tok fel! a hun nép fel ált és látták, a csillag istenek és a hunok csoda szarvas, csillagistenei jelképébe az égen ott ragyogót, a sámán papok és a fő pap, azt mondta a hun nagy_ fejedelem családnak, és a hun népnek hogy befogadták a halót fejedelem lelkét a csillag istenei a hunok szent csoda szarvas istenek jelképébe, ezzel vége tért a halót hunok nagy ura szertartása. feljöttek a szkíta halott táncosok az emelvényre, meghajoltak a hunok nagyfejedelmi családnak, elkezdték a halott táncot a hunok nagyfejedelem tiszteletére. A hallót táncnak vége lett, a sámán papok és a fő pap a halott táncosokkal együtt meghajoltak a hunok nagyfejedelem családnak, Ezzel vége lett a halott hunok nagyfejedelem szertartása, a nagyfejedelmi család lovon viszszamentek a Sicambriába a fa várába.

SZKÍTA HALOTTI SZOKÁS

Másnap reggel nagyfejedelemné felkelt az ágyból, szoba lányok, halotti ruhát készítettek Ildiko nagyfejedelem né ne k, a szoba lányok szóltak k az öröknek hogy a halott nagyfejedelemét öltöztess ég fel. kimentek a háló szobából, és egy másik szobába ment, megterítve reggelivel, ott várták nevelt anyukat Etele fiai. Reggeli után fiaival és többed magával elindultak a fő térre, halott apjuk szkíta szokás szerint, elhagyták fa várat, és Sikambriát a nagyfejedelem né és családja kíséretébe a fő térre mentek, halott nagyfejedelem fa koporsója, ót volt a fő téren. a hun lovasság és a szövetségi hun fejedelmek és a többi szövetségesei, és a hun nép kíséretével, szkíta ősi halotti szokás szerint. Hunnia szittya közép föld körül, elindult a körmeneti gyász, elhagyták Sicambriát, a hun kisebb birodalom részére vitték, a fa koporsóját. A gyász körmenet végig ment, visszamentek Sicabriába.

278

A HUNOK NAGYURÁNAK TEMETÉSE

Végetért Etele hunok nagy ura halotti koporsós szkíta ősi hun birodalmi körbe járása. Etele fiai mondják nevelt anyuknak, halott anyuk mellé Temesség el apjukat, hármas fa koporsóba kell eltemetni. a hunok nagyfejedelem né, behívta a hun őröket és azt mondta a hun öröknek hogy, a ravatalozó szobából vigyék ki, a halott nagyfejedelmét, és tegyél bele a fa koporsóba, Majd reggel a nagyfejedelmi családdal együtt vigyék ki a Tiszára, a hun katonák harminc férfi rabszolgát Tiszához rendelték el. Hogy tereljék el a Tisza folyót, El jött a reggel az hun örök, a ravatalozó szobából kivitek a halott hunok nagy urát, beletették a fa koporsóba, csak a nagyfejedelmi család volt a temetésen és a harminc hun rabszolga ember és öt hun katonák voltak a Tiszánál meg, kezdték elterelni a Tiszát, harminc rabszolga emberek, a Tisza mellék ágából, ásták ki, a három fa koporsó helyét, az első fa koporsóba belerakták a halott hunok nagy urát, a másik fa koporsóba a ruháját és ékszereit, a harmadik fa koporsóba a beteg lelőtt lovát, már belerakták a, a kiásott fa koporsó helyét betakarták a három fa koporsót. Utána nedves vizes földel betakarták, a rabszolgák vissza terelték a Tisza meder vizét, aki eltemették azokat lenyilazták, akik lenyilazták azokat is, nyíl általa megölték.

MEGHÍVÁS HALOTTI TORRA

A temetés után vissza tért nagy fejedelem család, Ildiko nevelt fiáiknak mondja hogy estére rendezek halotti tort apátok tiszteletére. meghívom egy pár fejedelmeket a halotti torra. ifjabbik Bendegúz fejedelem, Tárkány fejedelmet, Oport fejedelmet és Flavius légiós kapitányt. Estére megjelentek a hunfejedelmek esti tora, a szolga nők megterítetek az asztalokon bort hoztak pohárral együtt, addig ameddig el nem készül a sült szarvas, addig ittak ameddig kihozták a sült szarvat, gyümölcsöt ettek, elkészült a sült szarvas, ettek közbe bort ittak, beszélgetek és vissza emlékeztek, amikor még élt a hunok nagyfejedelme, nagyon jó hadvezér volt és irányította a csatába vonuló hun sereget. így nagy birodalmat szereztünk a csatába, nem tudjuk hogy ki lesz a nagy urunk utóda, majd meglátjuk hogy kit fognak a hun tanács, ki jelölni a hunok nagy fejedelmét, közbe ettek ittak, és másról is beszélgetek, nagyon késő lett, a három hun fejedelem fel ált és meghajolt és mondja a hun nagyfejedelem nének, hogy eltávoznánk nagyfejedelem né asszonytól, nagyfejedelem né mondja hogy jó menjetek. Három hun fejedelem eltávoztak a hunok nagy vár úrnőjétől, Megköszönték meghívás vendéglátást, elhagyták Sicambria.

ETELE NAGYFEJEDELEM UTÓDA

453-ban, Etele halála után egy év telt el ifjabbik Bendegúz fejedelem, a hun nagyfejedelem né utasítására öszsze hívta a hun tanácsot a többi fejedelem, várta a hun nagyfejedelem né t és a nevelt fiait, megjelentek a hun hadi tanácsom, mindenki meghajolt, a nagyfejedelem né elölt megnyitotta a hun hadi tanács beszélgetését. Volt hunok nagyfejedelme, fiaik között kellet választani hogy ki legyem a hun népeknek a hunok nagyfejedelme. Halála után most a hun hadi tanácsnak kell döntenie, a fiai közül az idősebbiket fiút választották a hun nagyfejedelemé. Elákra került a nagy fejedelem, halott nagy úr, jog i utóda, halott nagyfejedelem örökségi viszálykodás lett vége. halott nagyfejedelem fiai között, nagyon meggyengítették a hun birodalmat a hun trónt Etele fiai. testvérei Dingizit, Ernák, részt kértek a hun birodalomból. De nem kapták meg azt am i követeltek, így hun trónt viszálykodás lett a küzdelemből, végül Etele idősebbik fia Elák került ki győztesnek, a hun trónt El foglalta el, apja után, de nem tudta a hun birodalmat megszilárdítani.

ELÁK KORONÁZÁSA

455 b Szkíta sámán papok elkészítették Etele nagyobbik fia Elákot koronázását a fő téren, koronázás idején a hun gyerekek már többször virágszirmokat szórtak szét a fő téren. a hun nép a fő téren ugyan úgy gyülekeztek mind eddig és várták koronázást a fő téren, Elák idősebbik fiú és a testvérei és a nagyfejedelem névvel együt kijött a hun fa várból és a fő térre ment, a hun nép éljenesték a nagyfejedelem családot. Elák leült a hun birodalmi trón székbe, szkíta keresztény sámán papok és Slándá fő pap imádkoztak a csillag szent csoda szarvas istenekhez, hogy fogadják el Elákot a hunok nagyfejedelmét csillag istene és a hunok szent csoda szarvas istenei. a hunok nagyfejedelmét, Skándá hun fő pap. Rátette a Elák fejére a hun birodalmi apja bizánci koronáját a fejére. feljöttek a hun táncosok, eltáncolták szkíta hun táncot. Hunok nagyfejedelmének és a családjának a táncukat, Csillag istene szent csoda szarvas istenek jelképébe az égen, egy erős fény áramát az égen, bevilágította az egész fő teret Elák koronázási estén. Elák fel ált a korona fején, és a hun népe felé fordult, előre nyújtotta a karját, utána leült a hun trón székbe a hun nép ugyan úgy mint a többi koronázásnál, csendbe letérdepelt egészen, a karjukat előre tették, ott egészen térdeltek a addig ameddig a Elák hunok nagyfejedelme, újból fel ált a hun trón székből és a néphez fordult, szét tár karral a

hun nép csend benn fel ált, éljenezték az új nagyfejedelmét a hun népe, Elák nagyfejedelme előtt a hun népe elénekelték a hun himnuszt, a szkíta keresztény sámán papok és Skándá fő pap koronázás után eltávoztak a fő térről, utána a nagyfejedelmi család.

ILDIKO HUNOK NAGYFEJEDELEMNÉ BUCSUJA

Ildiko nagyfejedelemné magához hívatta nevelt fiait, Elák, Denginzit és Ceba, Ernesz, Elák idősebbik fiú kérdezi nevelt anyuk tol, hívattál minket? igen! hívattalak titeket, azért hogy nekem elkell mennem sürgősen germán földre e közbe Behívtam ifjabbik Bendegúz fejedelmet, meghajolt a nagyfejedelem né előtt, elmondta a nagyfejedelem né Bendegúz fejedelemnek. a hun tanács megválasztották, hunok halott nagy ura, annak Elák nagy fiát, hunok nagyfejedelmet, ezért már nincs szüksége hogy én irányítsam a hun birodalmat, ezért én úgy döntöttem hogy egy kis időre elhagyom Sicambria Hunniát, Bendegúz fejedelem megértette, a mit mondott a nagyfejedelem né, meghajolt és ezzel eltávozót Bendegúz nagyfejedelem né tő, nevelt anyuk most elmondom nevelt fiaiknak. apátok mielőtt meghalt volna esküvő után azt mondta hogy az utódom az idősebbik fiam legyen a hun nagyfejedelem ha! meghalnék. Ő vezesse a hun birodalmat és a hun nemzetet és a hun lovasságot, és a szövetségeseket azok akik vérszerződést kötöttek a hun nemzetnek. A nevelt anyuk mint nagyfejedelem, né kérdezi nevelt fajaik. Ha nem térnék vissza, de visszatérek hozzátok!

Azt felelte nevelt anyuk, a fiaiknak hogy már régóta nem látta szüleimet, germánjába, mondja nevelt fiai, bármi elő adott hat, akkor nem tudsz jönni. a hun nemzetnek kell vezeti a hun nagy birodalmat, Elák a hunok nagyfejedelmének, Dengizit, és Ceba megérették nevelt anyuknak beszédét, Elák, Dengizit, és Ceba, átkarolták nevelt anyukat és megcsókolták, könyv csepp hullót az szemükből, mert érezték hogy már soha többé nem látják nevelt anyukat, Ildiko mondja a fiuknak, ne sírjatok édeseim! ha tudok akkor jövök hozzátok, és újból látjuk egymást, Etele fiai mondják a nevelt anyuknak hogy nagyon szeretlek anyukám, mert nagyon hasonlítsz drága jó édes anyánkra, a ki meg halt! te pótolod nekünk az halót édes anyánkat, mert nagyon hasonlítasz nagyon rá, mert te helye te sí te d nekünk halott édes anyákat, a kit nagyon szeretünk jelenlétébe, te vagy nekünk. itt biztonságba érezzük magunkat, Etele fiai még egyszer átölelték édes anyukat szólították Etele fiai, nehezen váltak el a nevelt anyuktól, Ildikonak a szemöböl könyv csepp hulltak ki, nehéz búcsúzkodástól Etele fiai tol, ezzel el búcsúzót nevelt anyuk Ildiko

ILDIKO GERMÁNIÁBAN

Másnap korra reggel Ildiko felöltözve a szoba lányok Ildoio indulásnak ruháját össze pakolták és a néhány hun lovassal elhagyták Sicambria hunok nagy ura fa várát, hosszú útnak indultak hunok nagyfejedelem né szüleihez. Germánjába egy pár napig lovaglás után Germánjába majd holnap lesznek, elérték a germán határt. Ildiko és a hun lovassal germánjába vannak. germán császár szüleihez mentek germán császár fogata Ildiko lányát, Odoker császár kérdezte lányától hogy miért jöttél haza? Ildiko azt mondta hogy azért rőtem apám! csak látogatni, Odoker császár kérdezi meddig marassz lányom? Ildiko azt felelte apjának, csak néhány napot leszek itt, utána elmegyek vissza Hunniába. Odoker császár mondja a lányának, a szobád úgy an úgy ahogyan hagytad, ldiko felment a szobájába, a császári személyzete felvitte ruhás poggyászát a szobájába, germán császár levele kapott hun nagyfejedelem t ő hogy seregével jöjjön Hunniába, Ildiko édes anya meglátogatta lányát, bement a szobájába Ildiko meg látta édes anyát örvendezve fogata édes anyát és átkarolta, édes anya mondja lányának. Nagyon örülök hogy itt vagy velünk, együtt lejöttek a lépcsőn és bementek a ebédlő szobába, ót volt édes apja, mindjajuk leültek az asztalhoz, szolga lányok kihozták az ebédet, közösen megebédeltek. ebéd után közösen bementek a hal szobába, Odoker császár mondja a családjának szomorú hírt kaptam a hírnöktől hogy azonnal a seregemmel vonuljak Hunniába, Ildiko és édes anya mondja hogy máris mész! hiszen alig jött a lányod és máris elmész!, Odoker császár mondja mennem kel, mert szövetségbe vagyok a nagy hun fejedelemmel segítségre van szükség, a hadseregemmel, a nyugat romaiak megtámadják Hunniát, ezért van rám szükségük, Ildiko és édes anya mondja hol van szükségünk akkor menynél! Odoker császár mondja lányának, akkor te itt maradsz! és ne meny vissza! Hunniába vigyázzál édes anyádra, császár bement a tanács szobába, és az egyik őrnek szolt hogy sürgősen várom a sereg tábornokait, az őr elment és szolt a sereg tábornokainak, tábornokok megjelentek császár parancsára, meghajoltak a császár előtt császár mondja azért hívattam önöket, mert! Hunniába kell menünk, készítsétek fel a gyalogos és lovassági sereget, és máris megyünk Hunniába, a tábornokok igenis császárom! és elmentek, ezalatt a tábornokok a hadsereget felkészítették, Odoker császár elbúcsúzót a családjától, császár átkarolta és megcsókolta feleségét és lányát.

RÓMA, VALENTINIUS CÉZÁR HADI TANÁCSÁNAK ÖSSZEHÍVÁSA

Flavius Placedius Valentinius nyugat roma cézár csatára készül, hogy vissza foglalja Pannoniát, ezért mindent légiós gyalogos és lovasságot bevet a harcba, az összes légiós tábornokokat össze hívta, hogy megbeszéljék Pannonia vissza foglalását A tábornokok bejöttek a cézárhoz mellhez kézhez üdvözölték üdv cézár, Valentinius cézár mondja a légiós tábornok okoknak hogy Etele a hunok nagyfejedelme meghalt, ki van olyan tapasztalt a csatába mint ő volt hunok nagyfejedelme, a hírforrásba tudom hogy az idősebbik fia lett a hunok nagyfejedelme. mert még nem olyan tapasztalt a csatéba, mint az apja volt, egy nagy sereget irányítson a csatába, Ez kell kihasználunk a légiós tábornokoknak, a hun csatát hun sereget és a szövetség leverését, utána elkel Pannoniát és Hunniát egybe Sicambria városát hunok városát elkell foglalni. Légiós sereg tábornokoknak elfogadták Valentinius cézár hadi ajánlatát, romai őr jelenti hogy megérkezet Antinius magximus Imperátus Magirdrátus és a légiós seregével. Antonius bejött cézár hóz, kéz mellhez üdvözli üdv cézárom! cézár kérette Imperátus Magistus tábornokot cézár mondja Antonius, hogy vissza kell foglalni Pannoniát és Hunnia elfoglalását. Antonous mondja cézárnak hogy nem értem! mert még mikor hadba altunk, a hunokkal hunok nagyfejedelmével mindig vesztetünk a csatába, mert Etele hunok nagy ura csata rendjét mindig más képen indította a csatába a hun sereget, cézár mondja Anronius, már más a nagyfejedelem. Antonius kérdezi a cézártól. mitől más a helyzet? cézár mondja Antonius, meghalt Etele a hunok nagyfejedelme helyzet után, a legidősebb fiát választották a hunok nagyfejedelemé. ö nem! olyan mint az apja! mint a hunok nagy ura, a ki a csatába hadseregét és szövetségét jól vezesse a csatába. Azért én kihasználom ezt a alkalmat hogy győzedelemre vis szem a csatába a légiós sereget, végre legyőzők a hunsereget. Antonius Imperátus Magistus tábornok mondja a csatát cézárnak. hogy legyen a gyalogos támadás a hunok gyalogosai ellen, először támadunk a romai gyalogosok. de nem! az összes!romai gyalogos légiós gyalogos sereg fog támadni, ha nem! a fele gyalogos lesz a csata téren, cézár mondja hogy nem értem! hogy mi ért nem az egész romai gyalogos sereg támad a hun gyalogos seregre. Antonius mondja a cézárnak, mert tartaléknak is kell gyalogossereg katonáknak kell lenni a csata téren, a hunok így támad a gyalogos katonái a csata téren. nem mindent! vetnek be a hunok, a gyalogos katonák a csatatéren, mi is ezt fogjuk csinálni, a csata téren. A romai lovasság, ne! induljon el a hun lovasság után, mert ez egy csapda a romai lovasságnak, mert megpróbálják szétzúzni a romai sereget a csata téren, hogy ne tudjunk csata rendbe felzárkózni, a csata téren. Ezért a légiós lovasság, ne menjen utána a hun lovasakhoz, mert ők elterelő lovassági had műveletet fognak tenni. Mert ki csalják a légiós lovasságot, a csata töröl. Ez egy hadi lovas taktikájuk, a hun lovasságnak, Mert ha hatjuk vére vezetni a légiós lovasságot. Akkor mind egy szálig le nyilazzák az összes légiós lovasságot és megsémisítik Akko nem fogunk nyerni Hunniába. Hunok fognak megint nyerni a

355

saját Hunnia hazájukba, Mink romaiak! megint vesztes-
ként megyünk haza romába, a romai nép, nem fog éljen-
zésbe kezdeni, hanem csend be eltávoznak a viadal kapun,
elöl és a téren üres lesz, senki nem foglya cézárt éljenez-
tetni, Valentinius cézár meghallgatta beszédét Antonius
Mahistrátusnak a csata ajánlatát, cézár mondja a többi
Magistrátus tábornokainak, hogy elfogadjuk Antonius
Magszimux Magisrátus hadi tanácsát, cézárom! igen! a
többi Magisztrátus tábornok elfogadjuk a hadi ajánlatát,
ezzel vége tért a romai cézár hadi gyűlése, kéz mellhez
téve eltávoztak a cézár tol.

ETELE VOLT NAGYFEJEDELEM EMLÉKE

Eltelt néhány nap Elák koronázása után, nagyfejedelem össze hívta a hunok haditanácsot, az apja emlékére, a hun szövetségesek megjelentek a hadi tanácson, a hadi tanács fogadó szobába. ELák és testvéreivel megérkeztek hadi tanács szobájába, szövetségesei és nagy vezérek, az ázsiai hun nagy vezérek, mondják! már várták a nagyfejedelmét. Eák nagyfejedelem mondja szövetségeseinek, azért hívtam össze hadi tanácsot! az apám nagyfejedelem emlékére. amit elkezdet azt befejezem csatát indítok nyugat romai ellen! ifjabbik Bendegúz a szövetségesei! a többi szövetségeseik is mondják Elák nagyfejedelem. A hun hírnök maghajolt és jelenti Elák nagyfejedelemnek, roma követek jöttek nagyfejedelemhez, és jelenti Elák nagyfejedelemnek nyugat roma követei jöttek nagyfejedelemhez, fogadja hunok nagynagyfejedelem a roma követeket. Teirus roma követ azt mondja cézár hadi üzenete, holnap legyenek a hun birodalom nyugati határom, romai sereg ott várja a hun sereget, már itt van Hunnia határ, Elák nagyfejedelem mondja a hadi tanácsnak, a kor nem kell hadi üzenet a nyugati roma ellen. Hiszen már itt vannak a Hunnia határán, vége tért a hadi tanács, hunok nagyfejedelme mondja a szövetségeseinek és nagyvezéreknek, mindenki legyen had rendbe, örök! fújatók riadót. Elák nagyfejedelem mondja a hadi állás, ugyan úgy legyen harc téren, mind amikor az apám élt nagyfejedelem, a had rend, először a gyalogosok támadni fognak, utána a nagyvezér gyalogosai két felöl a romai gyalogos sereg ellen, így meglepjük őket a hun lovasság és szövetségi hun fejedelem lovasai. Ifjabbik Flavius Maszimux lovasai csak akkor! fognak támadni, amikor romai lovasság támad. négy részre osztjuk a lovassági, nyíl záporral nyilazzuk le a romai lovasságot, kikell csalni a romai lovasságot a csata tár. így megtudjuk sémisíteni roma lovasságot, megadásra szolijuk nyugat romát. Elák nagyfejedelem kiadta a parancsot, hogy mindenki legyen harci készenlétbe, mindenki elhagyta a hadi tanács termet, Elák nagyfejedelem és a testvérei készülődnek a csatára.

A HUN BIRODALOM NYUGATI HATÁRÁN

Elák hunok nagyfejedelme másnap a testvéreivel és a hu
sereggel a szövetségeseivel elhagyták Sicambria városát,
a hun birodalom nyugati határára mentek. Megérkezésük
Elák nagyfejedelem, látta a romai Valentinius cézár légi-
ós seregét, a csata hadirendbe álltak várták a hun sereg
a csatatéren. Elák hunok nagyfejedelme és a sereg a hun
birodalom határánál megérkeztek. Őt látták Elák hunok
nagyfejedelme, Valentinius romai cézár, romai légiós se-
regét csata rendbe álltak, várták a támadási kürt szót.

ELÁK CSATA ELŐTT BESZÉDET MOND A HUN SEREGNEK ÉS A SZÖVETSÉGESEKNEK

Elák hunok nagyfejedelme utolsó beszéde a hadsereg-
nek. itt álunk a csata téren! a hun birodalom nyugati ha-
tárán, romai cézárja invitálta a hunok nagyfejedelmét!,
azzal hogy vissza akarja szerezni a hun birodalom Hun-
nia egy kis részét Pannoniát, a romai Valentinius cézá-
ra. ezért hadat üzent a hunok nagyfejedelmének. most
itt vagyunk a hun birodalom Hunnia nyugati határán,
csatára kényszerülünk a romai a kall, úgy kell harcol-
nunk hogy győztesenként kell kijönnünk a romai sereg
ellen. ha nem! a kor a hun nemzet elvész, a romaiak a
hun nemzet népét, rabszolga sorsra teszik., a hun férfi-
akat gladiátorokká teszik, a fiatal nőket, a romai villá-
ba rabszolga kiszolgáltatottá válnak. hát nem akarjuk a
hun nép kiszolgáltatottá váljanak a romaiaknak!. Hogy
ez megtörténjen a hun nemzet népével!, igenis harco-
lunk vagy meghalunk! hun birodalom Hunniáé!, a hun
nép hazájáért! a mi több éveken át, az első hun nagyfe-
jedelem Ruha vezette a hun népét!, az új hazába!. Ugyan
úgy Bleda hunok nagyfejedelme igére tettet a hun nem-
zet népének, az új ideg lenes haza kár pát medence után,
középföld bejövetele biztosítsa a hun nemzet népének
az új hazát!. ugyan úgy mint a volt apám, Etele szintén
a hun birodalmi nagy ura, és nagy vezére volt, be is tel-
jesítette, a hun nemzet népének, végleges új hazáját! ez
ért, most itt vagyunk! hunbirodalom Hunnia új haza!

nyugati határán. Valentinius cézár kényszer háborúra kényszerit, a hunok nagyfejedelmét, én hunok nagy vezére is, most itt vagyunk a csata téren! Meg kell nyernünk ezt a csatát! Nyugat Róma ellen!

UTOLSÓ HUN CSATA A RÓMAIAKANÁL

Hun nagyfejedelme csata sorba állította a gyalogos hun sereget, és várták a romaiaktól a kürt szó csata támadását a csata téren, egy szer csak romai támadási kürt szó. hala szót a csata téren. megindult a romai gyalogos sereg a csata téren, Elák hunok nagyfejedelem, még nem adta ki a támadási kürt szót a támadásra. A romai gyalogos légiós sereg ellen, a hun gyalogos sereg, fel zárkóztak, még hat szövetségi nagy vezérek gyalogos sereg katonák is felzárkóztak a csata térre. a csata tér közepén legyenek, a romai légiós gyalogos sereg, a hun gyalogos sereg, nagy léptekkel és pajzs ütögetéssel csata kiáltozva támadót a romai gyalogos légiós sereg ellen, össze csaptak a hun és a romai gyalogos seregi, ELÁK hunok nagyfejedelme bevetette a többi gyalogos sereget a csatába, Valentinius cézár gyalogos légiós seregét támadásra indította a hunok gyalogosai ellen. ELÁK már nem!tudta a hadi tervét végre hajtani mert ketté kell váljon, a hun gyalogos sereg, a csata téren. hogy beszorítjuk a romai gyalogos seregét, Valentinius cézár vissza vonulás kürt szó fújnak, a gyalogos légiós seregnek. ELÁK hunok nagyfejedelme vissza vonulást fújatott szintén a hun gyalogos katonáknak. Hun fejedelmek kérdezi a hunok nagyfejedelmének, hogy hogyan tudták meg a hadi tervünket? Oport hun fejedelem mondja hun nagyfejedelemnek, biztos valaki elmondta a hadi tervünket a romai cézárnak. Azért nem sikerül beszorítani a romai légiós gyalogos sereget, mert másképen támadtak, a hun gyalogos seregre, Elák nagyfejedelem mondja a szövetségi seregnek változatni kell a hadi terven, minden gyalogos szövetségnek, akkor kell változatni a mikor támadunk. romai gyalogos seregre, több felé kell szét oszlanunk, a gyalogos seregnek, mindenűt kell támadnunk a romai légiós gyalogos katonákra csata térem, megtévesztjük a romai gyalogos seregét. a csatatéren, így könnyebb lesz, a romai gyalogos seregre rátámadni, ha kell megsémisítjük. ha nem adják meg magukat akkor, mind egy szálig, megkel ölni. elhangzót a támadási kürt szó, a romaiak támadása készen álltak, megindul a támadás mindkét gyalogos sereg oldalon, egymást támadták a csata téren. Dulakodtak kardoztak és lándzsával szúrták le egymást, ELÁK utolsó összes gyalogos katonákat bevetették a csata téren, Valentinius cézár ö is bevetette az utolsó gyalogos seregét a hun gyalogosok szembe, Valentinius cézár nem számitok a hunok nagyfejedelem harc rend változtatására, ELÁK a harci rendje változtatásával bevált a harc téren, mindkét gyalogos katonák egy más hogy támadtak, eközben segítségére jöttek a hun gyalogos utolsó serege, több oldalkor támadták a romai sereget, romai gyalogos légiós katonák, nem tudtak fel álmi a csata téren. megvoltak zavarva a romai gyalogos légiós sereg, csak azt látták Valentinius cézár hogy, gyalogos seregei, egy más után esnek el a csata téren, leölték a hun gyalogos sereg, mert nem adták meg magukat, amikor felszólították a romai légiós seregét, Valentinius cézár légiós lovasságot vetette be, a csata téren. hogy segítségre a gyalogos seregnek, de már késő volt a segítség, hunok nagyfejedelme, meglátta ö is hun lovasságot vetette be, a romai lovasságra a csata térre, a hun lovasság támadásba lendült a romai lovasságra, támadták nyilazással, egymás után lőtték ki a nyilaikat, a romai lovasságra, aki eltudót lóháton menekült, a hunok nyílatoll az életbemaradt, aki nem tudót elmenekülni az meghalt. azon nyomban, a csata téren. Valentinius cézár látta hogy egy mást után esnek le a lóról. a hunok lovasság nyilaitól, romai lovasság fele megsemmisült. Antonius Magistrázus romai tábornok, jelentés tett a cézárnál, azt mondta cézárnak már nincs mit tenni! csatát elveszettük, csak a menekülés van cézárom, VALENTINIUS cézár belátta hogy nincs mit tenni, tábornokaival és tisztekkel a fele lovassággal elmenekült a csata térem. ezzel győzelmet aratót a csata téren. ELÁK nagy fejedelem Ezzel megmenekült Hunnia és a hun nemzet népe, Elák vissza tért Sicambria, a hun népe éljenzéssel eljenezték, a hun sereget és a szövetségeseit a hun fiatalok sikoltozással és éljenezték, virágszirmokat dobálták a Elák nagyfejedelmére, volt aki sírt örömébe hogy nem a romaiaknak rabszolgája vagy kiszolgáltatója nem lettek és a hun nemzet.

TESTVÉRI CSATA

446 b: Elák nagyfejedelem meghívta testvéreit hun birodalom ügyében, ki hogyan fog kapni a hun birodalomból, ELÁK testvéreinek azt mondta mindenki egyenlő részt fog kapni a hun birodalomból. Testvérei nem fogadták el, a mit aj ált Elák bátyúk, erő nagy vita lett belőle a hun birodalom felosztásáról, mindenki többet akart a hu birodalomból, de ezt Elák nem egyezet bele. a mit akarnak. a testvérei a hun birodalom felosztására, nagyobb részt akarnak mindenki részesülne belőle. Ezért nagyon vitatkoztak Elák bátyúkkal, még sem lett amit akarnak, ezért csatára szólították egymást, Etele volt nagyfejedelem legkisebbik fia Ceba és Dengizit ellenségével váltak. egy más ellen harcoltak a Duna mentén, a DUNA folyó véré változót a harcba, Ceba lett a vesztes a harcba elmenekül vele együtt, a hun nemzet egy kisrésze, a hun népe, pár ezer hun lovassági katonákkal keletre menekült, a többi fiuk Emenzár, Uzsidor, Gemiz, Ernák. Egymás ellen harcoltak de nem nézték! a hun birodalom szét esését.

447B: ELÁK SZÖVETSÉGESEINEK LÁZADÁSA ÉS TÖMÖRÜLÉSE

Hun szövetségei nagy vezérei látták hogy Etele nagyfeje-
delem fiai egymásnak esve harcoltak, így még jóban a tel-
jesen szét eset a hunbirodalom, a fiuk harcaiba legyengí-
tetek a hun sereget a harcaikban. nem gondoltak hogy a
szövetségeseik össze fognak, és lázadást uszítanak, a hun
birodalom ellem. Gepida Andarik király vezetésével Hun-
niába vonult gepida népével, azok a szövetségesei, Türkey
és Germán, és Blzánc, hadsereg vonultak ki Hunniából.
ALÁNOK, RUGIÁK, SKIREK, STARMATÁK, szövetsége-
sek felkeltek és szövetségbe tömörültek, lázadókkal közép
föld Hunniában ismeretlen folyó mellet csaptak össze, a
hun sereggel ELÁK nagyfejedelme és a hun lovassággal és
a hun szövetségi fejedelmek, nem rég harcoltak roma se-
regével. Kimerülésig. a lázadok serege kihasználták a hun
lovasság sereg kimerültségét, nagy erővel támadták a hun
sereget és szövetségeseire a hun lovassági sereg, és a hun
fejedelemi lovassága, nem tudták csatarendbe, fel álmi a
gyors támadás ellen. fele hun lovasságot meg se mi sí tet-
ték. Elák nagyfejedelem halálát lelte a csata téren, Etele
második nagyobbik fia Ernák megmarat hun lovassága,
fekete tenger északi kelet partvidéke sztyeppére mene-
kült vissza, Etele középső fia Denginzit keletre menekült
a hun lovassággal, utolsó kelet roma birodalom ellen har-
colt. Roma Athenos hadvezér vissza verte a hun támadá-
sát 448 b: Denginzit csatába életét vesztette.

HUNNIA ÖSSZEOMLÁSA ÉS HUN BIRODALOM MEGSZŰNÉSE

Hunnia vételen volt és a hun népe, nem volt aki Hunniát és a hun nemzet népét megvédje. Anderik Gepida királya ezt látta és lerohanta katonáival és elfoglalta szittya közép földet Hunniát, hunok új hazáját. Aki ott maradtak azok gepida népéhez mentek, hun uralom alatt felszabadult rabszolga népek, gepida fen hatóság alatt lettek. Etele halála vissza vonulást végét jelentette, hunok álam szervezők hódi tásai a k veszték vesztetek, hun birodalmi széteset uralkodó nép felmorzsolódott röpke néhány év alatt elbukót, akik még nem olyan régen, az egész világ le igázásáról, és világura lehetek volna, egyesek megmaradtak és beolvadtak az új birodalomnépe alakulásával legtöbbek, Idegen zsoldosként harcoltak, más idegen népcsoport annak urának. a világ népcsoport legendás alakjával vált. leginkább nyugat népcsoport vadbarbárság szimbólum említik, Etele hun birodalma széteset és össze omlott, meg szűnt létezni, Etele fiai általa. Andarik király nem sokáig lett a hun birodalom királya, mert belső Ázsiából jöttek be idegen törzs népcsoportjai annak neve avarok, annak fejedelmei baján kajánja, nagy lovassági csapatai harcias lovassága, baján kakán vezetésével az avarok. A hunok Hunnia hazáját elfoglalták, ezzel nem a Gepida Andarik király uralkodót hunok új hazájába Hunniába, ha nem az avarok. A hun nemzet népének az új haza végleg meg szűnt létezni, a Etele fiai

egymás ellen harcoltak, nem nézték hogy a hun nem-
zetnek népének lesse új hazája vagy nem, meg szűnt az
új haza végleg, a mit álmodoztak a hun nemzet népe. A
mint több éveken át vándoroltak, hogy végleg letelepednek a hun nemzet népének.

A szerző

Radosza Berze Attila Gijo faipari
szakképzettségű, szakmája hegesztő.
Mellékfoglalkozása forgatókönyvíró, szerző,
valamint művészi rajzoló.

A kiadó

> *Aki feladja,*
> *hogy jobbá váljon,*
> *feladta,*
> *hogy jobb legyen!*

E mottó alapján a novum publishing kiadó célja az új kéziratok felkutatása, megjelentetése, és szerzőik hosszútávú segítése. Az 1997-ben alapított, többszörösen kitüntetett kiadó az egyik legjelentősebb, újdonsült szerzőkre specializálódott kiadónak számít többek között Ausztriában, Németországban és Svájcban.

Valamennyi új kézirat rövid időn belül egy ingyenes, kötelezettségek nélküli kiadói véleményezésen esik át.

További információkat a kiadóról és a könyvekről az alábbi oldalon talál:

www.novumpublishing.hu